Farming life
in another world.

Presented by
Kinosuke Naito
Illustrated by Yasumo

Farming life
in another world.

Presented by
Kinosuke Naito
Illustrated by Yasumo

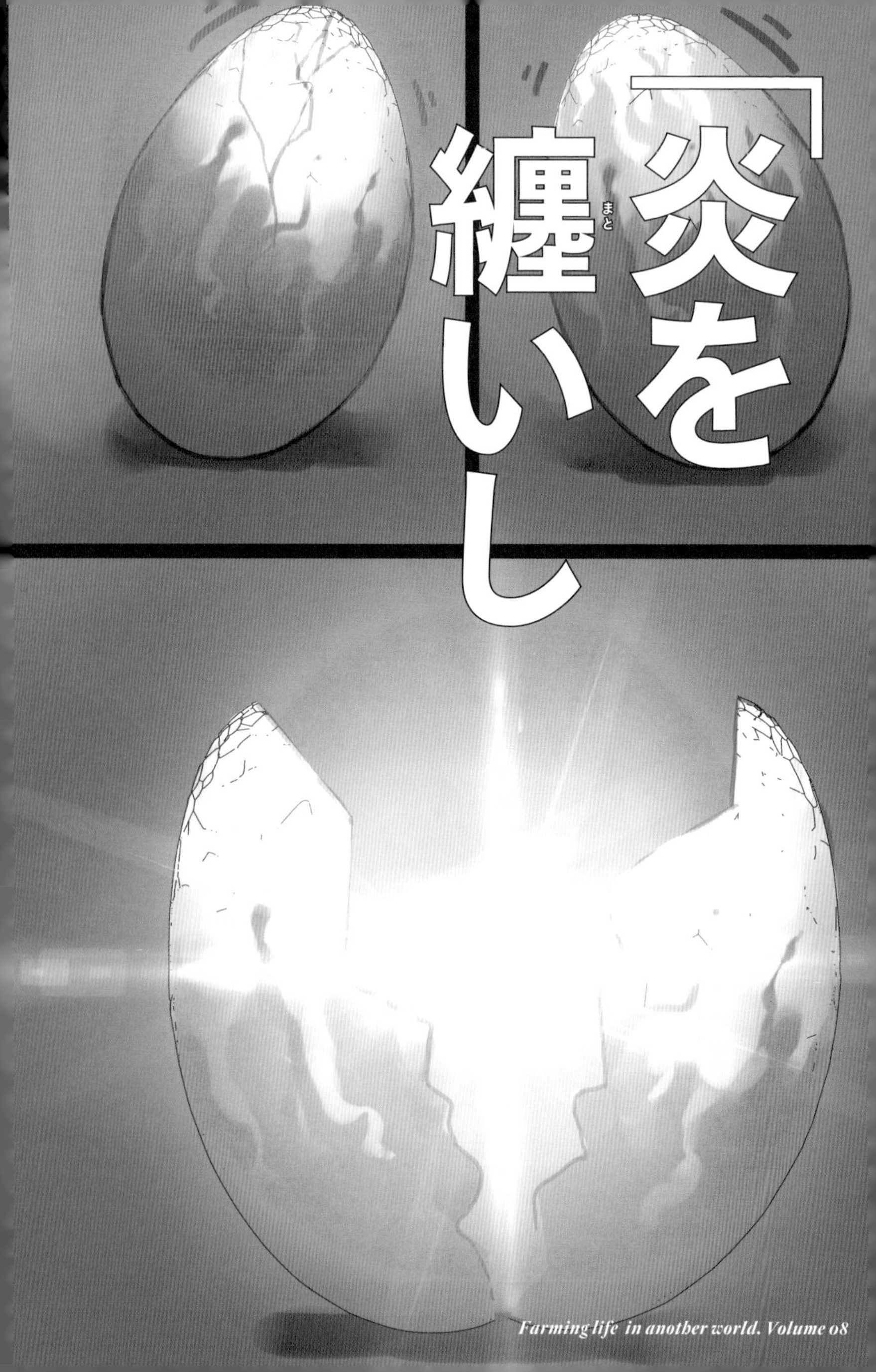
「炎を纏《まと》いし
Farming life in another world. Volume 08

アイギス
（フェニックス）
Phoenix / Aegis
鳥」

妖精
（妖精女王）
Fairy / Fairy Queen cute-version
「約束じゃぞ。ごほん。畑の絵は、我がここに来たという証《あかし》。なかなかよくできたと自負している。特にあの曲線は……」

「これが真の姿よ」
妖精
（妖精女王）
Fairy / Fairy Queen sexy-version
Farming life in another world. Volume 08

Farming life in another world. Volume 08

「飲んで、食べて、もう一回飲む」

異世界のんびり農家

Farming life in another world.
Presented by Kinosuke Naito
Illustrated by Yasumo

著　内藤騎之介
イラスト　やすも

Farming life
in another world.

異世界のんびり農家

Farming life in another world.

Prologue

Presented by
Kinosuke Naito
Illustrated by
Yasumo

〔 序章 〕

クイーン・グースカピー

ここはどこかしら？　見覚えのない場所。私が知らない場所なんて、ほとんどないはずなのに。

それに、魔素《まそ》の澱《よど》み……酷《ひど》いわね。これで生命が育つのかしら？

あれ？　おかしいわね。ここまで魔素が澱んでいる場所に私が呼ばれるわけがないのに……。

私はどうしてここにいるのかしら？

んんん？

ちょっ、ここって蜘蛛《クモ》の縄張りじゃない！

まずいまずい、見つかったら消されちゃう！

急いで逃げないと……って、あれ？　もう見つかっちゃっている感じですか？　あははは……こんにちはー。では、ごきげんよー。


それで見逃してくれるわけないですよねー。

えーっと、私を食べても美味《おい》しくないですよ。

知っていますよねー。だから、消すのですよねー。

…………。

ごほん、いいですか蜘蛛さん。ちょっと真面目な話をしますよ。

私には使命があって、それを滞らせることは世界の損失なのです。どうか使命遂行のため、私を見逃してもらえないでしょうか。

…………駄目ですか、そうですか。

では、仕方がありませんね。実力を行使させていただきましょう。

私を舐《な》めたことを後悔するがいい！


蜘蛛相手に戦って勝てるなら、逃げようなんてしませんよー。えーん。

でも、手加減してくれたのですね。ありがとうございます。

それでその、これから私をどうするのですか？　消すつもりなら、とっくにやっていますよね。

友達のところに連れて行く？

……友達？　同族ではなく？　蜘蛛に友達ができるとは驚きですね。あ、馬鹿にしているわけではありませんよ。長い歴史の中でも珍しい出来事ですから。怒らないでください。そ、それで、どのような友達なのですか？

あはは……とても楽しい人なのですね。

人じゃない？　スライム？　え？　あー、スライムの友人ですかー、そうですかー。

痛い痛い痛いっ、ちょ、何をするんですか？　べ、別に馬鹿にしていませんよ。

……すみません、ちょっと馬鹿にしました。正直な私に免じて許してください。

友達を馬鹿にされて許すやつがいるか？

その通りですね。私が全面的に悪かったです。二度と馬鹿にしませんので、許してください。

……許してもらえました。

この蜘蛛は私の知っている蜘蛛とは違うようですね。

ところで……なにやら人の村のような場所に入りましたが、大丈夫なのですか？　私もそうですが、貴方《あなた》も人に見つかると騒ぎになるのではありませんか？

大丈夫？　そうなのですか？

たしかに大丈夫そうですね。通りかかったエルフ……ハイエルフが蜘蛛に挨拶していました。

そして私のことは無視ですか。そうですか。プライドが傷つきます。


蜘蛛の友達を紹介されました。確かにスライムでした。

ですが、どこか普通のスライムとは違いますね。雰囲気？　魔素の構成体が違うのでしょうか？

まあ、蜘蛛の友達なのですから変異体なのかもしれませんね。

そして、そのスライム以外にたくさんの友達がいるじゃないですか。なんですかこの数。正直、うらやましいのですけどー。

彼らは友達じゃない？　家族？

……そうですか。私の心が荒《すさ》みそうです。

あ、駄目だ。これはあれですね、空腹。お腹《なか》が減っているからです。

すみません、誰か私に何か食べる物を……。甘い物がいいです。

スライムが取りに行ってくれました。いいスライムです。

そして蜘蛛はいい友人を持っているようですね。何度目かのうらやましいです。

ああ、そうだ蜘蛛……蜘蛛さん。ええ、蜘蛛さんと呼ばせていただきます。

友達のスライム……スライムさんを紹介していただきましたが、このあとはどうするのですか？

どうもしない？　本当に？　いいのですか？

いえ、消されたいわけではありませんが………。

わかりました、とりあえずスライムさんが持ってくる甘い物を待ちます。考えるのはそれからということで。


うぬ、いかんな……妖精たちの思考が流れてきた。

あれは……この村に来たころの風景か。ふむ……ここにいるのは悪くないか。

それはわかるが、使命を忘れておらんだろうな？　ここ最近は食の話しかしておらん気がするぞ。

まあ、我らは存在するだけで力を周囲に与える。無駄飯食らいではないのが救いだな。

んー、中途半端に起きたせいで目が覚めん。もうひと眠りするか。

ふふふ、ここは悪い場所ではない。

……ぐーすかぴー……。

異世界のんびり農家

Farming life in another world.

Chapter,1

Presented by
Kinosuke Naito
Illustrated by
Yasumo

〔一章〕

世話のかかる雛

01.家　02.畑　03.鶏小屋　04.大樹　05.犬小屋　06.寮　07.犬エリア　08.舞台　09.宿　10.工場
11.居住エリア　12.風呂　13.ゴルフ場　14.上水路　15.下水路　16.ため池　17.プールとプール施設
18.果実エリア　19.牧場エリア　20.馬小屋　21.牛小屋　22.山羊小屋　23.羊小屋　24.薬草畑
25.新畑エリア　26.レース場　27.ダンジョンの入り口　28.花畑

1 木のビーズの暖簾《のれん》

〝五ノ村〟の食料事情や酒事情を考え、〝大樹の村〟の畑を少し拡張することにした。

他と比べて少し遅めの作業だから、今年の収穫は一回だけになりそうだが、やらないよりはいいだろう。

ドノバンに酒用の畑が増えることを伝えたら、品種を細かく指定されてしまった。かまわないけどな。

作業前に、見張りをしてくれるクロの子供たちや、収穫を手伝ってくれるザブトンの子供たちや獣人族の女の子たちに問題がないかを確認。

畑だけあって、収穫できなかったりしたら笑えない。

クロの子供たちは、問題なしと。ザブトンの子供たちも頑張りますと足を振ってくれた。獣人族の女の子たちも大丈夫と言ってくれたが、別の問題を指摘された。

収穫物を収める倉が足りないと。

…………確認してよかった。

畑作業の合間に、子供たちの相手をする。

外で遊ぼうかと思ったが、「待った」がかかった。

実は少し前から、ウルザやグラル、ナート、ティゼルなどの女の子が少し乱暴に育っているのではないかと心配されている。

俺としては元気でいいと思うのだが、ナートの母親であるナーシィから困りますと遠回しに言われた。

なので、女の子らしい方向で遊ぶことに。

…………。

俺は男なので、女の子らしい遊びは知らない。

おままごととかか？　いや、決め付けはよくないな。当人に聞いてみよう。ここでウルザやグラルに聞くミスはしない。

「ナート、室内で何して遊びたい？」

「籠城戦《ろうじょうせん》」

…………。

うん、ナーシィの心配を実感した。

おままごとにしようか。道具とか用意するぞ。

あー、でもその前にだ。ナートに籠城戦の言葉を教えたのは誰かな？　その人とちょっと話があるのだけど？

え？　俺？　前に木の上の家で…………なるほど、覚えがある。

反省。

そして、ナート。ここで覚え直そう。籠城戦は室内での遊びじゃないからな。あれは戦いだぞ。


おままごとが始まった。

一室に立てこもる謀反《むほん》者と人質、そしてそれを包囲する兵士たち。

…………。

いや、俺が人質である配役に不満があるんじゃなくてだな、もっとこう女の子らしいおままごとがあるんじゃないかなと。うん、子供とは思えない交渉をやっているけどな。

遠くから俺とウルザたちのおままごとを見ているアルフレートと獣人族の男の子たちがいた。

お前たちも参加するか？　遠慮する？　いやいや、悪いがこれは強制だ。さあ、新たな人質役として参加するのだ。


次の日、ナーシィからはっきりと困りますと言われた。

申し訳ない。反省。

昨日はおままごとというアウェーだった。今日は自分のホームに引きずり込む。

なので今日は工芸をやろう。おおっと、子供たちよ。盛大なブーイングをありがとう。慌てるな。

これは仕事ではない。趣味だ。遊びだ。騙《だま》していないぞー。

ほら、ここに用意してある紐《ひも》に木のビーズを通す。それだけだ。完成品はこちら。木のビーズの暖簾《のれん》だ。

絵になっているだろ。木のビーズは色々な種類を用意したから、順番を工夫すると絵を描くことができるぞ。絵にこだわらなくても、模様でもかまわない。はい、やってみよう。

ウルザ、彫刻刀に興味を持たない。作業に集中。

うん、子供たちに任せて正解だな。俺にはないセンスだ。そして、個性が出ている。

………。

ナート、なかなか可愛《かわい》くできているじゃないか。自分の部屋に飾りたい？　ああ、かまわないぞ。でも、その前にナーシィに見せてあげような。できれば、その時に俺の指導で作ったと言うんだ。

どうして？　気にするな。ただの点数稼ぎだ。

アルフレートもなかなかだな。

ルーにプレゼントする？　いい子だ。

ティゼルは……完成まで頑張ろうな。小さくてもいいんだぞ。諦《あきら》めないのが大事だ。

ウルザは完成させたのか。

うん、攻撃的な感じに仕上がっているな。これは罠《わな》に使うんじゃないぞ。棒にくっつけて振り回す武器でもない。ただの暖簾だからな。

グラルは……ザブトンの子供が手伝っていたのか。

別にかまわないぞ。ギラルにプレゼントすると、喜ぶんじゃないかな。


少しの間、各家庭で木のビーズの暖簾が流行した。

子供の作品を見て、親が作りたがったのも大きい。

「昔は、これで情報を伝えたりしたらしいですよ」

へー。

子猫がじゃれるのをやめさせるのが大変だった。

2 夏の暑い日

リアが〝五ノ村〟に出張している。

理由は、友好関係を結んだエルフの集落から、人質を自称する若い男女のエルフが集まってきたからだ。

全部で……二百人を少し超えるぐらい。

俺は人質なんか要らないだろうと思ったが、ヨウコは必要と判断した。受け入れない選択肢なんてないと言われた。

彼らは各村から提供された労働力。〝五ノ村〟としては、彼らを受け入れ、丁重に扱うことで各集落を大事にしている姿勢を見せる必要があるらしい。

…………。

統治者って大変だな。

「いや、村長も似たようなことをやっているだろう」

え？

…………ああ、ミノタウロス族とケンタウロス族の駐在員。

なるほど、あれと一緒かと納得した。

二百人を超えるエルフたちは、樹王と弓王の指揮下で行動することになった。

本来なら、〝五ノ村〟の武官代表であるヒーの指揮下になるべきなのだろうけど、直臣《じきしん》扱いはまだ早いと待ったがかけられた。

待ったをかけたのは樹王と弓王。

エルフの各集落も、大小の差があり、上下がある。それらを無視して全てを同列に扱うのは問題とのことだ。

それに、エルフの性格上、他の種族の者といきなり一緒に行動させるのは厳しい。少数のエルフ同士で組ませた独立活動が望ましい。

樹王と弓王の二人が、自分たちの配下としてまとめさせてほしいと提案してきた。

これに反発したのが、人質としてやって来た二百人を超えるエルフたち。

「お主らが私たちの上に立ちたいだけじゃないのか」

各集落を代表して来ているだけあって、なかなか血気盛ん。

「舐《な》めるなっ！　すでに上に立っている！」

樹王と弓王も負けていない。

揉《も》めた。揉めに揉めた。殴り合いにはならなかったが、醜《みにく》い罵倒《ばとう》が飛び交った。

運悪く、その場に俺がいた。エルフたちを出迎えてほしいと要請があったからな。

だから護衛にリアを含めたハイエルフが数人いた。

リアたちは、その……直線的だ。

丁寧に一人ずつ、殴って黙らせた。樹王と弓王も殴られ、黙らされた。

「村長。ご指示を」

え？　あ、ああ……えっと、当面は同じ種族同士でまとまっていた方がやりやすいだろう。

ということで、樹王と弓王の提案を採用。

二百人を超えるエルフたちは、樹王と弓王の指揮下に入った。

「先ほどの舐めた態度は許せません。村長のため、〝五ノ村〟のために笑顔で死ねるように鍛えてあげましょう」

そして、リアを教官とした訓練が開始されることに。

急に始まった訓練に何事かと思ったが、リアがこっそりと俺に教えてくれた。同じ訓練をさせることで連帯感を生み、協調性を高めると。

なるほど。

樹王、弓王の二人も参加するようだ。


リアが〝五ノ村〟に出張に行って今日で五日目。

報告では問題なしとなっている。

本当に問題はないのだろうか？　リアの教育の様子を見たピリカの弟子たちが、自分たちの鍛え方が甘かったと反省しているようだが？

助けてとエルフ文字で書かれたメッセージを各所で見かけたとの報告も受けているのだが……。

………。

好んで藪《やぶ》を突《つつ》く趣味はない。リアを信じよう。


暑くなってきたので、プールが大人気だ。

しかし、なんだかんだとプールに入るのは時間に余裕がないと厳しい。

いくつかの仕事を抱えていた俺は、プールではなく屋敷で書類を相手に奮闘していた。

涼しい風を出す装置があるので快適なのだが……何かちょっと違う。

俺は涼しい風を出す装置を停止し、窓を開放。机の下に大きな木製タライを置いて、水を注《そそ》ぐ。

そして靴を脱いで裾をまくり、自分の足をつっこむ。うん、程よい感じ。

キンキンに冷えた水ではないが、これでも十分涼しい。そしてこっちの方が風情がある。

…………。

酒スライムよ、飛び込むのはよくない。床が濡《ぬ》れるとアンが怒るんだ。あと、俺のズボンも濡れたぞ。

狭《せま》いタライの中で泳がない。ああ、もう、書類には水をかけるなよ。


三十分後、床はちゃんと拭いたのにアンに怒られた。

部屋中に水を張ったタライを置き、酒スライムやザブトンの子供と遊んでいたからだろうか。

素直にプールに行きなさいと言われてしまった。


猫というのは、相手をしようとすると逃げる。なのに、こっちが忙しい時には相手をしろとやって来る。

俺の偏見《へんけん》だろうか？

逆に犬……というかクロの子供たちは、相手をしようとすると全力で迎えてくれる。

だから中途半端に期待させるような態度をしてはいけない。がっかりする様子は、こっちの心が痛くなるからな。

相手をする時は、しっかりと相手をする。途中で浮気はよろしくない。わかっている。わかっているのだが……。

クロの子供たちと遊んでいる時に限って、邪魔をしてくる子猫たち。どうしたものか。

「室内で遊ぶからそうなるのです。外で遊べば子猫たちはそれほど絡《から》んできませんよ」

アンの回答。

うん、それが正解だと思う。ただ、俺はまだ書類仕事中なんだ。気分転換でクロの子供たちと遊んでいてだな……。

「お仕事が捗《はかど》らないなら、私が見張りましょうか？」

はははは、遠慮します。


とりあえず、アンは子猫たちを連れ出して……子猫たちはアンにべったりだな。食事を与える者は強いということかな。ちょっと嫉妬。

と、クロの子供たちが俺の前に。

ああ、俺にはお前たちがいるよな。わかっている。クロの子供たちを横にして腹をわしゃわしゃ。

クロの子供たちは足をパタパタ。これ、やめ時が難しいんだよな。

3 雛

早朝、創造神と農業神の像のある社《やしろ》。

最初に見た時の感想は、太った鳥だった。雛《ひな》らしさのない、ただ丸々と太った鳥。

バレーボールぐらいの大きさだ。

本当に孵《かえ》ったばかりなのだろうか？

そうなのだろうな。そばには、砕けた卵の殻《から》がある。赤、白、オレンジ、ピンクのマーブル模様だから、間違いない。

これがフェニックスの卵から孵った雛なのだろう。縁起物として飾っていただけなのに、ちゃんと孵るとはたくましい……。

だが、フェニックス？

俺のイメージとは全然違うな。毛の色もピンクだし。

……………。

まあ、とりあえず農業神の像から下りるように。そこで糞《ふん》をしたら怒るからな。

俺の言葉を聞いて、雛は農業神の頭の上で一鳴き。

そして、その場から動かずに小さい翼を広げて俺に見せた。

…………。

それは絶対に下りないという意思表明かな？

…………なるほど。

なるほどなるほど。

俺は両手で雛を持ち上げ、地面に下ろす。

ははははは、なかなか雄々しかったが、我《が》を通すのはもう少し力をつけてからだな。

悔しそうな雛の鳴き声を聞きながら、俺は農業神の像に汚れがないかチェック。

問題はなさそうだ。

孵ったばかりだから、糞とかしないのかな？　というか、孵ったばかりなのにどうやってこの像の上に登ったんだ？

あ、飛べるのね。速度は遅いけど。あー、登らない登らない。専用の止まり木を作ってやるから。

雛を連れて屋敷に戻ると、驚かれた。

だろうな。

孵ったことにも驚いたが、これがフェニックスの雛とは思えないもんな。

アルフレートとティゼルが触りたがったが、その前にフェニックスの雛の成育に関してルーに確認する。

「フェニックスは世話いらずよ。勝手に育つから」

フェニックスは生命力が強く、百年ぐらい絶食《ぜっしょく》しても平気、再生能力もある。世話をしなくても育つらしい。

つまり…………。

一人で生きていくか？

俺がそう目で聞くと、雛は急に可愛らしく鳴いて媚《こ》びてきた。

先ほどの雄々しさはどうした？

そんなものより生活の安定が大事。食事は豊かに限る。

たしかにそうだが……孵ったばかりなのに、悟っているんだな。いや、本能に忠実ってことかな？

とりあえず、アルフレートとティゼルに雛をパス。

俺は雛の食べそうな物を探してくる。


世話いらずという意味がなんとなくわかった。

雛はなんでも食べた。

なに？　好みはある？

収穫直前の米が好きなのね。雀《スズメ》っぽい。怒るな怒るな。ちゃんと用意してやるから。

ただ、畑に直接手を出したら、怒るからな。

理解したか？　よろしい。


ん？　なんだ？　ザブトンの子供が集団でやって来たと思ったら、一匹が雛の前に出た。

雛も何かを察したのか、翼を広げてザブトンの子供の前で威嚇。

そして、雛とザブトンの子供のファイトが始まった。

急にどうしたと思ったが、気づいた。鳥って虫を食べるよな。

……………うおおいっ！　ちょっと待てぇ！

俺のストップは遅かった。

糸でグルグル巻きにされた雛の上で、ザブトンの子供が勝利のポーズを取っていた。

あー、えーっと……凄《すご》いぞ。そして、雛を解放してやってくれ。


雛よ、忠告だ。

ザブトンの子供を狙うのは許さない。米ならいくらでも用意してやるから納得するように。

ザブトンの子供たちも、狙われたら遠慮なく反撃していい。ただ、お前たちから攻撃するのはやめてやってくれ。

ザブトンの子供たちは足を振って、了解を示《しめ》してくれた。よしよし。

雛は？　不貞腐《ふてくさ》れない。ほら、キャベツの葉だ。これも好きだろ……俺の手ごと突っつかないように。まったく。

まあ、雛も了解したようだ。仲良くやっていこう。


数時間後。

子猫たちに追いかけられる雛の姿があった。

あー……待てと言って待つ子猫たちじゃないか。

アン、頼む。

止めたあと、雛を襲わないように指導してほしい。


フェニックスの雛の名前が決められた。

アイギス。

俺は雛子とか、フェニ子、フェニ太郎と提案したのだが、雛は気に入らなかったようだ。

アルフレートが提案したアイギスに決まった。

名前の元ネタは、始祖さんのお話かららしい。神様の名前かな？

そういえば、このアイギスは雄なのだろうか、雌なのだろうか？　確認してみたけど、誰も見分け方を知らないようだ。

「もう少し成長すれば、特徴が出るかと」

なるほど。

アルフレートより、ティゼルにばかり擦《す》り寄っているな。

でもって、俺よりもルーやティアの方に……。

……。

正確にわかるまでは、雄ということで。


余談。

俺がアイギスのための鳥小屋を作っている時、ルーが耳打ちしてきた。

「フェニックスの羽って高級素材なのよ。雛の羽でも大丈夫だから、掃除の時に落ちていたら捨てないで確保してね」

……。

自分の食い扶持《ぶち》を自分で稼いでいる鳥と考えよう。うん。

4 アイギス

庭に作った鳥小屋で、フェニックスの雛であるアイギスは寝起きしている。

鳥小屋は四畳半の広さで、天井は二階分ぐらいの高さ。大きすぎる気もするが、本人の希望だから仕方がない。

出入り口はアイギス用と、人間用の二カ所。

アイギス用の扉は、内側にも外側にも開くように工夫した。風で扉がバタバタしないための工夫もしている。それなりに苦労した。

人間用は、俺が少し屈《かが》んで入るサイズ。こっちは普通の扉。ドアノブを回して開く。

…………。

アイギスは器用にドアノブを回して、人間用のドアを使っている。

開けたあと、ちゃんと閉めているのは賢いが……釈然としない。

朝、起きたアイギスは、まずは庭の北側にある鶏《ニワトリ》を飼っているエリアに赴《おもむ》く。

そこで一番高い鶏小屋の上に立ち、一鳴き。多分、一番は自分だと主張しているのだろう。

鶏たちは、アイギスを気にせずに普通に生活している。アイギスが鶏のエサを狙ったときは集団でボコボコにしていたけど……まあ、この関係で落ち着いたのだろう。


アイギスはその後、屋敷に入って食堂に。

空いている椅子の背に止まり、朝食が出てくるのを待つ。

一応、アイギス用の止まり木を用意したのだが、使われた形跡はない。

朝食を用意している鬼人族メイドも慣れたもので、アイギスに挨拶をして朝食を出す。クチバシで突っついて食べるので、平皿は駄目。専用の深皿で食べる。

今日のアイギスの朝食は、キャベツの葉とニンジンをカットしたもの。成長期だからか、残したりはしない。水も専用の深皿で。


朝食が終わればアイギスは散歩に向かう。

飛ぶより歩いたほうが速いと気づいたのだろう。上下移動以外は歩いている。

散歩コースは固定。

まずは頑張って屋敷の三階に、そこから外に出て屋根の上に向かう。一番高い場所を確保したら、そこで翼を広げて一鳴き。

そのあと畑に向かう。アイギス用の畑として少し耕してやったので、それを見張るためだ。結構、細かくチェックしている。

ザブトンの子供たちと仲良くなったのか、害虫の情報交換をしていたりもする。通りかかったクロの子供たちにも友好的に挨拶。なかなかの低姿勢。


続いて牧場エリアに。

散歩ついでに縄張りを主張。

だが、馬には無視され、牛には尻尾ではたかれ、山羊《ヤギ》には近づけなかった。

群れているのってずるくないですかと、俺に言われても困る。

というか、縄張りを主張するならあっちじゃないのか？

俺の視線の先にいる竜《ドラゴン》姿のハクレンとラスティを見たアイギスは、目を閉じて少し瞑想《めいそう》したあと、見なかったことにしたらしい。

今度、山羊と一対一で勝負する？　怪我《けが》しないようにな。


牧場エリアのあとは果実エリアに移動。

つまみ食いのためではなく、果実の勉強のためのようだ。おかげで、食事用として求める果実の指定は細かくなった。

果実エリアにいる蜂たちと揉めるかと思ったけど、揉める前にザブトンの子供が間を取り持ったらしい。

勉強になる。俺も揉める前に止められるようになりたい。

昼、アイギスは屋敷に戻って昼食。

昼食は肉。

足で肉を掴《つか》み、クチバシで咥《くわ》えて引き千切る。

…………。

引き千切れない。

数回チャレンジしたあと、鬼人族メイドに泣きついて小さくカットしてもらっていた。まだ雛だもんな。

でも、最初っから小さくカットして出すと怒ったりする。そんなアイギスを、鬼人族メイドは温かく見守っている。心が広い。


昼食後、アイギスは日当たりの良い場所で昼寝。

最近はザブトンの背の上で寝ている。

そこが一番の安全地帯と判断したのはわかるが、ザブトンは大丈夫なのか？

気にしない？　それならかまわないけど、邪魔なら遠慮なく言ってくれよ。

鳥小屋に戻しておくから。


昼寝から目が覚めると、また畑の見回り。

自分の食事のためとはいえ、このあたりは真面目。

来年、もう少し大きい畑を作ってやってもいいかなと思ったりする。


夕食までの間は、屋敷内で子猫たちと遊んでいる。

鳥と猫なのに、かなり仲が良くなった。世渡りは上手なようだ。

途中、ウルザを見かけたときは全力で逃げ出していた。

だが遅い。ウルザのタックルにより確保された。

アイギスは俺に助けを求めてくる。

えーっと、ウルザ。フェニックスの雛は丈夫らしいけど、無茶はするなよ。わかっているって本当か？　投げたりするなよ。いい返事だ。

アイギス、そういうことだから諦めるように。

ちなみに子猫たちは、ウルザの気配を感じた段階で逃げている。

アイギスはまだまだ経験不足のようだ。まあ、孵ってからまだ十日ほどだからな。


夜、アイギスは夕食をとる。

魚も問題ないらしい。

丸呑《の》みではなく、少しずつ啄《つい》ばんで食べる。そんな食べ方なのに、綺麗《きれい》に骨とワタが残っている。

俺より器用だ。ちょっと嫉妬。

夕食後、アイギスは鳥小屋に戻り、睡眠。
鳥小屋内に止まり木があるのだけど、寝るのは床に設置した藁束《わらたば》の上。
座って寝るのかと思ったら、仰向けだった。
…………まあ、寝方は自由だ。
おやすみ。

余談だが、鳥小屋内には、藁束の他に水用の桶《おけ》、トイレもある。
決まった場所でしか糞をしないのはありがたい。
トイレ用のスライムを手配したら、突っついて反撃されていた。
以後、スライムには手を出していない。学ぶようだ。

閑話　ロバート先生

俺の名はロバート、魔族の研究者だ。

魔王国では、学ぼうと思うと大きく二つの方法がある。

家庭教師を雇う。学園などの公的機関に入学する。この二つ。

家庭教師は、基本的には一対一か一対少人数なので、個々をしっかりと管理できるのが大きい。落ち零《こぼ》れにくいのだ。

ただ、優秀な家庭教師を探すのが手間だし、それなりにお金がかかる。裕福な家で広く採用されている。

学園などの公的機関への入学は、安価でとても効率がいい。学びたいならこちらが俺のお勧めだ。

ただ、集団での勉強となるので、どうしても学べることに限界があるし、落ち零れも出てしまう。

また、貴族だけが通う学園、お金持ちだけが通う学園などがあり、学園による教育の差が出てしまうのが欠点だ。


俺の家は普通なので家庭教師を雇うのは無理で、学園で学んだ。

そこで成績が優秀だと褒められたので、研究者の道を目指した。

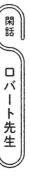

我ながら単純だと思う。

しかし、研究者になるには金銭支援者《パトロン》が必要であることを知った。俺の研究のためにお金を出してくれる人がいないと、研究できないのだ。

なるほど、成果が出るかどうかもわからない段階でお金を出してくれる人を探さないといけないのか。

…………世間は厳しい。


俺は学園を卒業後、実家の手伝いをしながら独学で研究を続けることになった。

実家を継いだ弟には迷惑をかける。だが、俺はどうしてもこの研究を成功させたいのだ。

試行錯誤《さくご》した中で、見つけた俺の研究テーマ。

農地における土魔法の利用。

これが攻撃魔法とかなら、金銭支援者もついたのだろう。もう少し派手なテーマにすべきだったと何度後悔したか。

しかし、俺は諦めない。

食料難が叫ばれる昨今、この研究は絶対に必要なんだ。

金銭支援者がつかなかったのは、過去、何度も研究された内容で、誰も成果を出せていないジャンルだからだ。難易度が高いのはわかっている。だが、この世から飢えをなくしたいのだ。

ダンジョンイモの登場で、俺の研究熱が冷めた。

豊作、万歳。

でもな…………いや、世界の不幸を願ってはいけない。


俺は家を出て、〝シャシャートの街〟に来ていた。

この街にできたばかりのイフルス学園に招聘《しょうへい》されたからだ。

街の代官の名を冠《かん》し、学園とついているが、特に国に認められた機関ではなく正確には私塾。

待遇は悪くないが、良くもない。正直、勤めるなら普通の学園がよかった。

しかし、そういったところからはこちらから頭を下げても相手にされないだろう。なにせ俺は研究成果が出ていない研究者だ。そんな俺を誰が必要とするのか。

イフルス学園からの招聘は、俺と同じ学園で学んだ男がその学園に関わっているからだ。

気は乗らないが、弟の妻の目が痛いので招聘に応えた。

学園を卒業してもう十年、世話になりっぱなしだったからな。

給料は減るが、希望すれば宿泊先を用意してくれるのはありがたい。

イフルス学園で俺は講師を始めた。

わかりやすい説明だと高評価だ。

ただ、素直に喜べない。俺のライバル講師が凄い人たち……研究成果を山のように出している人たちだからだ。

アットマ＝ビエラス。
吸血鬼でありながら、光魔法の第一人者。
かのルールーシーの弟子とも言われており、魔法学、薬草学においては有数の研究者。

ガブルスロー＝ザインバルツ。
アットマの弟子だが、薬学においては師匠を超えたと言われる人物。
ただ、本人は薬学よりも魔法学の方を中心に活動。
魔法の効率化に関する研究発表会には、魔法使いが競って集まると評判。

マリアーナ＝ゴロ。
炎魔法の第一人者。
爆発馬鹿と揶揄《やゆ》されることもあるが、実力はたしか。
彼女の研究は、魔王国軍の魔法による戦闘力を倍にしたと言われている。

俺が魔法学を教えているから、そちら方面の者ばかりを紹介しているが、他分野でも第一人者が揃《そろ》っている。

俺が高評価なのは、他の講師たちのレベルが高すぎて、初心者にはわかりにくいからだろう。

一度、見学したが、わかりにくいというか、わかれという方が無理な内容だった。もう少し生徒に歩み寄ってもと思うが、人に教えるというのは才能なのだろう。その点、俺は恵まれていたのかもしれない。

だからって学園長、俺に講師陣のまとめ役をやれというのは無茶な話ではないかな？　無理無理、給料の問題じゃないから。

あのメンバー相手に、まとめ役をやる自信がない。

正直、学園というか私塾をやるならもう少し講師陣はなんとかならなかったのか？　優秀かどうかなら確実に優秀だけど、彼らの頭脳はもっと有意義に使うべきだろう。国の研究機関でもここまでのメンバーは集まらないと思う。

なぜ、彼らがここで講師をやっているのだろう？　彼らは金で動くタイプじゃない。しかも、自分のホームで悠々と研究できる立場だ。

いったい、どんな報酬で彼らを集めたのか……。

ここの食事は美味《おい》しいけど、まさかこれが理由じゃないよな。

講師の食事は、通りを挟んだ向かいにあるビッグルーフ・シャシャートというお店でとることになっている。

別に他の場所で食べてもかまわないが、その場合は自費。月の初めに一月分《ひとつき》の食券が渡される。メニューは完全にお店側にお任せだが、なかなか種類があって飽きない。

イフルス学園の講師の食券は特別で、専用窓口で食事が渡される。長い列に並ばなくてもすむのはありがたい。

今日はカレーか。ふふふ。カレーは嫌なことを忘れさせてくれる美味しさがある。

向こうのテーブルで、カレーの食べ方に関してアットマ氏とガブルスロー氏が口論しているけど、気にしない。気にしてはいけない。

あれに巻き込まれると、翌朝まで議論につき合わされる。以前、不用意にピザのトッピングの議論に参加して、酷《ひど》い目にあった。

俺は今でもピザのトッピングはチーズとトマトが最強だと思っている。だが、あの議論を終わらせるために、ピザに卵を落とすことに賛同してしまった。いや、それも美味《うま》いけど……信念を曲げたことに対する後悔は、深い。

やめよう、今はカレーに集中。

食事のあとは、午後の授業に向けて準備しなければ。

学園長、食事にまで同行しても俺は引き受けませんよ。

学園長の説得により、俺は講師のまとめ役に就任した。

役職名は筆頭講師。

悲しいことに、世の中は力が全てだ。悔しいが、どうしようもない。

学園長の目論見《もくろみ》は、あのメンバーに俺が教育に関して指導することだろう。しかし、俺はあのメンバーを相手にする自信がない。

仕方がないので俺は考えた。

問題の根源は、講師のレベルと生徒のレベルの差。隔《へだ》たりがありすぎる。

そこで、俺は魔王国中の学園に、生徒募集の手紙を送った。イフルス学園の講師陣のリストを同封して。

募集の対象は各地の学園の生徒ではない。各地の学園の講師だ。

イフルス学園の講師陣のリストを見て、学ぶ志《こころざし》がある者はやって来るだろう。

現在のイフルス学園の講師陣は、そのやって来た講師を相手に授業をしてもらう。

そして、やって来た講師に、今いる生徒の講師役をやってもらう。

経験者だ。問題ないだろう。

俺より優秀な人が多く来たら困るけど……まあ、それほど数は集まらないだろう。

二〜三人、来てくれたら助かる。そう思っていた。

説明が遅れたけど、現在のイフルス学園の講師陣は俺と学園長を含めて二十人、生徒の数は全部で百五十人ぐらいだ。

そこに、俺が送ったリストを手にやって来た現役の講師や、噂《うわさ》を聞いた研究者が全部で三百人ぐらい集まった。

…………。

各地の学園から抗議の手紙が送られてきた。場合によっては、使者がわざわざやって来て怒鳴った。俺が悪いのか？

やって来た講師の中には、俺が卒業した学園の学園長もいた。え？　辞めてきた？

……自分のやったことの大きさに、少し後悔した。でも、反省はしない。

学園は、やっと学園らしくなったと思う。

後日。

学園に吸血姫《ヴァンパイア・プリンセス》の異名を持つルールーシーがやって来た。

びっくりした。まさか、あんな有名人が気軽にやって来るとは……。

イフルス学園設立の功労者？　名誉学園長みたいなもの？　そうだったのか。

そして納得。あのアットマ氏やガブルスロー氏がここにいる理由はルールーシー……おっと、呼び捨てはよろしくない。ルールーシー名誉学園長がいるからか。

えっと、名誉学園長は講義なんかしてくれたり…………薬草学を教えてくれると！　専門外だけど講義を受けたいです！　うおおっ、貴重な薬草が山盛り！　家で採れたってまたまた。育てるのは不可能って言われる薬草ばかりじゃないですか。

希望者が殺到しているから、講義を受ける人数を制限する？

…………俺は筆頭講師として、優先権を主張する。ええい、うるさいぞ。使えるものは使うのだ。文句があるなら俺の筆頭講師を解任してからにしてもらおうか！

俺の名はロバート。

研究者の道は外れたけど、講師として頑張っている。

5 〝大樹の村〟拡張

畑仕事をしていると、フェニックスの雛であるアイギスがよくそばに来る。

そろそろ収穫かな？

俺がアイギスに聞くと、最高に美味しいですよと、返してくれた。なるほど。

なぜ味を知っている？

……わかりやすい挙動《きょどう》だな。正直でよろしい。ただ、言ってくれたら渡すのだから、収穫前の物には手を出さないように。

ん？　ああ、傷《いた》んだ物ならかまわないぞ。

ザブトンの子供たちが食べているのも、傷んだ物を優先してくれているから怒ったりはしないいんだ。あと、ザブトンの子供たちは収穫で活躍してくれるしな。

……………。

お前の手は翼《つばさ》なんだから無理をするな。できることをできる範囲でやってくれたら十分だ。害虫退治なら、ザブトンの子供にも負けないだろ？　そうだ、期待しているぞ。

さて、最高に美味しいなら収穫を頑張ろうか。

アイギス、悪いが手の空いている者を呼んで…………無理だな。

メモを書くからそれを屋敷にいる者に届けてくれ。それで盗み食いの件はなかったことにしよう。

よし、いい返事だ。


ハイエルフ、山エルフ、獣人族、リザードマンにザブトンの子供たちが集まってくれたので収穫開始。

年三回の収穫のうちの二回目。暑い季節での収穫作業になるので、それなりに大変だ。熱中症に注意してほしい。

あと、『万能農具』で耕した畑でできた作物だから、収穫前は平気でも収穫後は暑さにやられるから注意だ。ルーとティアの水魔法と氷魔法が大活躍だった。

ああ、そのスイカは冷やして、あとで食べよう。


五日ほど収穫作業をし、あとは他の者に任せて収穫が終わったエリアを耕《たがや》す。

三回目の収穫に向けてだ。これまでで十分な収穫量だが、油断はしない。丁寧に、しっかりと。


俺は果実エリアに足を運ぶ。

少し前に広げた畑とのバランスを取って、果実エリアを拡張しようとなったのだ。

北側は蜂たちの花畑になっているので、西側に広げる。

十二面×十二面の果実エリアが、十二面×二十四面の倍の広さに。

う～ん、広い。

今は耕したばかりなので見通せるけど、育つと……森になるよな。道案内の札とか用意しないと、道に迷いそうだ。

ん？　蜂たちが道案内してくれるのか？　それは助かる。お礼に北側の花畑を広げてやろう。

希望の花はあるか？　…………木が欲しい？　ああ、木も花を咲かせば蜜を出すか。今でも果実エリアのミカンの花から蜜を集めているしな。わかった。花畑に木を育てよう。

ただ、俺はそういった木の種類には詳しくな……すでに森の中で見つけてあるのね。了解、案内してくれ。

ああ、護衛はちゃんと呼ぶよ。無茶はしないさ。怒られるからな。

あと、果実エリアを果樹エリアに名称変更だ。


さらに数日後。

牛や馬、山羊、羊の数が増えたことで牧場エリアの拡張が検討された。

これは東側に拡張することに。

森を切り開き、地面を耕して牧草を育てつつ、周囲に丸太柵と堀を作っていく。

十二面×十二面から、十二面×三十六面に。三倍になった。

要所に水飲み場と日陰を用意する。

作業中、隙を見ては俺に突撃してきた山羊たち。懐《なつ》かれているのか、舐められているのか。

クロの子供たちがガードしてくれたが、巧妙に突破してくる。怒ったクロの子供が、雷をまとって追いかけ始めたらさすがに逃げ出したが……逃げ切るのか。凄いな。

あ、うん、俺は怒っていないし、馬たちが驚いているからそのあたりで。

牛は落ち着いたものだな。

しかし、山羊のイタズラは……ストレスが溜《た》まっているのか？　山羊用のアスレチックみたいなのを作ってやればいいのかな？

甘やかすな？　まあ、丸太を組んだ簡単なものだ。これぐらいはかまわないだろう。

果樹エリアや牧場エリアの拡張で村が広くなったので、クロの子供たちの警備範囲が広がってしまった。

クロの子供たちは問題ないと言ってくれるが、広くなった分、どうしてもトラブル現場に到達するのが遅れるだろう。

そこで、村の四隅に、クロの子供たちのための出張所となる見張り小屋を建設した。

クロの子供たちは当然として、非常時に数人が泊まれるようにしっかりと作る。斜めに掘った井戸も用意した。うん、やはり『万能農具』で掘った井戸は全て水が出るな。

非常食を収めた扉付きの棚も用意。あ、しまった。クロたちでは開くことができな……あ、開けるのね。

保存食のメインは干し肉と米、小麦粉。適度に新しい物に入れ替えないといけない手間を考えると小麦粉は必要かな？　まあ、しばらくやって様子を見よう。


クロの子供たちは、見張り小屋を使ってくれている。

森に近いから完全に気は抜けないが、休む場所には丁度いいようで評判はいい。

ザブトンの子供も何匹か交代で泊まって周辺を見張ってくれているみたいだ。ありがたい。そして、よろしく頼む。

あと、見張り小屋に家出したウルザが隠れていた。ちょっと快適に作り過ぎてしまったかな。

家出の原因はハクレンとの喧嘩《けんか》。

ハクレンと土人形のアースが心配しているから、すみやかに帰るように。ふてくされない。……わかった、俺も一緒に謝ってやるから。それでいいだろ？　よし、決まりだ。

あー、でも、屋敷に戻るまでに、喧嘩の原因を教えてくれ。原因もわからずに謝れないだろ。

ははは、照れるな。たまには父親らしいことをさせてくれ。ん、ああ、ハクレンが母親で、俺は父親だろ。なにをいまさら。

ほら、帰るぞ。

なんだ、急に甘えて。よし、おぶってやろう。

ウルザと一緒にハクレンに怒られた。

喧嘩の原因は……まあ、くだらないことだ。だが、俺とウルザの仲はよくなった気がする。ハクレンがずるいと俺を睨《にら》んでいるけど、満足だ。

でもって、俺は今、アルフレートをおぶっている。ウルザをおぶっているのを見られたようだ。ティゼルが順番待ちをしている。

まあ、かまわないだろう。

リリウス、リグル、ラテ、トラインも遠慮しなくていいんだぞ。うおっと、一度には無理だ。順番に、順番にな。

父親って、体力がいるなぁ。

6 アスレチック

牧場エリアに作った山羊用のアスレチックを、クロの子供たちが使っていた。

いや、隠れなくていいぞ。誰が使ってもかまわないのだから。

そして山羊たちよ。クロの子供たちが弱気だからと調子に乗ると酷い目にあう……ほら。

あー……手加減はしているようだから、見逃そう。


クロの子供たち用のアスレチックを作る。

場所は牧場エリア。山羊用のアスレチックの横に併設する。

丸太を組んだ巨大なジャングルジムみたいなものだが、あまり複雑な作りにはしない。

注意するのは、クロの子供たちではなく、他の動物が使った時に困らないか。

一番心配するのが牛。細い場所にはまったら大変だ。なので幅は広めに。

シーソーなどの可動する物は設置しない。怪我《けが》をさせたくないからな。

高さは……クロの子供たち用だから、高くても大丈夫か。五メートルぐらいの高さに。他の動物が登れなくて丁度いいかもしれない。

丸太のアスレチックはこれぐらいで……ああ、もう遊んでいいぞ。律義に待たなくても。喜んでくれるなら、それが一番。

クロの子供たちの中でも、若いのが楽しそうに登ったり下りたりしている。

…………もう少し、刺激のある仕掛けを作ってもよかったかな？

アスレチック作りに協力してくれたハイエルフや山エルフも同じ意見。少し考え、俺たちは場所を移動した。


村の南側、レース場の横に全力でアスレチックを作ってみた。

シーソー、細い板、滑り台、吊《つ》り橋、ロープ登り、トンネル、網登り、杭《くい》渡り……。

地面に落ちずにどこまで行けるかのコース。前に祭りでやった障害物競走みたいだな。

とりあえず、チャレンジしてみよう。

…………スカートからズボンに穿《は》き替えるように。君たちが気にしないとかじゃなく、俺が気にするから。

はい、やり直し。

なかなか難しい。体力を使う。

ハイエルフの一人がスタート地点に、看板を立てた。

『これより先、大地はマグマなり』

盛り上がる。

それを子供たちが見ていた。

うん、無理をするな。これは大人用だ。お前たちでは身長が足りない。

子供たち用のアスレチックを作ることになった。


完成したので、子供たちに解放。

ウルザとグラルはすいすい先に進む。アルフレートは考え込むタイプか。ティゼル、飛ぶのは駄目だぞ。おっと、今日は赤い印のところまでだ。そこから先は難易度が高くて危ないから無理をしないように。ほら、手も痛いだろ？　一日で最後まで行かなくても問題なし。明日、ここから続ければいいいから。

あと、ここで遊ぶ時は大人の付き添いが必要だからな。遊ぶなら安全に。


翌日。

牧場エリアのアスレチックを確認。

一番高い場所に牛が立っていた。

…………。

どうやって登ったんだ？　そして、誇らしげな表情から、そこで立ち往生しているわけじゃなさそうだ。

見ていて不安になるから、下りてもらえないかなぁ。

〝五ノ村〟のエルフたちに会った。

〝五ノ村〟の麓《ふもと》の平原に、規律正しく整列している。

…………。

無駄話は一切なし。全員、前を向いて微動だにしない。

以前、リアが教育に十日ほど〝五ノ村〟に出張した成果らしい。

出張から帰ってきたリアはまだまだ鍛え足りない顔をしていたが……あれから一カ月ぐらい経《た》っているのに、緩んでいないと考えれば十分じゃないか？　どこに不満があるのだろうか？

エルフたちは、俺の前で行進と戦闘演習を行ってくれる。

一人で、二人で、十人で、五十人で、二百人で。歩いたり、走ったり、集まったり、走ったり、散ったり、走ったり……。

弓を構え、一斉射。盾を構え、集団防御。剣を持ち、散兵突撃。

樹王は全体指揮、弓王が現場指揮の立場のようだ。

一時間ほど行進と戦闘演習を続けたあと、また俺の前に整列する。

「どうですか？」

樹王が俺に聞くが、これを見てどう答えろと？

えーっと……。

「笑顔が足りないかな？」

真面目にやっているからだろうが、余裕がないように思える。

「承知しました。村長は笑顔をお望みだ。笑え」

え？

樹王の命令で、一斉に笑い出すエルフの一団。

笑っているけど、目が笑っていない。

怖い。そして、違う。笑うことで余裕を持ってほしいんだ。乾いた笑い声が欲しかったわけじゃない。


〝大樹の村〟に戻ったあと、リアと話し合った。

リア、違うぞ。俺は褒めたわけじゃないんだ。

7 ハーピーの雛とポーラ

〝一ノ村〟には現在、ジャックを中心とした移住者カップルが九組十八人。それにニュニュダフネたちが二十人ぐらいと、ハーピーたちが四十二人、住んでいる。総勢で百人に満たないぐらい。あとたくさんの豚。

そう認識していたのだけど、違った。

思ったよりハーピーが増えていた。毎年、二十個ぐらいの卵を出産しては孵していたらしい。ハーピーたちが村に来てから四年が経過している。もうすぐ五年目だ。なので、ハーピーたちだけで百人を超えている。

報告は受けていたが、認識を更新できていなかったようだ。反省。

ただ、認識を更新できなかった理由もわかっている。ハーピーの子供を見ていないからだ。子供を見せてほしいと考えたことはあったが、天使族のキアービットからやめておいたほうがいいと言われた。

なんでも、卵や雛を抱えたハーピーは凶暴らしい。竜の時も同じようなことを聞いたな。子を持つ母は強しということなのかな？

まあ、下手にちょっかいをかけて困らせるのもよろしくないと、遠慮していた。俺が〝一ノ村〟

に行った時も、ハーピー小屋には近づかなかった。

それが認識を更新できなかった理由。

…………。

言いわけではない。


認識を改めることができたのは、ハーピーたちの懇願がきっかけ。

ハーピーたちにとって、フェニックスは憧れの存在らしい。

〝大樹の村〟にフェニックスの卵が飾られた時も、ハーピーたちは遠巻きに見に来ていた。別にそんな遠くからじゃなくてもと思ったのだが、なんでも恐れ多いとのこと。

そんなものかと当時は放置していた。

フェニックスの卵が孵ったあとは、遠巻きではなく隠れて見守っていた。隠れなくてもと思ったが、神聖な存在なのだそうだ。


…………。

中庭に水を撒《ま》いて作った泥の多い水溜まりで転がりまわるアイギスが神聖なのか？　ああ、そのまま屋敷に入ったらアンが怒るぞ。屋敷に入る前に綺麗な水で洗うように。

あと、一緒になって泥まみれになったウルザ、グラル、ナート。それにアルフレート。お風呂に行くように。

ティゼルは、ティアが捕まえてブロックした。そのティアが俺を見ている。笑顔だ。

………。


たしかに中庭に水を撒いたのは俺だ。

アイギスがどうしてもって言うから……ごめんなさい。


話が脱線した。

俺はフェニックスの雛であるアイギスと、ハーピーたちの関係を観察していて気づいた。

恐れ多いとか、神聖とか言っているが、要はあれだ。

アイドルと、その追っかけ。

そんな感じ。

追っかけのマナーがいいから、気づくのに遅れた。遅れても問題ない。マナーがいいから。

そして俺はそんな両者の関係を温かく見守っていたのだが、ハーピーたちから懇願がやって来た。

〝一ノ村〟にあるハーピーの家に、アイギスを招待したいと。

マナーのいい追っかけが急に接近したなと思ったが、事情はシンプル。まだ飛べない雛たちに、アイギスを見せたいらしい。いや、まだ飛べない雛たちがアイギスを見たいと騒がしいらしい。

なるほど。まあ、断るような内容でもない。

時間を見つけ、アイギスと共に馬に乗って〝一ノ村〟に向かった。


ハーピーのまだ飛べない雛たちは、一言で表現するなら強烈な追っかけだった。

アイギスを見て大興奮。物理的にアイギスを追いかけている。

アイギスも捕まったらまずいと感じているのか、必死に逃げている。

脚力的には……うーん、互角。

ハーピーのまだ飛べない雛たちは、俺の感覚で幼稚園児ぐらい。小さくて可愛らしい。

ただ、雛でも翼には爪があるし、単独で動き回れるパワーがある。大人のハーピーが雛たちを制止しようとしたが、駄目だった。雛によって蹴散らされた。

……大丈夫か？　よかった。ああ、雛相手だから力押しはできないからな。安静に。

そして、俺は少し悩んだあと、逃げるアイギスを抱えてダッシュした。アイギスの走りより、まだ俺の方が速い。

その時、俺とアイギスを追いかけている雛の数を見て、〝一ノ村〟住人の数の認識を改めた。

という話。


ちなみに、アイギスに怪我はなかったが、追いかけられて以降は〝一ノ村〟の名を聞くとビクッとするようになった。心のケアには時間が必要らしい。救出が遅れてすまなかった。俺も怖かったんだ。しばらくは俺の頭の上に乗ってていいから。

子猫のミエルが、そこは私の場所だと俺の足を攻撃してくる。痛い。

さて、その〝一ノ村〟なのだが、〝シャシャートの街〟でお店をやっているマルコスとポーラが戻ってきている。

一時的な里帰り。

理由は、移住者カップルの三組が妊娠したからだ。

そこには〝一ノ村〟代表のジャックの奥さん、モルテも含まれている。めでたい。

移住当初、子供は負担になるからと遠慮していた彼らだったが、そろそろ……となったようだ。

出産はまだ先だが、助産師の経験があるハイエルフ数人に交代で〝一ノ村〟に常駐をお願いしている。万が一は怖い。

ちなみにだが、マルコスとポーラの里帰りを一番喜んだのは、二人の家を守っていたクロの子供だろう。二人はクリッキーと呼んでいたな。

そんなに喜ぶなら〝シャシャートの街〟に一緒に行ったらどうだと言いたいが、魔王やビーゼルにやめてくれと言われている。申し訳ない。

マルコスとポーラが滞在中は存分に甘えて……あー、うん、プライドはわかるが、尻尾は全力で振れているぞ。

でもって事件。

ポーラが〝シャシャートの街〟に帰ろうとしたタイミングで体調不良を訴えた。

ハイエルフたちの診断により、妊娠発覚。

〝一ノ村〟の三人よりも、出産が近いとのこと。

あと一カ月から二カ月。

…………。

祝いに来ている場合じゃないだろう！


妊娠に気づかないことってあるのだろうか？　あるらしい。

ポーラが言うには、最近少し太ってきたなぁと思っていた程度だそうだ。これまで無事で本当によかった。

ポーラの希望で、出産は〝一ノ村〟でとなり、そのまま滞在することになった。妊婦を馬車に乗せて戻すのも怖いので俺も賛成。

マルコスは店があるので〝シャシャートの街〟に戻るが、出産時期にはまたこちらに帰ってくるそうだ。

ポーラの抜けた穴を埋めるため、マーキュリー種のミヨが〝シャシャートの街〟に向かうことになったのだが……。

「私では不満ですか？」

「いや、見た目が幼女メイドだから……」

「今日からはウェイトレスに転職です。まあ、給仕をするわけではありませんが」

ポーラの穴を埋めるといっても、給仕や調理をするのではなく、書類仕事が中心なので大丈夫とのことだ。

「鍛えられましたからね。多少の書類量ではへこたれませんよ。それに、向こうには書類仕事や会計を専門にするチームもいるとのことですし。お任せください」

ミヨは胸を張るが、見た目が幼女だから可愛らしい。

うん、少し前に書類仕事で死んだような目をさせてしまったのはすまなかった。頑張ってくれ。

ということでマルコス。本人も自信たっぷりだ。大丈夫だ。そう心配するな。

…………駄目か。まあ、見た目は幼女だからな。気持ちはわかる。

では、ミヨ。これをプレゼントだ。

「これは、紙……魔道具ですか？」

「そうだ。そっちの紙に書いた内容が、こちらの紙にも書かれる」

俺はもう一枚の紙を見せて説明する。

片方に書いた内容が、もう片方の紙に表示される。古い時代の魔道具で、ドースからもらった一《ひと》品《しな》だ。

俺の感覚では、魔法のFAX《ファクス》だ。

この魔道具の欠点は、一方通行であること。送信、受信が固定で、こちらの紙に書いても何も起こらない。書いた側に内容が残らないこと。なので書き間違いとかはできない。現れた文字を消さないでおくと、次々に書かれて読めなくなること。魔法で一気に消すので、古い文字だけを消すとかはできない。

これだけの欠点があっても、これがたくさんあれば、手紙を運んでいる小型ワイバーンたちは失業するだろう。

だが、小型ワイバーンたちには幸いなことにこれ一組だけ。ドースも持っていないらしい。

一時期、ルーが複製できないかと必死に解析していたが、現在は中断している。中断の理由を聞かないでおくのが優しさである。

「こっちの紙を目立つ場所に張っておく。万が一、何かあったらこれで連絡をくれ」

「心配し過ぎです。ですが、ありがとうございます」


後日。

受信用の紙は、ホラーの様相を見せた。

「あの、村長。助けてって書かれていますけど……」

〝シャシャートの街〟の店、文官を増やしたはずなんだけどなぁ。

「誰か手の空いている……」

少しの間、俺の視界に文官娘衆は入ってこなかった。

受信用の紙を張る場所が悪かったようだ。

……すまないミヨ。

ポーラが出産するまで頑張って……出産後、子育てがあるよな。

文官をもっと増やせるように頑張るから。そっちも頑張ってくれ。

8 技術

ボールベアリング。

軸《じく》などに使われる装置で、摩擦《まさつ》を減らすことで回転しやすくなる。これを馬車に使おうと考えた。

が、駄目。かなり駄目。

まず、ボールベアリングは、その名からわかると思うがボールが必要。

軸の周囲にボールを複数設置する必要があるのだが、そこに重量がかかるので、かなり硬くないといけない。しかも、そのボールは全て同じ大きさでないといけない。

現在の製鉄技術では無理。

ボールベアリングの木製サンプルを、俺が『万能農具』で作ったので気づかなかった。

「凄く回るのに残念です」

山エルフが、俺が作った木製のボールベアリングサンプルをくるくると回転させている。

何かそれで玩具《おもちゃ》ができないかと思ったが、何も思いつかなかった。自分の発想力のなさにがっかりする。


次に、馬車の車軸に関して考えた。

現在、一般的な馬車の車輪は、車軸に固定されており、その車軸ごと回転する。

利点は、作るのが簡単。

欠点は、車体の揺れなどをそのまま車軸が受けるので、車軸にダメージが蓄積《ちくせき》しやすい。よく折れるらしい。

まあ、車体の底に車軸を固定する穴が二つあり、そこに車軸を通しているだけなので、車体がバランスを崩せばダメージは車軸にいくだろう。

それに、道も平坦な場所ばかりではない。でこぼこした道の方が多い。

車輪の左右の高さが違うだけで車軸にダメージがいくのだから、よく折れて当然とも思う。

以前から山エルフたちと作っているサスペンションは、車体と車軸を固定する場所と分離し、その間に設置している。なので揺れを抑えつつ、車軸が長持ちすると好評。

しかし、折れないわけじゃない。

では、どうするか？　車軸を車体に固定し、回転場所を車軸と車輪の間にする。

ここに先のボールベアリングが採用できればよかったのだが、普通のベアリングでもかまわないだろう。

「村長、それだと折れる場所が車輪部分になるだけで、ダメージはあまり変わらないのでは？」

「慌てるな。メインはこれだ」

車軸を半分に切る。そして、車体の中央底に、上下に可動するように固定。車輪に近い部分にサスペンションを搭載する。

どうだ？

「え？　これだと……あ、左右の車輪が独立することで、荒れた道路でも車軸にダメージが通りにくい」

これまで、車体の揺れを減らすことを重視してサスペンションを使っていたが、これは左右の車輪を独立させ、地面に車輪を押しつけることに使う。

これでも揺れは抑えられるし、問題はあるまい。

「さすが村長！　天才！」

はははははっ、元の世界の知識だけどな。

…………失敗。

片方の車輪に、車体全部の重量がかかって、車輪が外れた。

「〝大樹の村〟で作った試作馬車だと大丈夫だったのに……なぜだ！」

〝死の森〟の木は丈夫だそうだ。そうなのか。いや、前々からそう言われていた気もするが……。

ともかく、大々的に広める前に、〝五ノ村〟で作ってみてよかった。

改善。

なに、車軸を頑丈にすればいいんだ。

車軸を鉄製に変更。

…………。

鉄って簡単に曲がるんだな。もっと硬いものかと思っていた。あと、重い。

色々やった結果。

〝大樹の村〟でオール木製の新型馬車が一台、稼働するに留《とど》まった。

技術は積み重ね。一朝一夕にはできないと学んだ秋だった。

一方、サンプルに作ったボールベアリングは子供たちの人気を得た。

「回るだけだろ？　あれが面白いのか？　…………わからん」

わからないが、希望されるので作った。

「パパ、ありがとー」

うん、悪くない。

畑を広げたので水が不足気味だ。

井戸はあるので枯れるようなことはないが、ため池の水位は下がっている。溜まる水量より、出て行く水量が多いのだろう。このままではいけない。対策を考えねば。

…………。

まあ、近くに川があるのだ。

シンプルに今ある水路を広くするか、新しい水路を設置すれば問題は解決する。

昔と違って、今は人の手がある。

ああ、ザブトンの子供たちの手が不満というわけじゃないぞ。お前たちも手伝ってくれたよな。今回も手伝ってくれるのか？　よし、頼んだぞ。


川からため池に向かう新しい水路を作ることになった。

今ある水路の横に、そのまま並ぶように作る。

竹があるので竹製も考えたが、腐敗を考えれば前回と同じく土で作るのが無難だろう。

「やるぞ！」

「おおっ！」

ハイエルフ、山エルフ、ドワーフ、獣人族、リザードマンが集まり、作業を開始。

ルーは魔法で、ティアはゴーレムを生み出して頑張ってくれた。ザブトンの子供たちも土を運ぶ手伝いをしてくれる。ありがとう。

五キロの水路は、十日ほどで完成した。

新しい水路からため池に水が注ぎ込まれる。

俺が『万能農具』を使うことに慣れたのもあるだろうけど、やはり早い。これもみんなの努力のおかげだろう。感謝は形にせねば。

新しい水路の完成祝いとして、ため池近くでバーベキューを行う。

乾杯。

おっと、肉だけでなく、野菜も食べるように。え？　トマトを焼くのか？　いや、焼いても美味《うま》いだろうが……じゃあ、その横でアスパラガスを一緒に焼いてくれ。

ああ、ちょっと作り過ぎてな。食べなければいけないんだ。お前も食べていいぞ。

「村長、村長」

「ん？　どうした？」

「えっと……今、気づいたのですけど」

ハイエルフの一人がため池を指さす。

なんだ？

…………。

ため池に魔物でも流れ込んだかと思ったが、そうじゃないようだ。

「どうしたんだ？」

「水位が」

水位？　ため池はそれなりに大きい池だ。そんなに簡単に水位が上下したりしない。だからこそ、水位が下がったのを問題にしたのだ。

「さすがに水位が上がるのに、数日はかかるぞ」

「いえ、そうではなく。水の使用量が増えたとはいえ、流れ込む水量に比べ、出て行く水量が少ないというか……出て行く水路も作らないと駄目なんじゃないでしょうか？」

…………。

………………………あ。

バーベキューのあと、俺はため池から川に向かう水路を作ることになった。

これは掘るだけ。土運びなどの手伝ってもらう作業はあるが、メインは俺。タイムリミットは、ため池が溢《あふ》れるまで。

村を水浸しにしないためにも、頑張らねば。

9 パスタ

この世界にはパスタはある。
ただ、俺のイメージする細長いスパゲティではなく、四角い形をしている。
小さな板状。
長いパスタもあるが、大半が平麺に近い形だ。
理由は、細く切る機械がないから。
平たくした生地を包丁でカットするので、四角くなるか、平麺になってしまうのだ。
別に悪くない。これはこれで美味しい。だけど、たまにはスパゲティが食べたくなる。
ウドンはできたのだ。そんなに難しくはないだろう。
という安易な考えでチャレンジ。

まず、手でパスタ生地を伸ばして細くしようと思った。
パスタ生地がブツブツ切れる。
干《ほ》して自重で伸ばす方法も試したけど駄目だった。
…………。

あれ？

ひょっとして難しい？

とりあえず、失敗したパスタ生地を無駄にはできない。

茹《ゆ》でて味付け。

自分で処理しよう。


翌日。

次はウドンと同じように、包丁でカット。

細く切るだけだと考えたが、これまた難しい。できないことはないが、技術がいる。俺には無理。

包丁の扱いが上手《うま》い鬼人族メイドにお願いした。

うん、ちょっと太いけど……これでいいや。

茹でる。

味はシンプルに、オリーブオイルにニンニクと唐辛子を加えたペペロンチーノもどき。

うん、美味い。

頑張ってくれた鬼人族メイドにも試食を勧める。

…………。

美味しいと喜んでいるが、顔が暗い。

どうした？

「一人前を切るのでしたら問題はありませんが、数が必要になると少し大変かと……」

あー、たしかにな。


では、どうしたものか。

………。

魔法？

ルーにお願いした。

一回目は調節が上手くいかず、パスタ生地を吹き飛ばしてしまったが、なんとか細くカットしてくれた。

さすがだ。

その魔法は誰にでもできるのか？

「威力の調整が……難しいから……厳しいかな」

なるほど。

代替案が出るまで、ルーに頑張ってもらわないといけないのか。

しかし、ルーは一人前をカットしたことでかなり疲労している。

正直に言おう、肩で息をしている。

「生地は切るけど、まな板を切らない程度に威力を調整。それを維持しつつ平行に移動を繰り返す……無駄に魔力を使っていますね。ですが、綺麗に切れています。お見事」

「魔法の威力を収束させるには高い技術が必要です。その上で繊細なコントロール。さすがは、お姉さま」

ティアとフローラがルーを褒めながら、魔法で切るならそれ専門に魔術の研究が必要と俺に教えてくれた。

そうか。

あと、その切ったパスタを茹でているけど、お前たちが食うとルーは怒るんじゃないかな。分ける量とかの問題じゃないと思うんだ。

味噌《みそ》味にしてほしいって……まあ、やってみるけど。

「とりあえず、現状では魔力の無駄遣いです。魔法で包丁を操作した方が楽ですね」

横で見ていた鬼人族メイドの意見に、ルーがあっという顔をしていた。


回復したルーが、魔法で包丁を操り、パスタ生地をカット。

先ほどよりもスムーズに、そして疲れずに量産できた。

「細いパスタが食べたい時は、私に言ってね」

ルーが得意げな顔をしていた。

うん、これからもよろしく頼む。

「え？　あの、こういった道具があるのですが……」

ガットにスパゲティの話をしたら、家から道具を持ってきてくれた。

それは小さな包丁を重ねたような道具。

「これを、パスタ生地に、こう……」

…………。

細いパスタが簡単にできているな。

「えっと、この道具は一般的なのか？」

「〝ハウリン村〟に注文が来るのは年に一個か二個でしたけど……それほど珍しい道具ではないかと」

そっか。

…………。

……………。

いずれ気づかれるなら、今、言っておこう。

ルーはどこかな？

え？　あ、今のやり取り見てた？　ははははは、すまない！

「ということで、細いパスタを作る道具を作ろう」

山エルフの一人が俺の説明を聞いたあと、手をあげた。

「あの、意味がよくわかりません」

そうだろうな。

だって、細いパスタを作る道具はあるのだから。

仕方がない。簡単に言おう。

「この包丁を重ねた道具をルーが見ると機嫌が悪くなるから、新しい道具が必要なんだ」

俺の説明に、山エルフたちが納得の顔をしてくれた。

ありがとう。

「村内だけで使うと考えて一つあれば十分だろう。考え方としては、この包丁を重ねた道具を進化させる方向で」

「承知しました」

そして完成した。

パスタ生地をセットし、ハンドルを回せば自動でカットされ、細いパスタがどんどんできる道具。

スパゲティメーカーと名付けた。

子供たちが料理を手伝うのに便利と好評だ。

数日、スパゲティ料理が続いた。

うん、味は変わっているけど、そろそろ別のが食べたいな。

後日。

スパゲティメーカーは、〝シャシャートの街〟にあるビッグルーフ・シャシャートで求められた。

「村長、あれ一つって話だったから無茶をしたのですけど……五つって」

「すまない。ポーラに見つかって、マルコスに連絡されてしまったから」

俺と山エルフは頑張った。

10 光るピンポン球

ルーが、魔法でパスタ生地を細長く切った。

前回挑戦した時ほど疲れていない。新しく組んだ魔法の成果らしい。

負けっぱなしじゃないその姿に、俺は素直に感心する。ティアもフローラも褒めている。

褒めているというか、どうやったかを聞き出そうとしているな。

その横で、ザブトンの子供たちが糸でパスタ生地を細長く切って俺に見せてくれる。

うん、凄いぞ。でも、今はタイミングが悪い。ルーに見られる前に隠すんだ。


朝、俺が畑を見回っている時、珍しく酒スライムがやって来てサトウキビを欲しがった。

かまわないが、どうするんだ？

俺はサトウキビを一本……このままじゃ大きいな。三十センチぐらいの大きさにカットして渡した。これで大丈夫か？

問題ないと酒スライムはサトウキビを持って屋敷に向かった。

…………。

まさか、自分で酒を造るわけじゃないよな？

気になったので、俺は酒スライムを尾行した。


酒スライムは屋敷に入り、そのまま中庭に。

大樹のそばにある社の前に到着すると、そこで周辺警戒。何を警戒しているんだ？

酒スライムは、サトウキビを持ったまま社の後ろに回った。

？　どうしたのかと覗《のぞ》いたら、そこには数匹のザブトンの子供たちと……ピンポン球ぐらいの発光する物体？

酒スライムは持ってきたサトウキビをザブトンの子供たちに渡し、ザブトンの子供たちはサトウキビの皮を剝《む》いて、発光する物体に与えていた。

……………虫かな？

ちなみに、俺の横や後ろには雑誌サイズのザブトンの子供たちや、クロの子供たちがいて、一緒にその様子を見守っている。みんな、気になったのね。

酒スライムたちは隠れて生き物を飼育している……ということかな？　ほっこりしつつ、どうしようかと思ったら……酒スライムが俺たちに気づいた。

酒スライムは一瞬、固まったあと……俺と光る物体の間に陣取った。光る物体のそばにいたザブトンの子供たちもそれに続く。待て待て。

庇《かば》っているのはわかるが、俺が敵認定なのはなぜなんだ？　畑に害を及《およ》ぼしたりしないんだろ？

……………及ぼすの？　違う？　大丈夫？　よーし、では話し合おう。


なぜ隠したんだ？

俺の質問に、ザブトンの子供の一匹が足を上げた。

上じゃなく前に？　その足の向けられた先に……ルーがいた。

「知っているかしら？　妖精の羽って薬の材料になるのよ」

あ、うん、隠す理由がわかった。

酒スライムが俺の足にすがりつく。わかったわかった。俺が守るから。

「貴方《あなた》。妖精って畑にイタズラするのよ」

……酒スライム、どういうことかな？　こいつは違う？　絶対にイタズラさせないから？

お前がそこまで庇うとは……。

俺が少し思案している間に、ルーは仲間を呼んだ。ティアがルーの横に並ぶ。

「妖精の羽ですか……貴重ですね。いい薬がたくさん作れます」

いつもは可愛いルーとティアの顔が怖く見える。だが、酒スライム側も負けていない。

先ほどまで、妖精のそばにいたザブトンの子供たちが援軍を連れて来た。

「うわっ、小さい！」

「なにこれ？」

「光ってる！」

アルフレート、ティゼル、ウルザ。

「パパ、これ、新しい住人？」

……勝負はあった。


妖精。

まだ小さいからピンポン球のような感じだが、成長するとサイズは小さいけど人型になったりするらしい。

「羽って言っていたが……見えないけど？」

「今の状態の妖精を、妖精の羽って言うの……」

ルーが未練がましく、薬品を入れたガラス瓶《びん》を揺すっている。

なんでも、その瓶の中に妖精の羽というか、ピンポン球を入れて漬け込むだけで凄い薬ができるらしい。

「漬け込んだりしないが薬の効果は？」

「他の薬の触媒になるだけだから、これだけじゃ意味はないわよ。加える材料で打ち身、疫病予防、長寿、美肌維持、毛生えの薬になるかしらね」

なるほど。

……打ち身と疫病予防と長寿と美肌維持と毛生えを並べないでくれるかな。でも、疫病予防には惹《ひ》かれるな。

「妖精の羽がないと作れないのか？」

「他の方法もあるわよ。でも、妖精の羽を使うと行程をいくつも飛ばせるから楽なの」

拗《す》ねるルーの頭を撫《な》でつつ、他の方法があるならそれでと、お願いする。

疫病の危機があるならともかく、そうじゃないからな。今回は、アルフレートたちの情操教育用に譲ってくれ。

俺がルーの頭を撫でていたらティアが頭を差し出してきた。

「私も拗ねたほうがいいですか？」

はいはいと俺はティアの頭も撫でた。


「ところで、妖精は何を食べるんだ？　サトウキビでいいのか？」

「甘い物ならなんでも食べるわよ。花畑で放し飼いでいいんじゃないかな？」

では、そのように。

……………あれ？　それならなぜ酒スライムはサトウキビを欲したんだ？

花畑に連れて行けば……あ、蜂たちが攻撃してくるのね。なるほど。


後日。

花畑に小さな箱に丸い穴を開けた妖精の家を設置した。

低い？　わかったわかった。土台の上で……これぐらいで大丈夫だな。ん？　高さは問題ないけど、数が足りないと。それは見たらわかる。

どこから来たのか、花畑には妖精が十四……匹でいいのかな？　飛び回っていた。

蜂と喧嘩しないようにな。喧嘩した場合、俺はハチミツを作ってくれる蜂側につく。

なに？　成長すれば、役に立つ？　……わかった、信じよう。

俺は屋敷に戻り、早速足りない分の妖精の家の製作を開始。アルフレートやティゼル、ウルザも手伝ってくれるのか。ありがとう。だが、工具で遊んじゃ駄目だぞ。危ないからな。

うん、いい返事だ。

閑話　貴族娘秘話？

〝シャシャートの街〟に着いたら、中央北側にあるビッグルーフ・シャシャートに行くことをお勧めする。

どんな場所かって？　街の中の街かな？

ふふふ、わけがわからないだろう？　大丈夫、行けばわかる。見たこともないほど大きい建物だ。

そのビッグルーフ・シャシャートに行ったら、ぜひ食べてほしいのがカレー。

香辛料をたくさん使ったスープにパンを浸して食べる料理なのだが、これがまた美味い。我《われ》を忘れるぐらい美味い。

俺も初めて食べた日は、三回も列に並んだ。

ああ、カレーを売っている『マルーラ』という店は自分で並んで購入しなければいけない店だ。

ちょっと変わっているだろ？　椅子もテーブルもあるんだぜ。なのに、並ばないといけないのはどうしてだろうって俺も思った。

けど、答えは簡単。

そこは店だけど店じゃない。屋台なんだ。屋台なら、自分で並んで買うのも普通だろ？　列に並んでいる時、常連っぽい人にそう教えてもらって、俺も納得した。


そのカレーなんだけど、パンじゃなくて他のお店で買った食べ物を浸しても美味い。

もちろん、浸すのだから固形物だぞ。香草と一緒に焼いた鳥肉とかな。

他のスープを混ぜるのはあまりお勧めしない。薄くなるだけだ。やめておけ。ああ、経験談だ。

でもってだ、『マルーラ』のカレーはカレーで美味いんだが、そこはカレーだけで商売をしているわけじゃないんだ。

ピザ、揚げ物、丼物、そしてパスタがある。わかっている、ちゃんと一つずつ説明しよう。


まず、ピザ。

平らにした生地の上に、具を載せて焼いたものだ。この上の具の組み合わせによって味が変わる。

昼のランチタイムは店が決めた味になるけど、夜はある程度注文ができる。好き嫌いがあるなら、夜に行くことを勧める。

どんな具があるんだって？

そりゃ、トマト、ナス、アスパラガス、ブロッコリー、イモ、ニンニク、香草。

野菜だけじゃないぞ。薄く切った肉とか、煮込んだ鳥肉とかも美味い。半熟の卵を落とすかどうかで議論している者もいるな。

でも、ピザに欠かせないのはチーズだ。チーズをたっぷり。

これがピザだ。


次に揚げ物。

具材に小麦をまぶして、卵を溶かした汁で包んだあと、パンを細かく砕いた物をまぶし、油で煮た料理だ。

油で煮るのを揚げると言うらしい。だから揚げ物。

そんなのが美味いのかって？　メチャクチャ美味い。

揚げ物は、一皿にドーンとでっかく出てくる豚肉のカツ、牛肉のカツがあるんだけど……ああ、カツってのは、揚げ物の料理の名前だ。『マルーラ』の人間がそう言っていた。そういうものだって思っておけ。

話を戻すぞ。

串カツってのがあるんだ。こう一口サイズに切った具材を、串に刺して出してくれる。

具材は、豚肉、牛肉、鳥肉に、タマネギ、レンコン、シイタケ、トマト、卵。魚を切ったのもあるな。あと、練り物って言って、魚の身を捏《こ》ねて固めた物とかも美味いぞ。

ああ、そのまま食べるんじゃないんだ。食べる前に、ソースをかける。これがまた美味い。どう説明していいかわからないぐらい美味い。

当然ながらソースは店の命だ。どれだけ偉い人が頭を下げてもソースの作り方は教えてもらえない。せいぜい小瓶にソースを分けてもらえるぐらいだ。それでも大喜びしていた。凄いだろ。

だからたくさん食べたいのだが、店から食べ過ぎは注意される。

出し惜しみをしているわけじゃなく、揚げ物は油を一緒に食べることになるからだ。油を食べ過ぎると太るらしいぞ。

次は丼物。

これはレギュラーメニューじゃない。ライスと呼ばれる食べ物がある時だけ。

なにせ丼物ってのは、そのライスの上に料理を載せたものだからな。

牛肉を煮詰めた物がお薦めなんだが、豚肉のカツを卵とスープで煮込んだのもいい。

だけど、残念ながら丼物の内容は店が決める。色々と手間がかかる料理らしくて、細かく聞いていられないんだってさ。

ん？　ははは、お金を積んだって駄目さ。いや、本当に。

実際、あの店に行ったらわかるよ。細かい注文を聞いていられない状況だって。

なに、そうがっかりするな。

丼物は失敗なしって言われるぐらい評判だ。

そうそう。丼物の裏メニューになるんだが、ライスの上にカレーをかける食べ方がある。美味いぞー。俺は一瞬で食べ終わったね。そして絶望したもんだ。なぜ、もっとゆっくり味を噛《か》み締めなかったのかと……ああ、もう一回食べたい。


最後にパスタ。

ああ、そこらの店でも出されているパスタだ。珍しくない料理だが聞いてくれ。

『マルーラ』のパスタは、細長いんだ。ああ、俺も最初は食べにくいと思ったんだけど、フォークでこう……くるくるっとな。

簡単そうだが、最初は注意だ。服に汁を飛び散らすぞ。

パスタの味？　味は色々あるが……ミートソースというのだったかな？　細かくした肉とタマネギ、トマトをフライパンで焼いたソース。俺はそれが好きだ。

あとはオイルをたっぷりとまぶしたやつ。これはちょっと辛い。

ほかには味噌《みそ》味、醤油《しょうゆ》味……〝シャシャートの街〟は港だからな、海産物を使ったのも多い。貝や魚を使ったパスタもある。

一番人気は……ちょっと拮抗《きっこう》しているかな。

細長いパスタは、最近になって出た味だから、常連客も色々と試してみているんだ。

もちろん、カレーにパスタを浸して食べてもみた。美味かった。

いや、美味い美味いと下手な感想で申し訳ない。

まあ、細かいのは自分で体験するか、詩人にでも聞いてくれ。

ははは、ん？　秘密？　ああ、そういや俺との話のきっかけはそれだったな。

『マルーラ』の料理を無料で食べる秘密の手段があるんだ。本当にここだけの話だぞ。

ビッグルーフ・シャシャートの通りを挟んだ向かいに、イフルス学園ってのがあるんだ。そこの生徒になれば、昼は『マルーラ』の料理が食べられる。メニューは選べないけどな。

嘘《うそ》じゃないさ。ただ、無料には仕掛けがある。

実は飯代が授業料に含まれているんだ。

怒るな怒るな。授業料はそれほど高くない、普通だ。それで飯が出ると考えれば、無料で食べていると考えていいだろう。納得できたか？

まだ疑うなら……ビッグルーフ・シャシャートの一角に、イフルス学園の生徒用に設けられた食事スペースがある。そこにいるやつらに聞いてみな。俺の言っていることが嘘じゃないってわかるからさ。


とある家の貴族と執事。

「二カ月ほど前。そういった会話がなされたようです」

「それで、私の娘は？」

「イフルス学園に入学しておりました」

「入学？　授業料はどうしたのだ？　高くはないといっても、それなりにまとまった額が必要になるだろう」

「なんでも奨学制度というのがあり、働きながらだと授業料が一部免除の上、後払いも可能になるそうです」

「つまり、私の娘は働いているのか？」

「『マルーラ』という一番人気のお店でウエートレスをしておりました。あの我儘《わがまま》だったお嬢さまが、立派になられて……ううっ。ちなみに、ズボンしか穿かないお嬢さまがスカート姿でした」

「……ひょっとしてお前、見てきたのか？」

「はい、執事ですので」

「……」

「どうしました旦那さま？」

「どうしましたじゃないだろう。ずるいじゃないか。娘のスカート姿……ごほん。勇姿をお前だけ見るなんて」

「私だけではありません。奥さまとメイド数人が一緒に見ております」

「え？」

「〝シャシャートの街〟まで馬車で十日、船を使えば四日ですから交代で。あと、カレーは大変美味でした」

「わ、私も行くぞ！」

「残念ながら、王都で行われる会議の予定があります。そろそろ王都に向かわねばならないかと」

「うぐっ」

「〝シャシャートの街〟のイフルス代官には、奥さまが挨拶しております。ご安心を」

「い、いや、そういう問題ではなくだな」

「会議が終わったあと、〝シャシャートの街〟に向かえるように手配しておきますので。あ、『マルーラ』で学んだ、バーガーなる物を昼食にご用意いたします。パンの間に様々な具を挟んだもので、移動中でも食べやすいと評判です。ちなみに、私はお嬢さまの手作りのバーガーをあちらでいただきました」

「き、貴様ぁっ！」

殴り合う貴族と執事であった。


「大丈夫ですか？」

メイド長が執事に濡《ぬ》れたタオルを渡す。

「ありがとう。大丈夫です」

「あまり旦那さまをいじめないでください」

「旦那さまとお嬢さまの喧嘩が、家出の原因ですから……つい」

「気持ちはわかりますが」

「外ではやりません」

「当然です。それで、お嬢さまに監視は？」

「二人、置いてきました。万全です」

「一安心ですね」

「……お嬢さまは、貴女《あなた》には行き先を伝えていたのでしょう？」

「……さあ？　なんのことでしょうか？」

「お嬢さまから、貴女宛の手紙を預かっていますが？」

「貴方のそういった意地悪なところ、お嬢さまは嫌っていますよ」

「それは困りました。改善せねば。さしあたって……明日の昼、貴女のための馬車と船を手配しましょう。お嬢さまの様子を見てきてください」

「素晴らしい改善です」

11 なんでもない日

〝大樹の村〟には、様々な種族がいる。

なんだかんだと長いつき合いなのだが、未《いま》だに驚くこともある。

鬼人族。

屋敷というか村全体のメイドとして活躍してくれる彼女たちなのだが……その二人が顔を近づけ、頭の角を擦《こす》り合わせている。

「あれは何をやっているんだ？」

アンに解説を求めた。

「喧嘩です」

喧嘩？　二人とも、笑顔だけど？

「喧嘩です。あの状態から、先に目を逸《そ》らした方が負けになります」

へー。

喧嘩を推奨する気にはならないが、溜め込むよりはいいか。殴りあったりじゃないし、すっぱり決着がつくスタイルみたいだし。

「ちなみにですが、長い時はあの状態が三日ほど続きます」

…………。

「続きそうか？」

「今の雰囲気では……すぐには終わらないでしょう」

うーむ、場所が食堂でなければ放置なのだが、さすがに迷惑。子供たちに見せるのもなんだしな。

アンにお願いして仲裁してもらった。


アンの仲裁方法はシンプルだ。笑顔で睨み合う二人の間を押し通り、吹き飛ばして強制的に終了。

抗議する二人に対し、一人ずつ角を擦り合わせる。

一人、五秒ももたなかった。

これで終わり。

二人とも、仕事に戻ったが……モヤモヤしないのだろうか？

「モヤモヤ？　したことがありませんね。負けたことがありませんので」

あ、うん、アンだと参考にならない。あとで二人の心のケアをしておこう。


子猫たちと、アイギス、ヒトエが一塊になって寝ていた。可愛らしい。

ただ、場所が横になっているクロのお腹《なか》の上。クロから、助けてという雰囲気を感じる。俺も助けてやりたいと思う。だが、どうやって？

クロがその気になれば、例えば俺が上で寝ていても立ち上がれるだろう。

そのクロが起き上がらないのは、寝ている子猫たちやアイギス、ヒトエを起こさないためだ。

上の者たちを起こさず、クロを助けることができるだろうか？

俺が悩んでいると、ザブトンの子供がお尻から糸を出しながら降りてきた。

俺の目の前の高さで止まり、片足をあげて任せろとサイン。

どうするんだ？

見ていると、ザブトンの子供は一度、天井の梁《はり》に戻った。そして、クロの真上に移動。

そこから先ほどと同じように糸を出しながら降下。

まさかっ！

ザブトンの子供は、そっとアイギスを摑《つか》まえた。ナイスポジション！

だが、それを持って上がれるのか？　……おおっ、持ち上がった！　さすが力持ち！　そしてアイギスは……寝たまま！　いいぞ！

アイギスをクロの横のクッションの上に移動させ、またクロの真上に移動して降下する。

次の狙いは……ヒトエ。

ザブトンの子供がヒトエの上に着地……した瞬間、ヒトエが目を覚ました。そして寝ぼけ眼でザブトンの子供を見る。

………。

ザブトンの子供は撤収した。うん、仕方がない。アイギスだけでも頑張った。残りは俺がなんとかしようじゃないか。

俺は子猫のミエルから移動させようとしたが、横からユキがやって来て一吠《ほ》え。

子猫たちとヒトエはそれに驚いて目を覚まし、クロのお腹の上から逃げた。

乱暴だなと思ったら、空いたクロのお腹の上にユキが頭を乗せた。

………。

そこはお前の場所だもんな。

引き続き、クロから助けてという雰囲気を感じるが……トイレにでも行きたいのだろうか？

だが、もう少し我慢しないとユキが怒るぞ。

ちなみにだが、一足先に避難させられていたアイギスは、ユキの吠えで目を覚ましたけど、その場でまた寝た。

大物だなと思った。


妖精たちは、なんだかんだと活動範囲が広い。

村の北側の花畑で寝ているのに、昼間は屋敷の中や居住エリアに姿を現している。

お気に入りは牧場エリアなのかな？　牛の尻尾にじゃれている。まあ、その尻尾で叩《たた》かれているのだが……平気か？　うん、タフだな。

現状、無害なので放置するが……プライベート空間には入らないように。個室は当然として、トイレとかお風呂とかもだ。あと、俺の屋敷はともかく、他の家の中はやめておけ。

でもって、食料庫は立ち入り禁止。

なぜって？　お前たちが悪いわけじゃないんだ。ただ、ルーから妖精のイタズラについて色々と聞いていてな。

イモを石に変えたり、小麦粉の中に砂を入れたり……いや、全てが妖精の仕業とは思わない。

だが、俺は畑と食い物へのイタズラを笑って済ませる気はない。

理解したか？　押すな押すなといって押すのを待っているわけじゃないぞ。

絶対にするなよ。頼むからな。


翌日。

そろそろ収穫かなぁと思っている畑に異変があった。

ミステリーサークルというのだろうか？　麦が倒され、絵が描かれていた。下手くそな絵だ。

…………。

人って、怒《おこ》り過ぎると笑うんだな。

畑を見張っているクロの子供たちやザブトンの子供たちの目を盗んで、あんなことができるのは限られている。

すまないが、第一容疑者は妖精だ！

俺は花畑に向かった。

そこには、五十匹ぐらいの妖精と、小さな人型をした妖精が十四ほど集まっていた。

その中心に綺麗な女性……背は高そうだ。背中には羽がある。天使族のような翼ではなく、光を集めたような羽。

直感した。妖精の王……いや女王だ。そして、犯人だ。

だが、万が一を考えて俺は確認する。

「畑にイタズラしたのはお前か？」

「ん？　なんぞ、我に無礼ではないか？」

俺の手が妖精の女王の頭部を摑む。

「畑にイタズラしたのはお前か？」

「ちょ、い、いた、痛い痛い痛いぃぃっ！」

「畑にイタズラしたのはお前か？」

強引な取り調べだろうか？　いや、畑の気持ちを考えると、こんなものではすまさん。

ん？　前からここにいる妖精か。

どうした？　ああ、お前たちは止めたんだな？　ありがとう。そして、お前たちを疑ってすまない。そして、犯人はこいつであっているんだな？　ははは、よかったよかった。

「だ、だめ、むり、割れる、頭が割れちゃうからぁっ」

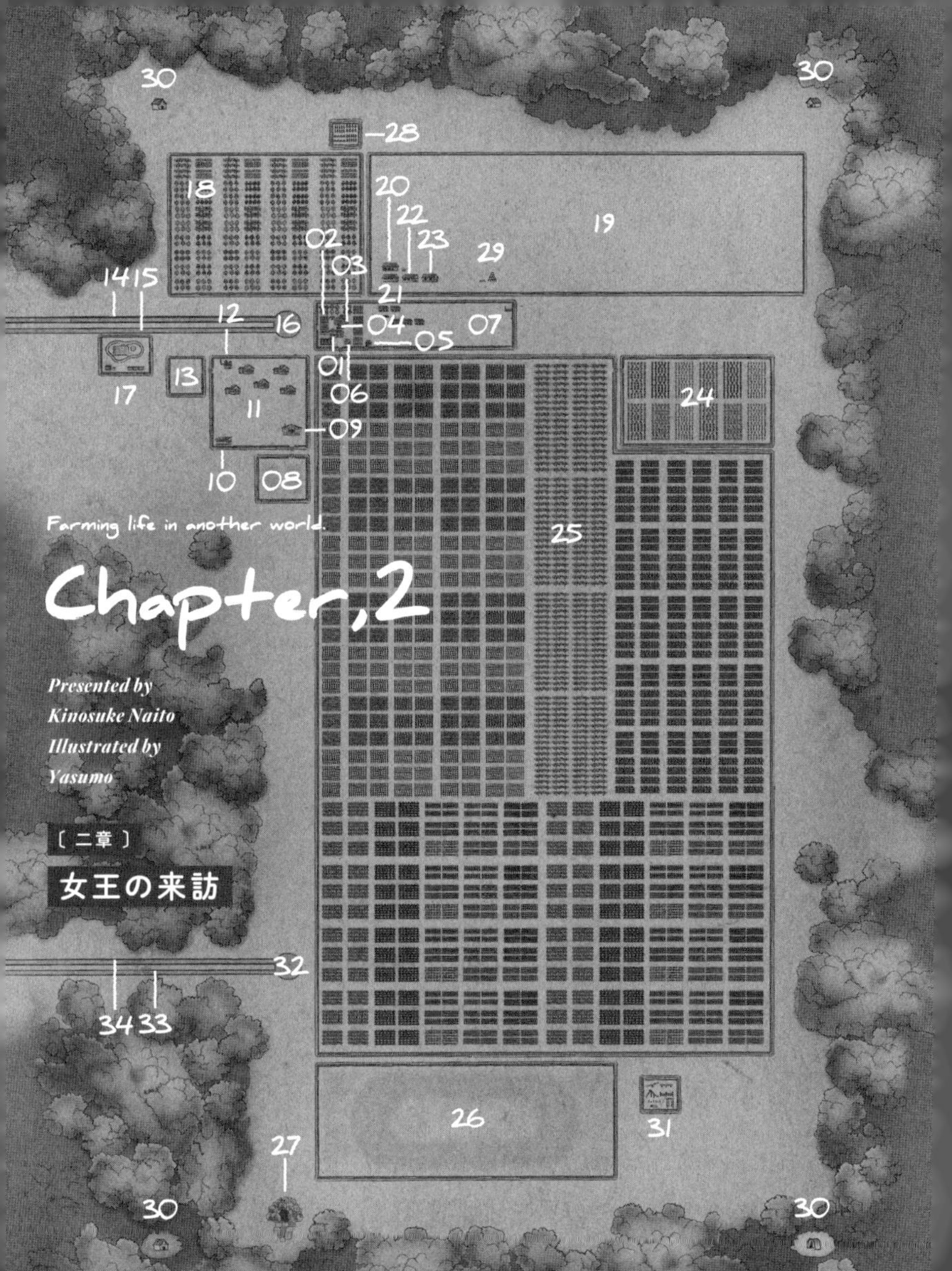

Farming life in another world.

Chapter,2

Presented by
Kinosuke Naito
Illustrated by
Yasumo

〔二章〕

女王の来訪

01.家　02.畑　03.鶏小屋　04.大樹　05.犬小屋　06.寮　07.犬エリア　08.舞台　09.宿　10.工場
11.居住エリア　12.風呂　13.ゴルフ場　14.上水路　15.下水路　16.ため池　17.プールとプール施設
18.果樹エリア　19.牧場エリア　20.馬小屋　21.牛小屋　22.山羊小屋　23.羊小屋　24.薬草畑
25.新畑エリア　26.レース場　27.ダンジョンの入り口　28.花畑　29.アスレチック　30.見張り小屋
31.本格的アスレチック　32.新ため池　33.新下水路　34.新上水路

1 妖精女王

秋の収穫を行う。

忙しい。だが、心地よい忙しさだ。

「どうして我《われ》がこのようなことを……」

俺の心地よさを壊すようなことを言うのは、妖精女王。反省が足りないらしい。

「ルー、風呂の用意を」

「わ、悪かった。ここからここまでを収穫すればよいのだな。わかっておるぞ。さあ、頑張って労働の汗を流そうではないか！」

妖精女王は慌てて、ニンジンの収穫を行う。

ニンジンは葉をまとめて持って真上に引き抜けばいいのだが、妖精女王は慣れていないからニンジン畑の畝《うね》を先に崩して引き抜きやすいようにしてやった。

いや、引き抜くというか拾うだけだな。だから文句を言わずに頑張ってもらいたい。


昨日の朝。

俺は畑にイタズラをした妖精女王を捕まえた。

自供はないが、目撃者の証言が多数。

誰が証言したって？　妖精女王以外の妖精だ。

妖精たちは進んで妖精女王の罪を教えてくれた。スムーズな証言だった。

妖精たちの前に出したプリンが無駄にならなくてよかった。ああ、食べていいぞ。プリンはそれだけだが、サトウキビならもう少し用意しよう。


一応、妖精女王の弁明を聞く。

「どうして畑にイタズラを？」

「我の分のプリンはないのか？」

「……話が終わったらな」

「約束じゃぞ。ごほん。畑の絵は、我がここに来たという証《あか》し。なかなかよくできたと自負している。特にあの曲線は……」

弁明を聞いている途中だが判決だ。有罪、そして許さん。

俺の中ではワイバーンと同じぐらいの罪。

しかし、さすがに人の姿をした者に槍《やり》を突き刺すのは心が苦しい。どうしてやろうか。

…………。

そういえば、ルーが妖精を漬けたがっていた。成長しているが大丈夫だろうか？

ルーに相談する。

「妖精の女王を溶液に漬け込むって……やったことないけど、どうなるんだろ？」

わからないのか？

「妖精の女王を捕まえた人っていないから。興味があるわ」

可愛《かわい》らしい笑みだ。頼もしい。

「あ、先に言っておくけど、妖精の羽を漬け込んでも殺すわけじゃないのよ。漬け込んでおくと、しばらくしたら消えちゃって別の場所に現れるの」

消える時に出る物質が、薬になるそうだ。

別の場所に現れるというが、どこに現れるかは不明。すぐそばに現れることもあれば、別の大陸に現れることもある。

「妖精の女王もそうなるのかしら？　そうなると、消える時に出る物質は……ふふふ」

「待て。別の場所に現れるのか？　それは困るな。逃がすことになる」

「ここまで私の好奇心を煽《あお》っておいて、いまさら中止？」

「中止はない。こいつには罰を与えなければいけないからな」

俺はこっそり逃げようとしていた妖精女王の頭を摑《つか》む。

「あ、駄目、やめて」

「選べ、風呂か労働か」

「どっちもお断り……うぎゃぁぁぁぁっ」

妖精女王は、神出鬼没《しんしゅつきぼつ》。どこにでもいて、どこにもいない。そんな存在らしい。

だが、弱点がある。

他者に触れられていると、普通の人とかわらない。それは俺の手だけでなく、ザブトンの子供たちの糸でも同じ。俺が妖精女王を発見する前に、ザブトンの子供の一人が糸を放っていた。

現在、妖精女王が逃げられないのは手足にザブトンの糸を括《くく》りつけているからだ。

ちなみに、妖精女王の髪の中にも一本仕込んでいる。勝手に手足の糸を解《ほど》いても逃がさない。ふふふ。

とりあえず、汁が出るかどうか風呂に入れてみよう。漬け込むわけではない。ルーもまずはこれでどうだろう？

専用の風呂を用意して、最初は水でいくか？　それとも熱湯？

「待った。我が悪かった」

…………。

妖精女王が偉そうに謝罪する。

これで謝罪のつもりなのだろうか？

「倒した麦は、我の力で回復させよう。なに、それぐらいのことは造作も……え？　ちょ、どうして頭を、い、いた……こ、声が出ないぐらい痛い！」

倒された麦を回復させた。見事なものだ。そしてよかった。涙が出る。

しかし、怒りが消えたわけではない。だが……怒りが半減したのはたしかだ。

考えてみると、風呂はちょっと可哀想《かわいそう》かな。

「ふははははっ！　馬鹿め！　油断したな！」

妖精女王は手足に結ばれていたザブトンの子供の糸を解いていた。

「さらばだっ！　愚か者よ！」

…………。

俺を馬鹿にしたポーズの妖精女王が、そのままいる。

うん、こちらこそ言わせてもらおう。

「さらばだ、愚か者よ」

半日水風呂のあと、半日熱湯風呂に入ってもらった。


そして現在。

収穫の手伝いをすれば許してやるとの俺の話に、妖精女王が賛同して労働してもらっている。

「そういえば、我の分のプリンとやらはどうなった？　あれは見ただけでわかる。甘くて美味《うま》いに違いない！」

「そういったことはきっちりと働いてから言うように」

「働いておるではないか！　この我が！　手を土で汚しながら！」

「収穫したニンジンの数、言ってみろ」

「えっと……二十本を超えておる」

「そうか、あそこを見てみろ」

ハイエルフたちがジャガイモやトマト、ナス、カボチャなどを収穫している。もうすぐ終わりそうだ。

「連中は数が多い！　我は一人だぞ」

「お前の担当する畑は一面の半分。ハイエルフたちは十人で二十面。わかるな？」

「難しい計算はできん！」

「……わかった。黙って決められた作業をするように。食事はちゃんと用意してやる」

「プリンはあるのだろうな？」

「さっきの俺の言葉をもう忘れたか？　もう一度、言うぞ。そういったことはきっちりと働いてから言うように」

「むう！」

今年の収穫は賑《にぎ》やかだった。そして、疲れた。

収穫が終わると、武闘会の準備が始まる。

「もう帰っていいぞ」

「プリン！」

「毎日作るのは無理だって言っているだろう」

「じゃあ、サトウキビでかまわぬ」

「偉そうだな」

「我は偉いのだ！　偉い者が偉そうにして何の問題があろうか」

「別にかまわないけどな。あ、次、畑に変なことをしたら……」

「わ、わかっておる。もうせん。お主、しつこいぞ」

「しつこくて結構。言っておくが、ここの畑だけの話じゃないからな」

「え？」

「畑にイタズラ、よくない。理解したか？」

「り、理解した」

「よし。他の妖精にも伝えておくように。偉いのだろ？」

「う、うむ。我は偉いからな。任せよ。はははは」

「ははは。任せたぞ」

これで、世界中の農家のみなさんの苦労が減れば嬉《うれ》しい。

「あ、いた」

ルーが俺と妖精女王を見つけてやって来る。

「例のお風呂の残り湯。色々と効能があることがわかったの！　温度を変えて実験したいんだけどいいかな？」

「かまわないぞ」

妖精女王が何かの役に立つなら、存分に調べるべきだ。

「待て、勝手に決めるな！　我はもうあの風呂は嫌だ」

「前ほど極端な温度にしないから。今回は気持ちいい温度よ」

「嘘《うそ》だ！　絶対に嫌だぞ！」

ルーが説得するが、妖精女王は拒絶の姿勢を崩さない。

まあ、そりゃそうか。一回目が酷《ひど》かったからな。

それに、謝罪は労働で終えた立場だ。妖精女王が協力する必要はない。なので、対価を提示しようではないか。

「風呂一回でプリン一つ。どうだ？」

「……三つで」

「卵は貴重なんだ。プリンは一つ。その代わり、生クリームとフルーツを山盛りデコレーションしてやろう」

「！」

話はまとまった。

以後、村ではしばらくの間、妖精女王を煮込むルーの姿を見ることができた。

「魔女みたいだな」

「みたいじゃなくて、ちゃんとした魔女よ」

そうだった。


でもって、ルーの実験がない時も妖精女王は村にやって来ては甘味を求める。

「働けば渡す」

「子供をあやすのは得意だぞ」

………。

本当なのかもしれないが、ちょっと怖いのでまだ頼んでいない。

2 真・妖精女王

自分の子供は労働力。遠慮なく使い倒せる。子供への教育は欠片《かけら》も考えない。そんな時代に一つの噂《うわさ》が流れた。

「子供を働かせると妖精が畑を荒らす」

実際に、子供に重労働させている畑は、不思議な方法で荒らされた。

畑に見張りを立てても無駄だから、当時の人々はかなり恐《おそ》れた。だからなのか、今では子供の労働環境はかなり改善されている。

それでも時々、酷い扱いをする者が出る。そんな者のところに現れては、いたずらを繰り返すのが妖精。

そう、始祖さんが俺に教えてくれた。

…………。

「俺、別に子供に重労働させていないが？」

「なんでもないところに現れてイタズラをする。それも妖精の一面だからね」

迷惑な存在だ。

しかし、始祖さんがそんな話をするのは、俺が妖精女王に畑へのイタズラをやめるように言ったからだろう。あれはあれで意味があると。

「わかった。俺の畑に手を出さないならかまわないと言っておくよ」

「すまないね。ああ、言い方には細心の注意を頼むよ。変な言い方をすると、村長のところ以外の畑なら、何やってもかまわないと思うから」

ははは、妖精女王とは短い付き合いだが俺もそう思う。言い方には注意しよう。

俺は牧場エリアで、山羊《ヤギ》たちと遊ぶ妖精女王を見る。

……口にサトウキビを咥《くわ》えているな。悪い顔だ。

んー……いつの間にか、山羊を統率している。思ったより凄いのかもしれない。あの山羊たち、俺の命令どころかお願いすら聞かないのに。

でもって、山羊に乗って……牛たちのいるエリアに突撃？　おいおい。

普段はのんびりしている牛だが、怒ると怖いんだぞ。

あ、牛たちの目の前で山羊たちが離反。牛の前に妖精女王を突き出した。そうだよな。山羊たちはそうじゃなきゃ。

でもって妖精女王は……逃げている逃げている。

牧場エリアに設置したアスレチックの上にまで逃げたな。かなり怖かったようだ。

しかし、なぜそこで牛たちを挑発する？　牛はそこまで登るぞ。あ、ほら、追い込まれた。

うん、俺に助けを求められても困る。


他の妖精たちは、おとなしいものだ。花畑でまったりしている。

ある意味、幻想的な風景。

ただ、人の姿をした小さい妖精にお願いしたい。

花弁《はなびら》の上で寝るならもう少しお淑《しと》やかな寝姿で。足を広げないように。子供たちが真似《まね》するから。

武闘会が近いので、村に来客が増えた。

ドース、ライメイレン、ギラル。

全員、妖精女王を見たあと、沈痛な表情をしてから見なかったことにした。

「知り合いなのか？」

「知らぬ仲ではないが、あやつとは話が噛《か》み合わぬ」

ドースの苦労を感じさせる言葉。

昔イタズラでもされたのだろうか？　されたらされたで放置はしないだろう。それでも生き残っている妖精女王ということだろうか？　考えてみると凄いな。

「妖精の女王は子供の味方。子供の相手をさせておけば一緒になって遊ぶのですが……夜中でも連れ出したりするので注意が必要ですよ」

ライメイレンが、ヒイチロウには近づけないようにと俺に注意してくるが、俺に言われても困る。

あと、夜中でも妖精女王が子供を連れ出すのは確認している。昼間に眠そうにしていたウルザを見たハクレンがピンときたのか現場を押さえた。

妖精女王には、二日ほど熱湯のお風呂に入ってもらった。

「あれはなんだかんだで強いからな。頭もいい。俺も二度ほど酷い目に遭わされた」

ギラルの言葉が、誰を示しているのかわからなかった。

それが妖精女王と理解して驚く。妖精女王が強い？　頭がいい？

……………。

ひょっとして、今までの態度は擬態なのか？

「いや、あれはあれで妖精の女王の姿だ。どう言えばいいのかな」

ギラルが困っていると、ライメイレンが助けを出した。

「実際に見てみるのが早いと」

ライメイレンが妖精女王に頼んだ。

妖精女王は地面から大きな蔓《つる》を何本も召喚し、それに包まれた。

そして何本もの蔓で球を作り、開かれる。

中は……寝室？　いや、玉座かな？　そこに妖精女王が座っていた。少し成長したかな？　雰囲気も違う。

「人よ……私に聞きたいことでもあるのか？」

……………。

誰だこれ？　妖精女王？　いや、たしかに女王っぽいけど……二重人格？

「どうした？　呆《ほう》けておっては、何も答えられんぞ」

「えっと、じゃあ……どうして牛に突撃を？」

「その方が面白そうだったから。なのにあの山羊どもめ。私に忠誠を誓っておきながら、あそこで裏切るとは。許さん」

……………。

うん、同一人物だ。なっとく。

それで、これがギラルの知っている強い状態の妖精女王？

「どうして普段からこの姿でいないんだ？」

「この姿は子供の受けが悪い、動物たちからも好かれない。ああ、そうだ、思い出したぞ村長。前に作ってくれたパンケーキとやらをもう一度、食べたい」

妖精女王は俺が返事をする前に蔓の玉座から出てきた。

あ、縮んだ。雰囲気も元通り。蔓の玉座の中でだけ強いのかな？

俺の疑問にはギラルが答えてくれた。

「あれは蔓を伸ばし自分の縄張りを作る。そこでなら常にあの姿だ。こちらのブレスでも消滅しない面倒な存在だぞ。前に一度やりあったが、もうやりたくない」

ギラルにそんなことを言わせるとは……やるな妖精女王。

「こちらの攻撃を全て受け流しながら、延々と甘味の良さを訴えてくるのだ。頭がおかしくなる」

……………。

うん、妖精女王だな。

「村長、パンケーキ」

俺にねだるのも妖精女王。

……………。

これは作るまで言い続けるな。

まあ、いいだろう。

「わかった。今日のオヤツはパンケーキにしよう」

妖精女王はやったと喜びながら、子供たちのもとに走っていった。

ウルザやアルフレートに伝え、俺が前言を撤回しないようにするためだろう。なるほど賢い。


ところでだ。

この妖精女王の召喚した蔓はどうしたものだろうか？　結構な大きさで残っているが……ルー、ティア、フローラが喜んで切り刻み、持ち帰った。

貴重な魔法の薬になるらしい。

妖精女王が歩く薬草に見えてしまった。

3 いつもの武闘会

〝大樹の村〟で武闘会が行われる。

今年も文官娘衆が主導でやってくれるので、俺はかなり楽をさせてもらっている。

その代わりではないが、今年も食事関係に多大に協力した。

「今年は甘味が多いな」

ドライムが生クリームとフルーツを載せたパンケーキの皿を手に取りながら俺に言う。

子供たちが喜ぶからな。あと、妖精女王が。

「妖精の女王か……この甘味を味わったら、しばらく帰らんのではないか？」

しばらくどころか、花畑に自分の家を作って居ついている。でっかい花のような家でファンシーだった。

まあ、常にそこで寝ているわけではなく、村にいたりいなかったりする。

ちなみに二軒目。

一軒目は子供たちが面白がって弄《いじ》り、枯らしてしまった。

勝手に建てられた建物だが、さすがに枯らすのは可哀想だと子供たちを叱《しか》ったが、妖精女王は大笑いして許していた。心の広さで負けた気分。

いや、躾《しつけ》はしっかりしないといけない。

甘やかさないようにと妖精女王に言ったら、子供のやったことは親の責任と矛先《ほこさき》が俺に向いた。

色々と納得できなかったが、大人な俺は黙って叱られた。

子供たちが、叱られている俺の姿を見て行動を反省してくれたらいいな。

そう思ったが、子供たちは楽しく遊んでいた。

…………。

父さんが、君たちの所業で叱られているのに何も思わないのかな？　そうか、妖精を追いかけるのが楽しいか。

ん？　全然、俺と視線が合わない？　まるで俺が見えていないような……あ！　何か魔法で俺を隠しているな！

「当然であろう。子供たちに心苦しい思いをさせてどうする」

どこまでも子供中心。

しかし、子供たちのことを考えるなら、今はちゃんと反省すべきところ！　子供の教育に関して、俺と妖精女王は熱く語りあった。

まあ、どこまでも平行線だったけど。


その妖精女王は、会場の裏の食事スペースで主《ぬし》のごとく注文をしている。

「次は四枚、いや五枚重ねで頼む！　ふわふわした白いのもフルーツもたっぷりだぞ！　ソースは……イチゴで」

周囲には子供たち。

普段の行いから、妖精女王は子供たちに人気がある。

「女王、ジュースもらってきたよ」

「女王、こっちも甘いよー」

…………。

子供たちよ、妖精女王をあまり甘やかさないように。

休憩時間も終わりそうなので、ドライムと一緒に指定された席に向かう。

ドース、ライメイレン、グラッファルーン、ギラル、始祖さん、魔王、ユーリ、ビーゼル、ランダン、グラッツ、ホウ。

今年はマイケルさん、〝五ノ村〟にいる先代四天王の二人も見物に来ている。やはり転移門は便利だ。

俺の席は武闘会の舞台の正面。席の装飾が派手で恥ずかしい。

一般の部、戦士の部は終了し、それぞれ白熱した戦いを見せてくれた。

これから始まるのは騎士の部。

前回、〝五ノ村〟関連で不在だったルーとティアが復帰するので、盛り上がりそうだ。

騎士の部一回戦の見どころは、二年連続優勝者のキアービットと、ティアの戦いだろう。決勝戦でもおかしくないカード。勝敗はどうなるか。

そう思っていたが、ティアの圧勝だった。

ヨウコの解説によると、キアービットとティアは特性から戦法までほぼ一緒で、ティアが全てにおいて一枚上なのでこの結果は当然だそうだ。

「番狂わせが起きにくい。キアービットは独自の技を見つけないと厳しいな」

本当に厳しそうだ。

だが、キアービットは妙に晴れ晴れとした顔をしていた。なぜだろう？

「キアービットは……ある意味、ティアさまのファンですから」

グランマリアがそう教えてくれた。なるほど。


試合が進む。

毎年やっているからか、強者に対する策が見られて楽しい。

番狂わせはなかなか起きないが、戦い方を工夫しているのは素人の俺が見てもわかる。

みんな、頑張っているなぁと感心。


決勝は、ルーとリアの戦い。

キアービットに勝利したティアは準決勝でルーに敗北していた。その直前に、ザブトンの子供との戦いがあったのが大きかったらしい。

ルーは相手がグランマリア、クーデルと天使族が続いた運の良さがあった。だが、その運の良さも準決勝まで。

ティアとの戦いでかなり疲労しているルーに比べ、リアは元気というか万全。これまでの戦いを一方的な弓の攻撃で勝ち抜いてきた。

これはリアの方が有利かな……そう思ったのだけど、違った。

リアの放った矢を避《よ》けて接近戦に持ち込んだルーが、そのまま殴り勝った。

おめでとう。リアは大丈夫か？　気絶しているだけ？　それって大丈夫なのかな？　フローラに治療を頼む。

そして自分が戦闘に向かないことを実感。予想、全然当たらない。


騎士の部が終わったあとは、フリーバトル。戦いたい者が舞台に上がって戦う。

ドースとギラルが先陣を切った。激しい戦いだが、人間の姿なので少し安心。いつもの祭りだ。

たぶん、フリーバトルは夜通し行われるだろう。怪我《けが》のないように。

ヨウコ、俺は戦わないぞ。

ん？　魔王はどうしてそんな格好を？　髪型まで変えて、変装か？　変装じゃない？　気分転換？　いや、別にかまわないが……魔王の後ろに妖精女王が現れたと思ったら、魔王の姿が消えた。

え？　魔王は舞台の上にいた。正確には舞台の上で戦っているドースとギラルの間に。

当然ながら戦いに巻き込まれた。

大丈夫か？　いや、大丈夫だ。ドースとギラルの攻撃を避けている。凄い。さすが、魔王だ。

大笑いする妖精女王を捕まえつつ感心していたら、ドースとギラルが本気になったのか同時に竜《ドラゴン》の姿になった。おいおい、こんな狭い場所で……って、みんな慣れているな。料理や飲み物を持って避難している。

避難できていないのは魔王だけ。顔が引き攣《つ》っているな。大丈夫か？　…………無理っぽい。逃げだした。頑張れ。

俺は避難しつつ、妖精女王を叱っておく。

「人を勝手に移動させないように」

「はーい」

素直に謝るので、許してやった。

「いや、待って。私が死にかけたのだから、もう少し厳しく」

逃げ切った魔王が不満そうだったので、もう少しだけ厳しく注意しておいた。

閑話　〝一ノ村〟の住人　ブルーノ

俺の名はブルーノ。

実はそこそこの良家に生まれたのだが、事情があって実家を飛び出した。計画もなにもなかったから、その後は路上生活をすることになり、辛《つら》かった。

しかし、その生活があればこそ妻とも出会えたし、〝一ノ村〟に移住することもできた。だから全てを受け入れている。

今の俺は〝一ノ村〟に住んでいる一人の男。妊娠している妻のためにも頑張らねばと思っている。


そんな中、秋の収穫が終わり、武闘会の時期がきた。今年も、〝大樹の村〟に移動する。

妻には安静にしてほしかったが、絶対に行くという妻の言葉に俺が折れた。

知らなかったが、妊婦でも多少の運動は問題ないらしい。暴れるのは論外だが、過保護すぎるのは逆によくないと出産経験のあるハイエルフから注意された。

ただ、馬車に乗るのはやめた方がいいので、歩きで移動する。

さすがに俺と妻の二人で移動はせず、同じように歩きで移動する者たちでまとまった。俺の妻と同時期に妊娠した者も一緒だ。妻のように、絶対に行くと言ったのだろうか？

出産はまだ先だが、お腹が目立つポーラは留守番になった。


〝大樹の村〟は、いつものように多種多様な種族が溢《あふ》れ返っている。

それにも驚かなくなった。驚いていては生活できない。

〝一ノ村〟では、インフェルノウルフにデーモンスパイダー、ニュニュダフネ、ハーピーたちと一緒に暮らしているのだしな。

新しい種族がいるかなと楽しむ余裕さえある。そういえば、フェニックスの雛《ひな》がいるのだった。

一度、〝一ノ村〟に来たらしいが、俺は仕事中だったので見ることはできなかった。ぜひ見たい。

だが、慌てない。まずは村長に挨拶だ。

先行で移動した者たちはもう挨拶しただろうから、歩き組だけで挨拶か。少し緊張する。俺が歩き組の代表だからだ。

フェニックスの雛は、村長の頭の上にいた。

おお、なんと凛々《りり》し……想像していたより少し丸いな。雛だからだろうか？　福々しい姿と表現しておこう。

村長へ挨拶したあと、フェニックスの雛にも挨拶しておく。

村長が妊婦たちを気遣ってくれた。

言葉だけでなく、なんと会場に妊婦用のスペースを用意してくれていた。

妊婦用のスペースは広くて清潔、専用のトイレやベッドもある。その上で、悪魔族のベテラン助産師が数人、近くに待機してくれる。ありがとうございます。

ところで……村長の横に見慣れぬ女性がいますが？　誰ですか？

俺は妻と話をする。話題は村長に紹介された見慣れぬ女性。

「妖精の女王って言っていたな」

「言っていたわね」

新しい種族に驚かないと思っていたが、まだまだ驚く余地があるのだと思った。

いや、自分の想像力が乏《とぼ》しいだけか。

もっと豊かに。そして、もっと柔らかく考えよう。

神様が移住してきたって驚かないぐらいの覚悟で。ん？　遠くで猫の鳴き声が？　あれ？　舞台に猫がいる。

大丈夫かと思ったら、四匹の猫によるバトルロイヤルっぽい。猫パンチで戦う様子は微笑《ほほえ》ましい。

あ、魔法使った。かなり凶悪な魔法を使うな。

まあ、この村にいるから普通の猫じゃないか。


「ところで貴方《あなた》？」

妻が聞いてくる。

「妖精の女王には、ちゃんと心の中で祈りましたか？」

「そりゃもちろん」

妖精の女王、人間の国では妖精の女王は子供の守護者と言われている。

重労働をさせられている子供を助けたり、子供の病気や歯の生えかわりに関わる話が有名だ。

まだ子供が生まれていない俺たちが妖精の女王に祈ることなどなさそうだが、そんなことはない。

妖精の女王は安産の妖精とも言われているのだ。今の俺たちが祈るにふさわしい存在だ。

「村長は俺たちのために妖精の女王を村に呼んでくれたのかな？」

「そうかもしれません。ですが、大変でしょうね」

妻の困った顔に、俺は同意する。

妖精の女王は自由奔放でイタズラ好き。同じ場所に留《とど》まることはほぼない。

留めるには、子供と甘い物と遊びを提供する必要がある。

逆に追い払うのは簡単。崇《あが》めれば、嫌がって出ていく。だから安産は心の中で祈る。

本当に村長には感謝だ。

あと、〝一ノ村〟に戻ったらポーラに〝大樹の村〟に行くように言おう。妖精の女王がいると知ったら、驚くに違いない。


夜。

いつも通り、武闘会の熱気をそのままに、騒がしい夜だ。

妻は先に宿で眠っている。妊婦に徹夜なんてさせられない。

今回、俺は一般の部に出場して勝利した。酒がすすむ。

ん？　なんだ？　一頭のインフェルノウルフが、騒いでいる。

……………クリッキー？　マルコスとポーラの家の見張りをしているインフェルノウルフだ。

今日も〝一ノ村〟にいるポーラと一緒にいるはず……酔っていた頭が冷えた。

「村長！　ポーラに何かあった！」

〝一ノ村〟で、新しい生命が誕生した。

急な出産でポーラも赤ちゃんも危なかった。

助かったのは、ポーラのためにハイエルフが二人、〝一ノ村〟に残ってくれていたことと、武闘会に悪魔族のベテラン助産師が来ていたこと。

そして、妖精の女王。

悪魔族のベテラン助産師の言葉だと、母子ともに危なかったのが、妖精の女王が〝一ノ村〟に来た途端に回復したそうだ。ありがとう。

崇めるのは駄目だから、心の中で感謝の言葉を繰り返した。


そして、色々と振り返って納得した。

村長は妖精の女王のイタズラに対して叱っていたが、他の者たちは放置していた。

ルーさまやティアさまですら、村長に任せっぱなしだった。

来賓として来ていた竜や魔王に対してイタズラしても、竜や魔王も本人には怒らなかった。

なぜだろうと思っていたが……こういった恩恵があるなら、許容しようという気にもなる。

だとすれば、村長はなぜ叱っていたのか？　いや、結構、甘く叱っていたな。じゃれていたと考えるべきか。

妻を多く持つ村長だが……まさか、妖精の女王と。

いやいや、さすがに想像力が豊かすぎるな。ははは。

冬に入ってから、ルーさまに教えてもらった。

「妖精の女王は、出産以外にも頼りになることがあるのよ」

子供の病気や歯の生えかわりに関してではなく。

「妖精の女王にイタズラされた村では、妊娠する者が増えるの」

なるほど、だからなのですね。

〝大樹の村〟で、ルーさま、ティアさま、そして二人のハイエルフ、三人の山エルフが妊娠した。めでたい。


で、その……これはなんですか？　薬？　妖精の女王のエキスから作った？

え？　あ、夜の……あ、あー。

妻が出産したあと、話し合ってから使わせていただきます。


あと、妖精の女王は、十日に一回ぐらいの割合で〝大樹の村〟に来ているらしい。だとするなら村長にこそ、この薬が……全然、必要なかったと。

さすがです。

4 秋から冬に

武闘会が終わった翌日。

俺は寝ていない。朝日が眩《まぶ》しい。

なぜ寝ていないか？　それは昨晩、〝一ノ村〟で留守番をしていたポーラが産気づいたからだ。

俺が起きていたからどうなるのだと思うが、寝てはいられない。難産だという話も聞かされたしな。幸い、先ほど無事に生まれた。めでたい。

そして男の子だ。目元はポーラに似ている。口元もポーラだな。えっと……マルコスに似ている部分もきっとあるさ。

そう慰《なぐさ》めるが、大急ぎで帰ってきたマルコスは、まったく気にしていなかった。

似ている似ていないの前に、生まれてきてくれたことに感謝か。うん、そうだな。

俺もアルフレートが生まれた時はそう思った。

えっと、マルコス、ポーラ。俺を崇めてもご利益はないぞ。

あと、クリッキー。ご苦労だった。お前の連絡がなければ、ポーラは危ないところだったぞ。

ははは、頼もしいな。ああ、これからも頼む。

でもってハクレン、悪かったな。

「気にしなくていいわよ。お父さまやお母さまだと、マルコスの顔を知らないからね」

ハクレンには、マルコスを迎えに行ってもらった。

母子共に最悪の事態が考えられると悪魔族のベテラン助産師に言われたので、呼ばないわけにはいかなかった。

転移門を使い、竜姿になったハクレンが飛行。

〝大樹の村〟から〝シャシャートの街〟を、三時間で往復した。

夜だったので、一番時間がかかったのは〝シャシャートの街〟でマルコスを見つけること。

ハクレンに同行したマイケルさんが商会の人員を動員してマルコスを発見、確保した。半ば誘拐みたいだったらしい。

同行したマイケルさんは……戻ってきてからずっと寝ている。起きたらお礼を言わなければ。

でもって、始祖さんかビーゼルに転移を頼めばよかったと反省。俺もかなり慌てていたみたいだ。

それに気づいたのは、ハクレンがマルコスを連れて戻った時。事態を把握した始祖さんとビーゼルが、存在をアピールしたので気づいた。本当に反省だ。

無事に生まれてくれたからよかったものの、万が一の時は……やめよう。無事に生まれたのだ。それでよし。

始祖さんには、〝大樹の村〟から〝一ノ村〟までの転移をお願いした。

〝大樹の村〟では、朝だが宴会が続いている。

ポーラの難産の話が出たあとも、関係者以外は宴会に参加した。不謹慎かなとも思ったけど、暗い空気は不幸を呼び込むのだそうだ。

「だから宴会は続行してほしい」

〝一ノ村〟の住人総出でそう言われたら、続けるしかない。

自主的に、舞台で戦うのは中止。酒と料理を楽しみながら、楽しかったことや良かったことを発表する場になっていた。

まあ、それもポーラが無事に出産したと報告されるまで。

大歓声のあと、元に戻った。

舞台にはなんと魔王が立ち、挑戦者を募った。挑戦者がユーリで、少し困っていたな。ユーリの後ろには現役四天王の四人が並んでいたけど。そんな宴会が今も続いている。

「村長、どうしましょう？」

「自主参加。明日の朝には解散。あと、眠たい者は寝かせてやるように」

俺は大あくびをしながら、そう言った。


〝大樹の村〟の武闘会が終わったあとは、〝五ノ村〟の収穫祭が行われる。

実際、収穫はもっと早い段階で行われ、すでに終わっているのだが、〝大樹の村〟の収穫と武闘会が終わるのを待ってもらった形だ。

「待たせて悪かったな」

「いえ。先にやっても、〝大樹の村〟の方々が不参加では盛り上がりませんから」

「そう言ってもらえると助かる」

ヨウコと先代四天王の二人が取り仕切っているので、進行はスムーズ。

収穫祭と言っているが、内容は冬に向けての大販売会みたいなものだ。ただ、出店や舞台はあるので、祭り要素も皆無ではない。

俺は開始の挨拶をしたあと、鬼人族メイドと獣人族の女の子が担当する十軒の出店の監督をする。

酒だけを販売する二軒の出店が、大人気。ストレートの酒の販売はせず、果実割り、水割り、お湯割りをコップ単位で売っているのだけど、飛ぶようにというか流れるように売れていく。

客も店の前でだらだらしていない。すっと注文して代金を払い、酒の入ったコップを受け取っては次の客に場所を譲る。手間取るようなことはない。

練習でもしていたのかな？　そう思わせる動きだ。そこまでして酒を求めるのか？　《五ノ村《ごのむら》酒《しゅ》》と《五ノ村酒改《ごのむらしゅ・かい》》は、それなりの数を販売しているはずだが？　祭りの空気かな？

他の出店のうち、五軒が食べ物の販売。

焼き鳥串、焼き魚串、焼きトウモロコシ、ピザ、バーガー。

バーガーはハンバーガーではなく、ホットドッグのことだ。

ただ、試食中にホットドッグのネーミングに疑問を持たれたので名前を考えることに。

パンに切れ込みをいれて、そこに具を詰めた料理をバーガー。パンで挟んだ料理を、サンドイッチとすることになった。

なので、俺の知っているハンバーガーは、ここではサンドイッチと呼ばれている。違和感がある。慣れるかな。どこかで改名を考えるべきか。


一つの出店で提供する料理が一種類だけなので回転は速いのだが、列はできる。

全員、頑張っているが調理速度が間に合っていない。

これ以上、速くしようとしたら設備を拡張しないといけないから、出店じゃ無理。解決策としては……出店の数を増やすことだな。来年はそうしよう。


二軒が甘味の販売をしている。綿菓子とたい焼きのようなもの。

綿菓子の機械、たい焼きの焼き台は山エルフとガットに頑張ってもらった。ありがとう。

子供たちというか、大人にも人気だな。

値段の設定を間違えたのか、大量買いする人が多くて困る。綿菓子が綺麗《きれい》に膨らんでいるのは頑張っても数時間だから、食べられる分だけにしてほしい。たい焼きも熱いうちに食べてほしいなぁ。

残る一軒はジュースの販売。

酒を飲まない人がやって来る。

こちらは酒ほど求められていないのか、客足が鈍いなと思っていたのだけど、夜には大行列だった。客足が鈍かったのは味が広まっていなかったからかな。

舞台では、様々なパフォーマーが出ては観客を楽しませている。

俺はそれをゆっくりと見ている余裕はないが、舞台の上にアルフレートが出てきた時はじっくりと見てしまった。

アルフレートは、フェニックスの雛のアイギスに火の輪くぐりをさせていた。

…………。

会場は盛り上がっているが……フェニックスって火の鳥だよな？　それが火の輪くぐり？　凄いのかな？　いや、凄い！　アルフレート、凄いぞ！

あと、アシスタントしているルー。

可愛い格好だが……人前でそういったのはよろしくないと思うのですがどうでしょう？　ふとももを出し過ぎです。

5 ユーリの就職と冬

そろそろ冬。

ザブトンやザブトンの子供たちが冬眠に入る。しばしの別れだ。

ただ、今年もザブトンの子供たちの一部が屋敷やダンジョンで過ごし、冬眠はしないそうだ。寂しくなくていい。

ダンジョンを拠点にしているアラクネのアラコは、特に冬眠の必要はないとのことでいつも通り。

ガルフとダガとも、しばしの別れ。

今年の冬は〝五ノ村〟周辺で修行するらしい。武闘会での成績が伸び悩んだのを気にしているようだ。たしかに二人とも瞬殺だった。力を出し切れずに負けたから悔しいのだろう。

〝五ノ村〟のピリカや、ピリカの弟子、エルフたちも一緒に修行するらしく、色々と盛り上がっている。

盛り上がっているが……修行というのは家の近くでは駄目なのだろうか？

…………。

水を差《さ》すのもなんだし、駄目ということで見送る。

〝五ノ村〟で小さな変化。

魔王の娘であるユーリが〝五ノ村〟に赴任してきた。

立場は魔王国管理員。代官を置かない地域の視察員みたいな役職らしい。

当初、〝五ノ村〟としては魔王国管理員は受け入れても、魔王の娘である王姫《おうき》は受け入れにくいと考えた。

「王姫さまって我儘《わがまま》だと噂で聞いたことが……」

この村議員の言葉に代表されるイメージが原因だった。

これに対し、ユーリは村議員一人一人に挨拶回りをしてイメージの払拭《ふっしょく》を狙った。

狙ったのだが……。

「王姫が一人一人に挨拶って、どんな嫌がらせだ！」

先代四天王の二人に怒られていた。

それによって問題なく受け入れとなったのだから、怪我の功名というやつだろうか。

「うう、フラウに挨拶回りは大事と言われたからやっただけなのに……」

ユーリは〝五ノ村〟の転移門の存在を知っている。なので、ユーリは〝五ノ村〟に赴任してから毎日のように〝大樹の村〟に来ていたりする。

フラウの生んだフラシアに「ゆーりねーたん」と呼ばれてご満悦《まんえつ》だ。

ちなみに祖父になるビーゼルは「じーじ」なのだが、祖母のシルキーネは「ねーたん」と呼ばれている。見た目からそう思うのも仕方がない。

代わりというわけではないだろうが、ホリーが「ばーば」と呼ばれて申し訳なさそうにしているが満更《まんざら》でもなさそうだ。

ユーリの宿泊場所として、屋敷の新築が計画されたのだが実行は春まで延期となった。

この辺りなら冬でも建設作業は可能なのだが、家畜小屋の建設が予定されているらしい。ユーリも、それらの建設を中断させてまで自分の屋敷を優先させたりはしなかった。

代わりに、ユーリは屋敷ができるまではヨウコ屋敷に宿泊することに。二十人ぐらいのお付きが一緒だったけど、ヨウコ屋敷は広いのでなんの問題もなかった。広いは正義だな。

ただ、転移門の存在を知っているのも、使用許可が出ているのもユーリだけだ。それに抗議しているのがユーリではなく、文官娘衆。

「王姫さまのお付きで来た二十人の中に、私の同期が何人かいます。ぜひ、文官娘衆への勧誘を。大丈夫、鍛えますから」

「ゴン子爵令嬢がいます。彼女は計算が得意で、実家の帳簿も彼女が管理していたはずです」

「南の大陸で有名な代官の娘がいますね。きっと、代官の仕事にも詳しいはずです」

「ボロイ男爵の娘って……フーリュリンさま?! 嫁《とつ》いだって聞いたのに、戻っていたの？ 財務関連で働いていた経験があったはずです。絶対に確保！」

えっと、彼女らの仕事はユーリのお付きであって、文官娘衆への就職ではないのだが……文官娘衆一同がユーリに直訴《じきそ》。

ユーリの生活が困らないように二人を残し、十八人が文官娘衆に転職した。

「無理を言ったようで悪かったな」

一応、ユーリに謝っておく。

「半分、こうなるのではないかと思っていましたから、お気になさらずに使ってやってください。彼女たちの実家には私の方から連絡しておきます」

「よろしく頼む」

文官娘衆に入ったのであるなら、〝大樹の村〟に招待したいと考えたが、いきなりは残酷だと止められた。

なぜ残酷なのだろうか？

よくわからなかったが、当面は〝五ノ村〟で研修的なことをすることになった。

その最中に裏取り……〝大樹の村〟に対して害意がないことを確かめてから、転移門のことを話す予定になっている。

先の話になるが、数人をビッグルーフ・シャシャートに送りたいらしい。それには俺も賛成。頑張ってほしい。

冬。

やることをしているので、授かる時は授かる。そこに問題はない。

問題は、一気にきたことだ。

ルー、ティアが、それぞれ二人目を妊娠。ハイエルフ二人、山エルフ三人が妊娠をした。計七人。

めでたいことだ。


この集団妊娠には原因がある。少し長いが聞いてほしい。

実は一年ぐらい前からアルフレートが一人で寝られるようになった。その成長は喜ばしい。だが、時々、寂しいのか真夜中に俺かルーの部屋に行く。

ルーの部屋に行って、ルーがいる場合は問題ない。ルーがいない場合、少し問題になる。

そして、俺の部屋に来てルーがいれば問題はないのだが、ルー以外の女性がいると問題になる。

さすがにそういった教育はまだ早いと俺は考えた。

だが、寂しいからと部屋に来たアルフレートを追い返すような真似《まね》はできない。

結果、俺はアルフレートが来ても大丈夫なように一人で寝ていることが多かった。

平和な日々だった。

だが、秋に妖精女王が来た。

妖精女王は子供を夜に連れ出したりするが、寝かしつけるのも上手だった。また、アルフレートには男のプライドをくすぐって一人で寝かせる方向にも誘導していた。

それによって、俺の平和な夜は去った。そして、激しい夜が復活した。

武闘会の時、ポーラの出産でテンションが上がったのもあるだろう。頑張るしかなかった。

これが集団妊娠の原因。

俺の希望は、ティゼルが寂しいと夜に訪ねて来ること。

「ティゼルさまは寝つきがいいですから、ご安心ください」

…………。

ヒイチロウの成長を期待したい。


集団妊娠が発覚して、獣人族の女の子たちが攻勢を強めてきた。頑張るしかない。

山エルフの代表であるヤーが少し悩みがち。代表をさしおいて、他の山エルフが妊娠したからだろう。だが、妊娠は神様の贈り物だから。そう悩まず、気長にな。それと、その……変な服は着なくていいぞ。それは色っぽいとは逆方向だ。ザブトンが起きたら相談しような。

閑話　平和な国の王の話

私は少し前まで王であった。

だが、息子の謀反《むほん》によって退位。死を覚悟していたが、幽閉《ゆうへい》だけのようだ。しかし、喜んだりはしない。

私は十歳で王位を継ぎ、三十年以上も王位を守ってきたのだ。それが謀反に遭うとは。

あの馬鹿息子を殴り倒してやりたい。そして、それ以上に怒りの矛先を向けたいのが家臣たち。

どんな事情があるのか知らないが、馬鹿息子を支持するとは。これまでの私の苦労はなんだったのだ。ええい、腹立たしい。


だが、三カ月も幽閉生活をしていると怒りも薄れる。

幽閉といっても、屋敷から出られないだけで中ではそれなりに自由。また、公《おおやけ》にはできないが、私に恩を感じている者から差し入れがあるので金にも食にも困らない。

手に入らないのは情報だけ。息子が今、何をやっているかまるっきりわからない。これまで王として最新の情報を手にしていただけに喪失感が大きい。だが、それにも慣れた。

気づけば寝不足、運動不足も解消され、体の調子もいい。案外、王という重責がなくなったのは悪いことじゃないのかもしれない。そんな風に考えた。私は王に向いていなかったのだ。そう思えばいい。

では、私に向いている職はなんだろう？

……………。

それを探すためにも、幽閉されているわけにはいかんな。よし、脱走しよう。


同行者は、五人。

私が子供のころから身の回りの世話をしてくれている爺《じい》と、護衛役の騎士が一人、それと侍女が三人。馬鹿息子よりも私を選んでくれた者たちだ。

私の脱走計画を聞かされても、動揺せずに一礼し、準備を始めてくれた。頼もしい。

本来なら妻にも同行してもらいたいのだが、厳しい旅が想像される。残念だが妻とはお別れだ。

私が出ていったあと、残った者たちが罰せられないように立ち回ってもらいたい。妻の実家の力を考えれば、息子も妻を罰することはしないだろう。いや、あの馬鹿息子が妻に対して何かできるとは考えにくい。

そう考えて妻にお願いしたら殴られた。

え？　夫の横が妻の立ち位置だって……それは嬉しいが……妻が加わり、同行者が五十人ぐらいになった。

妻の方が私より人望があるのではないだろうか？　い、いや、私はこっそりと脱出しようとしたから人数を絞っただけで……この件に関しては、考えるのをやめよう。

とりあえず、他国を目指す。国内では面倒だしな。私の顔が知られている国も面倒だ。そんな事情から、かなり遠い国を目指すことになった。

馬車の列、凄いなぁ。船、ほとんど貸し切り状態だけど、目立っていない？　大丈夫？　追っ手が来るんじゃないか？

予想通り、追っ手が来た。

えっと、追っ手に対して容赦なく反撃するのはどうかと。馬鹿息子の命令で追いかけているだけだろ？　私の国の連中だぞ。いや、幽閉生活に戻りたくはないが……。

そうだな。連れ戻されて死刑もあるか。

よし、反撃。できるだけ手足を狙うように。


追っ手を振り払いながら、辿《たど》りついたのが魔王国。

ここならさすがに追っ手も来られまい。なにせ大陸の雄、フルハルト王国と戦争中だからな。

私の国にもフルハルト王国からの支援要請が来ていたが、私は無視していた。魔王国と敵対したわけじゃない。

だから大丈夫だと思う。思いたい。大丈夫だといいな。

よし、宿を確保しよう。資金は大丈夫か？　豪邸を建てても大丈夫なぐらいある？　では、頼んだぞ。

食事は……人気の場所がある？　妻よ、いつの間にそんな情報を……いや、頼もしいぞ。

――王子サイド――

どうしてこうなった。

俺はクーデターを成功させたのではなかったか。

正論ばかり言い続ける父を排除し、王位に座った。家臣たちも喜んでくれた。

そこまではよかった。

どこだ？　おかしくなったのは？

そうだ、あの時からおかしくなった。

「俺に反抗した貴族のリストを出せ」

「え？」

俺の要求に、困った顔をする側近。

「おいおい、いつもの用意の良さはどうした？　すでに用意していると思ったのに。お前もクーデターが成功したことで浮かれているのか？」

「いえ、あの、王子？　反抗した貴族とは、どういった貴族のことでしょうか？」

「は？　そんなの決まっている。俺が王位に就こうとするのを邪魔した連中のことだ」

「それでしたら、いません」

「は？」

「王子は第一王子ですよね？」

「う、うむ」

「他に王子はいませんよね？」

「そうだ」

「ですので、王位を王子が継ぐのは当然。大半の貴族たちは今回の件、王家のお家騒動というか親子喧嘩《げんか》と判断して、静観の構えでしたから」

「待て待て。王城で軍に抵抗されたが？」

「そりゃ、許可もなく軍を率いて城に攻めかかっていたらそうなるでしょう。しかも、開戦の宣誓があれでしたから」

「あれって……かっこよかっただろう」

「自分の父をよくもまあ、あれだけ罵倒《ばとう》できましたね。みんな、引いてましたよ」

「えー……かっこいいと思ったのに」

「事実無根な内容が多数含まれていたので、王子の頭が疑われましたよ？」

「……ひょっとして俺の評判、落ちた？」

「ご安心を。最初から落ちるほどありません」

「それでよかったと言うと思ったか！」

「怒鳴っても威厳はありませんよ。改めて言いますが、貴族たちは大半が不参加。城で抵抗した者たちも職務に忠実だっただけで、王子に反抗したわけではありません。ある意味、王子が反抗したのであって、それに従わなかったからと言われても困るでしょう」

「ごめん、ややこしい。もっとわかりやすく言ってくれ」

「王子に敵対したのではなく、王子の行動に正しく対応した結果です」

「誰も俺に逆らってないと？」

「そうです。それともなんですか？　王子がやることだから、全員が頭を下げて受け入れろと？　王を守っている立場の者に、それは酷《こく》な仕打ちでしょう」

「む、むう」

「ご納得いただけたようで、感謝します」

「納得したわけではないがな。わかった……じゃあ、あれだ。不正を働いている貴族のリストだ。それを寄越《よこ》せ」

「はっ」

「おお、これはちゃんと用意していたな。……って、これは俺を支援してくれた貴族のリストだぞ？　間違えるなんて疲れているのか？」

「間違えていません」

「……え？」

「え？　じゃありませんよ。一人しかいない王子を急いで王にすることにメリットがある者って、そういった方々に決まっているじゃないですか」

「……」

父は常に財政が危ないと言っていた。

だが、俺には解決策があった。貴族から搾り取ることだ。いや、貴族をつぶして財産を没収することだ。

俺だって馬鹿じゃない。罪のない貴族をつぶしたりはしない。つぶすのは罪ある貴族だ。

何度も父に提案したが、受け入れてくれなかった。鼻で笑われた。だからクーデターを起こしたのに……。

「えっと、現在の国の収支はどうなっているかな？」

「こちらに」

見るのも嫌になるぐらいの書類が積まれていた。

「冗談だろ？」

「いえ、本気です。これでも選びましたよ」

「……ひ、一言で頼む」

「財政は苦しいです。王子の手腕に期待しております」

それ以降、俺は書類に埋もれている。

紙って貴重じゃなかったっけ？　こんなにあると、貴重じゃないと思えるが……貴重なんだよな。その貴重な紙を使って、俺へのサインを求めている。それだけの案件ということだ。だから俺は頑張る。

しかし、処理しても処理した分以上の書類が運び込まれる。これはなんだ？　父の嫌がらせか？

「先王は軽くこなしていましたよ」

……………くっ。

「王になれば毎日パーティーに出るだけでいいと思ったのに」

「そんなわけないでしょうが……出なければいけないパーティーはあります。それまでにこの書類の山を崩してください」

「ぐぬぬぬぬ」

「読まずにサインは駄目ですよ。チェック用の書類を紛れ込ませていますからね」

「うぉいっ、俺の仕事を邪魔する気か？」

「いえ、チェック用の書類は私の休暇申請書です。一年ぐらい休む予定なので、よろしくお願いしますねー」

「ちょ、お、おまっ、今、お前がいなくなったら……」

「やれる、王子ならやれますよ！」

「やれねぇよ！　というか、休んだらぶっ殺すからな！」

「ははははっ」

くっ、側近が俺をいじめる。

父もこうだったのだろうか。


「今、なんて？」

「先王が幽閉先から姿を消しました」

「見張りは何をしていた？　一緒にいた母は？」

「えっと……その幽閉先にいた先王、先王妃を含め五十二人が一斉に姿を消しました」

…………！

ひょっとして、それは噂になった〝剣聖の村〟の事件と同じ？

「いえ、違います。書き置きが残されていました。自由のために旅立つので、あとは任せたと」

「父の字か？」

「はい。間違いありません。いかが致しましょう？」

「……追え」

「え？」

「追って連れ戻せ！　父だけ自由になるなんて許さん！」

「先王一行は魔王国へ入国しました。軍による追跡は不可能と判断し、密偵を送り込むのが限界です。こちらは一カ月前の情報になります」

「くっ。なぜ、そんなやっかいな場所に」

「王子の手から逃れるには最善の場所です。さすがは不敗王」

「父をその名で呼ぶな。戦わぬ腰抜けなだけだ」

「はいはい、わかりましたよ。それで、密偵からの連絡ですが……現在、先王一行は〝シャシャートの街〟に拠点を構えたようです」

「最近、食べ物が美味しいと評判になっている街だったな」

「はい。そこで……えっと、猛虎魔王軍に入軍」

「魔王軍に入ったのか!」

「いえ、野球と呼ばれる球技を行うチームのようです」

「球技？」

「はい。九人で一つのチームを作って行う球技です。〝シャシャートの街〟で人気になっており、いくつもチームができているそうです。猛虎魔王軍も、そのチームの一つです」

「なるほど」

「そこで先王はキャッチャーで四番打者だそうです」

「……それは凄いのか？」

「キャッチャーは守備の要《かなめ》となるポジションのようですね。四番打者とは……攻撃の要でいいのでしょうか？　どの試合でも大活躍だそうです」

「つまり、遊びに興《きょう》じていると？」

「そうとも言えませんね。そのチームの監督、魔王ですから」

「……え？」

「国政で忙しいので十日に一回ぐらいしか参加できないようですが、魔王が監督です」

「監督というのは……つまり？」

「チームを指揮する者ですね」

「わけがわからない」

「私もです。あと、他国のリタイア組の姿が多数確認できたそうです」

「リタイア組？」

「先王のように強制的に退位させられた者や、王位継承争いで敗れた王子などですね」

「それらが魔王の指揮するチームにいると？」

「いえ、大半が他チームのようです。魚介カレー軍とピザ至高軍に多いみたいですね」

「……」

「あと、先の王妃さまは……なんでも舞台に夢中だそうです」

「舞台？　そういえば、母は演劇を見るのが好きだったな。また資金支援でもしているのか？」

「いえ、自分で出演しているようです。近隣のご婦人方に交じって……」

「…………」

「どうします？」

「どうしますとは？」

「いえ、その、見張りを続けますか？」

「当然だ。そして、この手紙を届けてもらおう」

「手紙？　内容は？」

「俺からの謝罪と、王位に復帰してほしいとお願いする内容だ」

「さすがにそれで帰ってくるほど先王もお人よしではないかと……普通、罠《わな》を疑いますよ」

「わずかだろうとも、これに賭ける！　でなければ、国が、国が維持できん！」

「王が仕事を頑張ればいいだけですよ。さあ、頑張って！」

「うぐぐっ。そうだ！　俺の子がいた！　今年で十歳のはずだ！」

「……まさか？」

「父が王位を継いだのもその年と聞いている。ふふふ」

「王、ご乱心！　衛兵、殴って止めろ！　遠慮はいらん。そうだ。右フック、右フック！　いいぞ、そこで左だ！」

「舐《な》めるなぁっ！　うおっ、馬鹿なっ、ふぐっ、ぐへぇぇっ！」

「はい。ご苦労さま。衛兵、下がってよし。そして王、残念ですがあと十年は頑張ってください」

「ううっ……遠慮なく殴られた。王なのに」

「王ですよね。王子に放り投げないように」

「……ひょっとしてお前、クーデターの時、相談しなかったのをまだ怒っているのか？」

「ははは。当日に聞かされましたからね。先王に頭を下げられていなかったら、ここにいませんよ」

「父がお前に？」

「ええ。ですから、ここにいます。頑張ってください」

「ちなみにだが、先に相談していたらどうしていた？」

「先王のところに駆け込んで密告します。こうなるのが目に見えていましたから」

「なるほど。だから、貴族連中がお前には相談するなって言ったのか」

「忠告は、言った者の真意まで見抜いてから従うようにしてください。あと、来週から私は休暇に入ります。先王に挨拶に行きますから、謝罪の手紙は私から渡しましょう」

「え？　休暇って……」

「サイン、ありがとうございます。ご安心を、たった三十日ほどですから」

「待て待て待て！　俺が悪かったからぁ！」

平和な国の王の話。

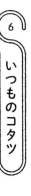

6 いつものコタツ

昼すぎ、外に出る。寒い。震える。冬だから当然だ。

服を着込んで防寒はしているが顔が痛い。すぐに戻りたくなるが、ちょっとだけ我慢。

大樹の社《やしろ》で一礼。社の周辺を見回って、汚れがないかチェック。問題なし。

朝の日課だったが、冬というか寒かったので寝過ぎて今の時間になってしまった。

いやいや、今まで寝ていたわけではなく、後回しになってしまったのだ。申し訳ないともう一度、社で一礼。

そして、走って戻る。

暖かい屋敷の中。ほっとする。

しかし、この屋敷。広いから、俺の部屋までが少し遠いんだよな。それが難点。

部屋に戻って、着込んだ服を何枚か脱ぐ。それでも十分に暖かい。

俺の部屋はそれなりに広いのだが、巨大なベッドと少し大きめのコタツにかなりの場所を取られている。

コタツの下には分厚い板を並べた上に絨毯《じゅうたん》を置いているので、他の場所に比べて十センチほど高い。この板の上は土足厳禁。クロたちでさえ足を拭いてから上がるようにしている。この靴を脱ぐルールのため、屋敷内では脱ぎやすいサンダルを利用する者もいるぐらいだ。

さて、俺もコタツに入ろうと思うのだが……先客がそれなりにいるな。

まず、クロとユキ。そして……クロニか。お前も大きくなったな。クロとほとんど変わらないぞ。でもって子猫が二匹、コタツの上にいる。たぶん、コタツの中に残りの二匹がいるな。うん、やっぱり。あ、コタツの中にはヒトエもいた。子猫たちと一緒に丸まっている。はいはい、寒いのね。閉じておくけど、息苦しくなる前に出るんだぞ。

最後にというか……俺の部屋のコタツには俺の場所を示すための座椅子を置いてある。当然、俺専用なのだが……そこにフェニックスの雛であるアイギスが座っていた。満足そうな顔で。すまないが、そこは俺の席。俺はアイギスをコタツの上に移動させる。不満そうな顔をされても困る。

俺は座椅子に着席し、コタツに入る。ふう、暖かい。

すると、アイギスが俺の頭の上に。コタツの中にいたヒトエが俺の膝の上に来た。よしよし。ん？　ザブトンの子供たちが天井の梁《はり》で何か準備している。まだ見ないほうがいいかな？　まったり待たせてもらおう。

そう思っていると部屋に来客。ヨウコだ。

まるで自分の部屋のような気安さでコタツに入ってきた。ヒトエがヨウコに気づいて移動する。寂しい。

ヒトエの代わりにやって来たのが酒スライム。ぽよんぽよんだな。そして冷たい。

酒スライムの目的はヨウコが持っている酒だな。

米の酒だ。竹のコップに氷を入れ、そこに注《つ》ぐ。先にもらって悪いね。

ん、日本酒の水割りっぽい感じになるが……飲みやすい。

ヨウコの分は俺が注ごうか？　ははは、ヒトエには飲まさないように。あと、酒スライムにもわけてやってくれ。拗《す》ねるから。


ヨウコの持ってきた酒を楽しんでいると、ザブトンの子供が俺を呼んだ。

準備ができたのか。何をやっていたのかな？

…………。

起きているザブトンの子供たちによる集団行動だった。

綺麗に種類ごとに分かれて並び、行進。糸を使って立体的に動いている。サーカスのようにも思える。凄いぞ。おっと、失敗……大丈夫だ。気にするな。そうだ。続けることが大事だぞ。

五分ぐらい、ザブトンの子供たちの集団行動を見せてもらった。

俺の反対側で見ていたヨウコが、呆《あき》れたような目で俺を見ている。嫉妬だろうか？

そっちの膝の上のヒトエと、こっちの頭の上のアイギスを交換してくれるならその嫉妬を受け入れよう。

ザブトンの子供たちを褒めつつ、酒を飲んでいると鬼人族メイドが料理を持ってきてくれた。

昼食の鍋だ。

昼間っから鍋はどうなんだろうと思ったが、ヨウコのリクエストだそうだ。ならば仕方がない。昼に鍋を食べちゃ駄目なんてルールはないしな。

鬼人族メイドに続いて、ルーとティア、アルフレート、ティゼルがやって来る。一緒に食事をするためだ。

クロ、ユキ、クロニが場所を譲ってくれる。子猫たちはコタツの中で籠城《ろうじょう》。まあ、コタツのサイズから考えても大丈夫だろう。


鍋のメイン具材は、〝ジャシャートの街〟から運んできたアンコウ。正確にはアンコウによく似た魚だが……味からアンコウと判断している。

鍋のふたを開けると、強烈なダシの香り。一緒に煮込まれているハクサイとキノコも美味しそうだ。ただ、色がちょっと……ニンジンの赤が欲しかったな。

味に問題はない。おっと、餅もあるのか。人数分あるよな？　よかった。うん、美味い。

アイギスも食べるか？　かまわないが食べるなら頭の上からは下りてくれよ。あ、鍋に直接クチバシを突っ込むのはなしだ。小皿にわけるから焦《あせ》らないでくれ。

…………。

魚の頭部分はいらない？　目が怖い？　気持ちはわかる。わかった。魚の頭部分は俺が食べよう。ははは、いいってことよ。

ん？　ああ、悪かった。息子や娘たちと会話もしないとな。

冬はなんだかんだと屋敷内にいることが多い。家族の絆を深めるにはいい機会だ。


翌日。

今日はちゃんと起きられた。社に向かう。

ん？　中庭でクロニが座っていた。どうしたんだ？

クロニの一吠《ほ》え？　うおっ?!　俺の左右から、クロの子供たちが現れて集団行動を開始した。綺麗な行進だ。そして数が多い。昨日のザブトンの子供たちに対抗しているのだろうか。

お前たちが凄いのは見せられなくても知っているぞ。いやいや、最後まで見せてもらおう。寒いけど、我慢するよ。

7　ハウリン村の近くで休憩

〝ハウリン村〟の村長に、セナの生んだセッテを見せに行くことになった。

長々と計画していたが、文化的な問題で阻《はば》まれていた。セナが言うには、生まれた子供を見せに行くのは立場が下の者がすること。俺は別に〝ハウリン村〟の村長より立場が上とは思わないのだが、住人全員が反対するから困った。

じゃあ、見に来てほしいと言いたいのだけど、その場合、こちらから迎えを出すのは駄目らしい。自分の力で見に来るのが大事なのだそうだ。

となると、安易に見に来てほしいとも言えないので計画が中断されていたのだが、解決策が見つかった。

まず、俺は〝五ノ村〟に向かう。名目は視察。

ただ、俺は転移門を使わずにハクレンに乗って移動する。その道中、〝ハウリン村〟の近くを通り、偶然、〝ハウリン村〟の近くで休憩するだけ。休憩したくなったからしただけ。

そこに、俺が近くを通ることを知った〝ハウリン村〟の村長が挨拶に来ても、何もおかしいことはない。俺には〝ハウリン村〟の村長の娘や孫の同行者がいるけど、これはまったくの偶然。世の中、不思議なことがあるものだ。ははは。

面倒だが、風習や仕来《しきた》りとかは馬鹿にできないからな。

ちなみに、この解決策はユーリの発案。

王族や貴族にも似たような問題があるらしい。干し芋を渡したお礼に教えてもらった。

実際は、〝ハウリン村〟の近くで休憩といっても、〝ハウリン村〟は集落の集合呼称だし、その集落も柵などで囲われているわけじゃないから境界は曖昧。なので、〝ハウリン村〟の村長の家がある集落の近くに着陸した。

でもって、ガットも同行していて〝ハウリン村〟の村長を呼びに行ってもらう。呼びに行かなくても来ると思うけど、来ない可能性だってあるしな。

まだ二歳にもなっていないセッテをハクレンに乗せて移動させることも心配だったけど、そのあたりは魔法で対処。魔法は便利だ。

結果、色々と苦労したけど〝ハウリン村〟の村長に挨拶できたし、セッテを見せることもできた。

一安心というか、俺の心が少し軽くなった。

予想外だったのは〝ハウリン村〟の村長の挨拶が土下座だったことだな。別に俺は怒っていないのだが？　いやいや、お隣さんなんだから仲良くしましょう。貢ぎ物？　セナ、これは断っても大丈夫なやつだよな？　よし、今回の出会いは偶然なんだから、そういったのはご遠慮します。

ちょっと大変だった。

あと、村長の奥さん。ガットとセナの母親にも挨拶。温厚そうな人でよかった。

え？　発注のお礼？　お気になさらず。こちらも助かっていますから。

あ、〝ハウリン村〟に時々、お邪魔しているティアが妊娠しましたので、しばらくは別の者が来ます。はい、今後ともよろしくお願いします。新しい発注は小型ワイバーン便で。

…………。

奥さんが発注関係を取り仕切っていたのか。知らなかった。

俺と一緒に移動したのは、セナ、セッテ、ガット以外にガルフの息子がいる。彼は〝ハウリン村〟にいる幼馴染《おさななじみ》が目的だ。

幼馴染との距離は心に決めたというか、互いに結婚を約束……話を詳しく聞くと約束未満だった。最悪、彼女のリップサービスの可能性があるとガットの弟子が呟《つぶや》いたことで、ガルフの息子は使い物にならなくなった。武闘会のあとでよかった。舞台の修理は年明けでもかまわないからな。

さて、そのガルフの息子なのだが…………すっごい美人さんと一緒にいて、満面の笑みだ。びっくりした。

色っぽいというのかな。年齢的にはガルフの息子より上に見える。お姉さんといった感じだ。

え？　ガルフの息子と同い年？　それは……えっと、発育がいいな。

事情を知らなければ、姉と弟。最悪、母と息子と思われそうだが……当人が気にしていなければ、問題なし。頑張れ、ガルフの息子。


そのガルフの息子が、モジモジしながら俺のところにやって来た。

彼女を連れて帰りたい？　本人と〝ハウリン村〟の村長の許可があるなら、かまわないぞ。あ、待て待て。ガルフはいないから仕方がないにしても、ガルフの奥さんの許可がないと問題じゃないのか？　結婚の許可は俺がする？　おれが許せば誰も文句は言えない？

え？　そうなの？　ちょ、ちょっと待ってくれ。

セナとガットと相談。村人の結婚って俺が決めるのか？

「〝ハウリン村〟ではそうですね。ですが、実際は当人なり家族なりで話し合って、村長は最後の許可を出すだけです」

なるほど。

「ただ、当人の判断よりも重く扱われますので、村長が許可しなければ結婚できません」

なかなか責任重大だな。

それで、ガルフの息子の結婚に俺の許可は必要だと思うか？

「〝大樹の村〟は〝大樹の村〟の仕来りでかまわないかと」

仕来り？　そんなものはない。当人同士が望んでいるなら、別にいいじゃないか。俺は大歓迎だ。

「では、許可を出せばいいかと」

セナの言葉に俺は頷《うなず》く。

が、何か引っかかった。俺にデメリットがあったりしないよな？

「家族の賛同を得ていないのに村長が許可を出すと、村長が家族を説得することになります」

…………。

ガルフの息子よ、確認だ。

両親の許可は得ているか？　彼女の方は問題なし？　自分の両親はまだだと。なるほど。

では、連れて帰るのはかまわないが、結婚はガルフとガルフの奥さんが許可してからだ。そういうわけだから、ガルフが戻ってくるまでは待とう。うん。

いや、そんな顔をしなくても……連れて帰るのは問題ないんだぞ。一緒に住んでも問題ない。ただ、夫婦の営みが駄目なだけで……大丈夫だ、一冬なんてすぐだ。ガルフとガルフの奥さんの許可が出れば、盛大に村で結婚式をしてやるぞ。一緒に住めないなら、宿に一室を用意しよう。それでどうだ？


……………え？　他の男が手を出すのではないかと心配してしまう？

それは理解できるが……村でそんなことをするやつはいないだろう。大丈夫だ。大丈夫だって。

……………俺？　はははははは、何を言っているんだ。俺が自分から妻を増やそうとするわけがないだろう。

いや、魅力がないとかそういうことじゃなくてだな。手を出さないって言っているんだから、それで問題ないんじゃないかな？　いや、そんな顔をされても困る。


ガルフの息子との話し合いが終わると、〝ハウリン村〟の住人が集まっていた。

全員での土下座は勘弁してほしい。はい、立って立って。寒いから、火のそばにどうぞ。

それでこれだけ集まったのは……ああ、村に移住した息子や娘の様子が知りたいと。

手紙で知らせている通り、みんな元気でやっている。心配する必要はない。

俺とセナ、ガット、ガルフの息子で獣人族の移住者の話をした。

こうなるのだったら、何人か連れて来たらよかったかな？　話をしている間、セッテは〝ハウリン村〟の村長の腕の中だった。

なんだかんだと数時間滞在し、休憩は終了。

急いで書いたと思われる手紙……ではなく、板を何枚も預かった。ワイバーン便だと、送れる量が限られているからな。

〝ハウリン村〟の村長たちに見送られ、ハクレンが飛び立つ。

一応、〝五ノ村〟を目指す。少ししたら視察を取りやめて〝大樹の村〟に進路をとる。まっすぐに戻ってもよかったのだが、〝五ノ村〟の視察が一応の名目だからな。ちゃんとやっておこう。

〝大樹の村〟に到着した時は夜だった。クロの子供たちが出迎えてくれた。ありがとう。

そして、いまさらだが数が凄いことになっているなぁ。

俺たちはハクレンの背中から荷物を降ろし終えると、ハクレンが人間の姿に戻る。

「助かった。ありがとう」

「気にしなくていいわよー、夜に返してもらうから」

えーっと……。

何のことかなと惚《とぼ》けてみた。

「私にも二人目」

……………お手柔らかにお願いします。


そして、ガット。悪かったな。次はナートを連れて行こう。

「いえ、お気遣い、ありがとうございます」

本来なら、ガットの奥さんであるナーシィやその子のナートも連れて行きたかった。

ただ、ナーシィが鉱山咳《せき》の心配があるので辞退。一応、ルーが治療しているので大丈夫なのだが、安全のためだ。

ナートは同行してもよかったのだが、母親が行かないので残ることを選んだ。まあ、ナートにすれば見知らぬ村に行くことになるわけだからな。無理にとは言えなかった。〝ハウリン村〟に行く話が急だったしな。

次は時間をかけて調整しよう。


最後にセナとセッテ。

今日はご苦労さま。うん、いい笑顔だ。

やはり〝ハウリン村〟に行ってよかった。

おっと、ここは寒い。魔法で防御していても、万が一がある。暖かい場所に移動しよう。

ちょっと忙しい一日だった。

ちなみに。

ガルフの息子の幼馴染は、クロの子供たちによる出迎えで気を失っていた。

久しぶりだから、忘れていた。

クロたちはそんなに怖くないのに、初見の人は怖がるんだよなぁ。目を覚ましたら謝っておこう。

あと、ガルフの息子。そんな顔をされても俺が悪いんじゃないぞ。

8 酔っ払い村長

ガルフの息子の幼馴染は、無事にというか大歓迎でガルフの奥さんに受け入れられ、そのまま結婚が決まった。

ガルフの了承がないのは大丈夫なのかなと思ったら、大事な冬に家を空けている夫に文句を言う権利はないとガルフの奥さんに笑顔で言われた。

…………。

ガルフは、〝五ノ村〟から少し離れた場所で絶賛修行中。今すぐ戻ってきた方がいいんじゃないかなと思う。

ガルフの息子と幼馴染は、今年の冬は宿で寝泊まりする。ガルフの奥さんが褒賞《ほうしょう》メダルを使ってまでの希望だ。

これは嫌っているのではなく、気を使ってのこと。いや、はっきり言えば孫を期待してのことのようだ。頑張れ、ガルフの息子。ルーが作った薬を少し譲ろう。大丈夫。怪しい薬じゃ……怪しい薬だな。うん、まあ、そういった類いの薬だ。察してくれ。そしてこれが君を助けるはずだ。おっと、いきなり飲むんじゃないぞ。いざという時のために取っておくんだ。俺との約束だぞ。

心配し過ぎかもしれないが、宿に住んで三日しか経《た》っていないのにガルフの息子がやつれているようにも見えるからな。あと、悩みがあったら俺かガットのところに行くように。溜め込むなよ。

そう、溜め込んではいけない。

屋敷にて、俺は女性陣の前で宣言した。話し合おう。子供の数は十分だと思うんだ。

話し合った結果。獣人族の娘が二人、新たに妊娠した。なぜだ！

もちろん、やることをやったからだ。意志の弱い自分が悲しい。

雪が降りはじめた。

温かい風呂に入りながら見る雪は格別だ。なぜか俺の風呂に付いてきた酒スライムが、湯船に浮かべたタライの中でまったりしている。その横には酒の入った竹コップ。

…………。

俺にも少しもらえないだろうか？　すまないな。しかし、お前が素直にくれるということは、勝手に持ってきた酒なんだな。

わかった、一緒に謝ろう。だからもう一杯。


長風呂をしていたら、クロが心配して様子を見に来てくれた。ありがとう。

ついでだ。体を洗ってやろう。ははは、遠慮するな。それに綺麗にしないとアンに睨《にら》まれるぞ。

ユキだって綺麗なほうが喜ぶんじゃないか？

最近は外に出ていないから大丈夫？　誰しもが一度は思うんだよなぁ。外出しなければ体は綺麗だと。だが、外出しなくても体は汚れる。諦《あきら》めて洗われるのだ。ははははは。

うん、少し酔っている。


綺麗になったクロとコタツに入る。酒スライムはいなくなっていた。あとでちゃんと謝りに行くからな。

コタツの上にはプチトマト。外で少し凍らせたから、風呂で温まった体に心地よい。

プチトマトを思いついて育てたら、トマトの発育が悪いとクロの子供たちが大騒ぎしていたな。

こういう品種だと説明するのが大変だった。

口のまわりを汚さずに食べられるので俺は推奨したいのだが、クロたちは普通のトマトの方が好みらしい。といっても、食べないわけではない。

クロが口を開けて待っているので、プチトマトを三つほど放り込む。

鬼人族メイドたちは、切らずに出せるから手間が減っていいと言っていたな。料理の彩りとしては活躍しそうだ。

プチトマトがメインの料理って何かあったっけ？

……………思いつかない。

酒が入っているからかな。それともそんな物はないのか。

ん？　いつの間にかコタツの上にミカンの入ったカゴが置かれていた。ありがたい。

そろそろミカンが欲しいと思っていたんだ。そのミカンの向こうに、いつの間にかコタツに入っている妖精女王。干し芋をかじっている。

……………。

こら、コタツの中で足をくすぐるんじゃない。

ん？　コタツの中に子猫たちもいるのか？　危ないところだった。子猫たちは俺が相手でも遠慮なく攻撃してくるからな。よしよし。

四匹の子猫が妙に甘えてくる。理由は簡単。母親である宝石猫のジュエルが妊娠したからだ。最近、ジュエルが大人しいと思っていたら、そういうことね。

別にかまわないが、毎年は勘弁してほしいと思う。だが、生まれてくる子猫は楽しみだ。大っぴらには言わないけどな。

自分の子より、猫の子の方が楽しみですかそうですか、と笑顔で言われたら困る。

おっと、俺の思考が漏れたのか子猫たちが怒っている。いやいや、新しい子猫が生まれてもお前たちの方が大事だぞ。ははは。

お前たちはお姉ちゃんになるのだから、しっかりとな。


それで妖精女王、今日はどうしたんだ？

「普通に遊びに来ただけだぞ。でも今は勉強中だって追い出された」

鬼人族メイドが、妖精女王に温かい紅茶を渡す。

砂糖たっぷり……ではなく、ハチミツたっぷりの紅茶のようで甘い香りがこっちにまでする。

俺の紅茶は、もう少し甘さ抑え目で……あれ？　俺の分は？　え？　さ、酒を盗んだのは酒スライムで俺じゃないぞ。

いや、たしかに俺も飲んだけど……あ、うん、俺のものだけど、管理している者に黙って取ったら駄目だよな。謝りに行くのが遅れて悪かった。

…………。

温かい紅茶、美味しい。ふう。

俺は紅茶を飲みながら、妖精女王がいるのだったらとリバーシに誘った。

めちゃくちゃ強かった。

俺とクロ、子猫たちが知恵を結集しても勝てなかった。さすがだ。

そしてクロ。クロヨンを呼ぶのだ。

いいんだ。勝利のためには、手段を選ばない。俺にプライドなどない。

うん、やっぱり酔っている。

9 チョコレートと雪対策

妖精女王、今日のオヤツはなににする？

「パンケーキ！　あの黒いのをかけて」

黒いの？　ああ、チョコレートのことか。

前からカカオは作っていたのだが、チョコレートにする方法がわからずに放置していた。

それが最近になって、獣人族の女の子がチョコレートにする方法を発見した。最初は苦味がかなり強かったが、ミルクや砂糖を混ぜることでマイルドになった。

ただ、まだ俺の知っているチョコレートには程遠い。俺の知っているチョコレートはもっとまろやかで、甘かった。しかし、見学させてもらったチョコレート作りは凄く大変だったのでそんなことは言わない。この味でも、村の住人からは大絶賛されているし。

しかし、全て手作業なので量を作るのは厳しいのが残念だ。チョコレートが貴重品になっている。なので、俺はチョコレートだけで食べず、ほかの食べ物のトッピングとして使っている。

そのチョコレートのトッピングを求めるとは、遠慮のない妖精女王だ。作るけどね。


妖精女王がパンケーキと答えた時、指を三本だしていたので三枚重ね。

生クリームとバナナを載せ、温めて液状にしたチョコレートをかける。最後に、砕いたアーモンドをまぶして完成。

一応、甘味の追加用としてハチミツを用意したが……思いっきりかけたな。虫歯になるぞ。あれ？　妖精って虫歯になるのかな？

おっと、アルフレートやティゼル、ウルザの足音が聞こえる。勉強の時間が終わったようだ。

では、次を焼くか。

「おかわり！」

妖精女王の要求に、はいはいと応えたけど、焼いているのはアルフレートたちの分だ。

わかっている、順番にだ。

今年は雪が凄い。

各エリアの保全が大変だ。雪下ろしは当然として、雪で隠れた道を掘り出さないといけない。

あと、水路のチェック。太い水路は大丈夫だけど、細い水路は凍結する心配がある。

チェック方法は乱暴に、木刀で凍っている水面を叩《たた》くだけ。なので、子供たちがやりたがる。

はいはい、一緒に行こう。暖かい格好をするように。帽子も被《かぶ》ろうか。おっと、人数が多いな
……俺一人じゃ問題があった時に困る。

ルーやティアは妊娠中だからな、無理はさせられない。誰か……ハクレンが外出の準備をしていた。一緒に来てくれるらしい。

「暖かそうな格好をしているけど、竜でも寒いのか？」

「平気だけど、子供たちが真似すると困るでしょ」

「たしかに。ヒイチロウは？」

「お母さまが来てるわ」

そうだった。

俺、ハクレン、アルフレート、ティゼル、ウルザ、獣人族の男の子三人で水路の見回りに出発。

俺とハクレン以外、木刀を持っているから知らない人が見たらちょっと危ない集団かな？　いや、

剣道場帰りの子供とか……ウルザ、木刀を振り回さないように。ティゼルの持ってる木刀以外は全部同じ長さだから、比べても一緒。寄り道しない。木を叩いて雪を落とさない。

ウルザが雪ではしゃいでいる。それをハクレンが収めた。

「ウルザは落ち着きのある姉になるんでしょー」

…………なるほど。あ、こら獣人族の男の子たちよ。無理だとか無茶だとかヒソヒソ言わない。信じるのが大事だぞ。


凍結する場所は限られている。水の流れが緩やかな場所だ。なので、凍結する場所はほぼ決まっている。

「凍っていたのは上だけだよ」

子供たちが木刀で氷を割ってチェックする。氷の厚さから……まだ大丈夫みたいだな。

「こっち、全部凍ってた」

よく見つけた。

そして、その凍っていた部分を木刀で砕いたのか。凄いな。

水路は壊していないな？　よし、それじゃあ全部凍っている場所はハクレンに魔法で溶かしてもらおう。

「私じゃなくて、子供たちに練習させてあげて」

ハクレンがそう言うので子供たちに任せた。

炎の魔法で氷を溶かしていく。

…………。

村の子供は天才揃《ぞろ》いか？　これで初歩？　いやいや、炎を操って氷を見事に溶かしているぞ。

そこで気づいた。ハクレンが自慢げな顔をしていることに。

「……ハクレンが教えたのかな？」

力強く頷くハクレン。悔しいが褒めておこう。


水路をチェックしたあとは、屋敷に戻って善哉《ぜんざい》を楽しむ。

冷えたからな。体に染みる。出発前に仕込んでおいてよかった。

餅は一人一つまでだぞ。晩御飯が食べられなくなるからな。


善哉を楽しんでいる間、各エリアの報告を受ける。

各エリア、問題なし。

村を囲む堀の中に積もった雪は全部、魔法で溶かしたと。よかった。

それで、溶かしていない雪は？　それなりの量になったか。

じゃあ、カマクラが作れるな。

場所はどこにする？　そうだな、中庭が色々と便利だな。それとライメイレンが来ているから、
天気が良かったら明日ぐらいに雪山を作るだろう。

その準備を……え？　もう準備はできていると。早いな。

雪山は人気だったからかな。みんな、楽しみにしているのか。

ライメイレンが作らなかったら、俺が作ろう。

報告してくれたハイエルフたちに善哉を渡しながら、そんなことを考えた。

あれ？　餅の数が足りない？　俺の疑問から逃げるように、食べ終わった子供たちが駆けだした。

……………。

晩御飯が食べられず、アンに怒られてもしらないからな。

10 出産とカマクラと雪山遊び

〝一ノ村〟で出産が相次いだ。

全員、無事に生まれてよかった。

振り返れば、ポーラが一番の難産だったろうか。

難産の原因はなんだろう？　妊娠に気づかなかったことで無茶をしたのだろうか？　それとも仕事のストレス？　まるっきり知識がないから困る。

悪魔族のベテラン助産師が言うには、個人差があるから難産にこれという原因は絞り込めないそうだ。だからといって思い悩まず、妊婦には栄養のある食事、適度な運動、規則正しい生活を心掛けてほしいとのこと。

なるほど、周知させよう。うん、言い過ぎも駄目だって言うんだろ。わかっている。これでも村長なんだ。

かまい過ぎるのは駄目。放置はもっと駄目と知っている。

雪でカマクラを作った。

場所は当初、中庭でと思ったが、綺麗な雪の量が足りなくて断念。カマクラには思った以上に雪が必要だった。

ライメイレンが作る雪山から雪を分けてもらったので、カマクラの建設場所は雪山の近くに。

カマクラの中に火鉢《ひばち》を持ち込むと、すぐに暖かくなった。ほっこりする。火鉢の上に網を置いて味噌《みそ》汁の入った鍋を温めると、その香りが充満して心地いい。

現在、カマクラの中にいるのは俺、酒スライム、そしてドワーフのドノバン。このメンバーだから、当然ながら酒がある。

味噌汁の入った鍋を少しずらし、酒を温めるためのスペースをつくる。

まずはホットワイン。

沸騰させるとアルコールが飛んでしまうので、ちゃんと見ていないといけないのだが……酒スライムとドノバンがいるから大丈夫だな。うん、温まる。

シナモンや胡椒《こしょう》、レモン汁、ミカン汁などを入れてアレンジにも挑戦。ドノバン、ホットワインにワインを追加しても意味がない気がするのだが？


ホットワインの次は、小鍋でお湯を沸《わ》かす。熱燗《あつかん》っぽいものに挑戦だ。

徳利《とっくり》は作っていなかったので、竹で代用。だからかお酒に竹の香りがついてしまった。まあ、これはこれでよし。酒スライムも悪くないと弾んでいる。

「めでたいことが続いておるな」

ドノバンは酒を飲みながらにこにこしていた。これはお酒のせいだけではない。

エルダードワーフの女性が三人、新たに村に来たからだ。〝死の森〟を抜けてわざわざやって来た者たちを追い返したりはしない。歓迎した。

そのあとで、門番竜《ゲートドラゴン》と知り合いなことや、〝五ノ村〟からの転移門を知って大きく脱力していたな。なんでも門番竜から隠れるように山を越えるのが大変だったらしい。

まっすぐ行って話せば通してくれそうなんだけどな。必要以上に恐れられていないか？　いや、恐れられなきゃいけないのか。門番竜だもんな。

…………ん？　あれ？

たしか、〝死の森〟の魔物や魔獣が南に行くのを防ぐから門番竜って言われているんだよな。だったら門番竜は感謝すべき存在じゃないのか？　どうして恐れられるんだ？

ドノバンにその疑問をぶつけると、笑われた。

「竜であるというだけで畏怖《いふ》の対象だ」

なるほど。

カマクラの外で、子供たちと雪合戦をしているハクレン、ドライムを見たら、そんな風には思えないけどな。

ちなみにライメイレンは、ヒイチロウと雪遊びをしている。ライメイレンのいる方向に雪球を投げると、色々な意味で危ないから雪合戦組は注意するように。あ、ライメイレンが魔法でシールドしているのね。防御も防寒も万全と。

カマクラに入ってきたドースが教えてくれた。

お礼に味噌汁を……酒をジッと見ているので酒を渡した。

ドースが何をしに来たのかと思ったら、アンに頼まれてお酒のツマミを持ってきてくれたらしい。

ありがとう。

そして、竜であるだけで畏怖の対象かぁ……ドースに遅れて、ギラルもやって来た。手には鍋を持っている。子供たち用の善哉らしい。ありがとう。

ギラルの後ろにはグラルがいて、食器を持ってきてくれた。

この村では、少なくとも畏怖の対象ではないな。

ギラルは村にグラルのための家を用意した。

まあ、建築したのは俺やハイエルフたちだが、秋ぐらいに完成したので、グラルはそこで生活を始めている。

グラルは見た目が幼くても竜。防犯面での心配はないが、生活面では大きく心配がある。

俺は無理に一人暮らしすることもないと思ったのだが、将来を考えて生活力を身につけたいグラルと、まだ婿《むこ》候補と同じ屋根の下で暮らすのは早いと思うギラルの思惑が一致した。婿候補はヒイチロウのことだ。

ヒイチロウはまだ三歳と少しだから、気にしなくていいと思うけどな。だが、グラルの意気込みは見事だ。

グラルは一人暮らしを始めた。

三日ぐらい頑張ったが、四日目にギブアップ。屋敷に涙目で出戻った。一応、一人暮らしといっても見張りというか通いのお世話係を派遣していたのだが……夜、一人の家が寂しいらしい。

今は屋敷と新しい家で半々の生活。

新しい家にはドースのところから派遣された悪魔族のベテラン助産師が五人ほど、生活をしている。これはギラルに頼まれてのこと。

村としても悪魔族のベテラン助産師がいてくれるのは頼もしい。

そして、グラルは一人暮らし……っぽいことを始め、少しずつ生活力を高めている。

当人に今のところ問題はないが、アルフレートやティゼルがグラルの家をうらやましがっている。おねだりされても、さすがにまだ許可は出せないし、出さない。

ウルザも欲しがると思ったが、まるっきり興味がなさそうだった。うん、わかっている。まだハクレンのそばがいいよな。


カマクラは広く作っているので、ドースにギラル、グラルが入ってもまだ余裕があるのだが、グラルは食器を置いたあと、走って雪合戦に向かってしまった。大人になるのはまだまだ先のようだ。

熱燗《あつかん》もどきと、ホットワインを楽しみ。時々、味噌汁。

その後、ドノバンが雪の中に埋めて冷やした酒を楽しむ。

寒い日に暖かいカマクラの中で飲む冷たいお酒。美味い。飲み過ぎると風邪をひくかもしれないから量に注意だな。


…………。

まあ、そんなデリケートな者はいないか。

おっと、子供たちの雪合戦が最終決戦になっている。そろそろ善哉を本格的に温めるか。

終わったらこっちに駆け込んできそうだな。寒いけど、善哉は外で温めよう。誰か手伝って……

悪いね。

ドライムに手伝ってもらった。

ドノバンが来ると思ったけどドースやギラルと酒を飲んでいる。畏怖がどうこうは、どうなったのかな？　まあいいか。

善哉当番は寒いが、火の近くだ。それに、子供たちに喜ばれる役得ポジション。頑張ろう。


子供たちが善哉を楽しんでいる間。

ライメイレンはヒイチロウと一緒に雪山をソリで滑走。微笑ましい。

その横で、妖精女王がボードに立ってテクニカルに滑っていた。

ジャンプ台でくるりと一回転ジャンプ。

着地の時もポーズをしっかりと決めている。見事だ。見事だが……。

そんなデモンストレーションをされたら、子供たちが真似をしようと飛び出してしまう。

待て、行く前に汗を拭くんだ。服が濡《ぬ》れているなぁと思ったら着替えるように。着替え用のカマクラも作ってある。服もある。右が男の子、左が女の子用だ。中で暴れるなよ、特に女子。

ソリ？　ああ、ちゃんと数を用意している。今年はボードもあるぞ。さっき妖精女王がやっていた、立って乗るソリだ。慣れないうちは低い場所で試してからにしろよ。

ジャンプ台は、こけずに上から下まで滑れた者だけ使用してもいい。一回転は禁止。無理、無茶は駄目だぞ。

ボードやスキーは足を固定するから転倒時に足を捻《ひね》って骨折しやすいと俺は思う。

なので、俺の手作りボードは足がすぐに離れるようにした。

これで骨折の心配は減るが、激しいアクションには向かない。このボードでよく一回転ができたものだと感心する。

…………。

あー、ウルザ。二回転すれば一回転じゃないと言いたいのかな？　駄目だぞ。

このボードはそういったアクションには向かないから回転は禁止だ。ソリでも駄目。

11 妊婦と牛

妊婦を放置するのはよろしくないので、訪ねる。

妊娠中の宝石猫、ジュエルのための部屋を。

空いている部屋に火鉢を置き、鍋で湯を沸かすことで程よい温度と湿度を維持している。冬とは思えない快適さ。

そんな部屋の片隅に置かれた大きめのクッションの上で、ジュエルは丸まっている。

ジュエルは妊娠中に触られるのを嫌がるので、少し離れて見守る。

代わりに俺のところにやって来たのが父猫。甘えに来たのではなく、警告だ。わかっているよ。

ジュエルに近づいたりはしないさ。

立派に父親をやっているじゃないかと撫《な》でてやる。ただ、できれば子育てにも力を入れてほしい。

ミエルたちはいまだに甘えん坊で暴れん坊だぞ。

ははは、情けない声を出されても困る。

ん？　父猫が俺からすっと離れた。

どうしたのかと思ったら、部屋にミエルたちがやって来た。そして俺を攻撃。これは母猫を守っているのではなく、自分たちを放置して父猫や母猫にかまっていたからだ。

悪かった。そしてここで暴れるとジュエルに睨まれる。ほら、部屋から出るぞ。

部屋を出る前に、火鉢にかけられた鍋をチェック。水を足しておこう。

定期的に鬼人族メイドが見回ってくれているが、気づいた時にやっておくべきだろう。

別の部屋でミエルたちの相手をしていると、ザブトンの子供たちやクロの子供たちが乱入。結構な時間を取られた。

そして、妊娠中のルーとティアが笑顔で俺を呼んでいる。

はい、わかっています。別に放置していたわけじゃないですよ。

牧場エリアでは、積もった雪を物ともせずに牛が移動する。

大丈夫なのだろうけど、顔や背中に雪を載せている牛は寒そうだ。

牛を温泉に連れて行ってやりたいが、どうだろう？　ダンジョンにある転移門を使えば移動は問題ない。

問題があるのは温泉だな。

最近は入浴者が多い。そこに牛を入れるのは歓迎されないだろう。

温泉地にいるライオンたち用に作った温泉を借りるとしよう。


お昼、牛を連れて温泉地に移動を開始。

山羊たちが自分たちもと突進してくるが、さすがに同時には無理だ。馬たちも、すまないが順番で頼む。

事前に連絡していたので、ダンジョン内や温泉地でも問題なく移動が完了。

牛たちは温泉に入った。気持ち良さそうだ。

………。

一緒にライオンが入っているのがビジュアル的に不安になるな。まあ、食べないでほしいとしっかり伝えているので大丈夫だろう。

ある程度暖まったら、一頭ずつブラシで洗おうと思ったのだが……牛たち、温泉から出ないな。

気に入ったのだろうか。

寒いだろうと先に温泉に入れたのが失敗だった。

自主的に出てくるまで待機。……俺が寒い。仕方なく、建物の中に避難。

温泉地を任せている死霊騎士《デスナイト》たちや、転移門管理者のアサと情報交換をして時間をつぶした。

牛たちが温泉から出たのは日暮れ近くだった。


後日。

これまで一度も脱柵《だっさく》したことがない牛たちが脱柵した。

そして、温泉地でまったりと温泉に入っていた。ダンジョン内を歩き、転移門を使って温泉地まで行ったのか？　賢いな。

いや、感心している場合じゃない。えーっとだな……。

脱柵は乱暴にしたわけじゃない。ちゃんと牧場エリアのドアを開けて出たあと、そのドアを閉めている。その上で、クロの子供たちに護衛までさせている。

その護衛の一頭が俺のところに報告に来たから、脱柵と居場所がわかったのだが……うーん。

とりあえず、勝手に移動するのはやめよう。言ってくれたら連れて行くから。

牧場エリアに、鐘が用意された。

鐘には太いロープがつけられており、牛はそのロープを咥《くわ》えて鐘を鳴らす。

それを聞いて、牧場エリアの動物の世話をしているハイエルフか獣人族の女の子がドアを開ける。

温泉地への移動は、クロの子供たちが誘導、護衛することになった。

…………。

三日連続で鐘が鳴らされ、鐘は撤去された。

手動ドアが、自動ドアになっただけの鐘だった。

自分で開け閉めできるなら、牛に任せよう。

温泉地で泊まるのは駄目だからな。ちゃんと戻ってくるように。

ん？　ああ、わかった。開け閉めしやすいようにドアを改造しよう。

冬だから、天気のいい日にな。

あと、牛の護衛として動くクロの子供たちに仕事を増やしてすまないと謝罪。

一緒に温泉に入るから気にするな？　そう言ってくれると助かる。


牛以外も温泉地に連れて行ったが、他の動物はそれほど温泉に執着しなかったようだ。少し安心。

執着しなかった理由は個々にあるのだろうけど、山羊たちが執着しなかった理由は移動途中のダンジョン。

普段、傍若無人な山羊たちがダンジョン内ではビクビクしていた。何が怖いのか原因がわかればいいのだけど、とにかく怖いとダンジョン内ではパニック。

それ以降、ダンジョンには入りたがらなかった。いったい何が怖いのだろう？

牧場エリアの井戸は洞窟みたいなものだから、洞窟が駄目ってことはないよな？

アラクネのアラコや地竜《グランドドラゴン》と共に、ダンジョン内を探索したけど怪しい箇所はなかった。謎だ。

12 冬が終わりそう

夜、俺がベッドで横になっていると、子猫がやって来た。ミエルだ。

ミエルは俺の首元からベッドの中に入り、右脇に移動。そこで寝始めた。おおっ、珍しいじゃないか。

寒いからか？　違うな。

ミエルたち子猫はいつでもどこでも寝るが、夜だけは母猫であるジュエルのそばで寝ていた。

それが俺のところに来るということは……たぶん、出産が近くなったのでジュエルが子猫たちを近寄らせないのだろう。寝場所に困って、俺のところに来たと考えるべきだな。よしよし。

俺が脇でミエルの体温を感じていると、ラエル、ウエル、ガエルがやって来た。

ミエルと同じように首元から入り……右脇にミエルを発見。ではと、左脇にラエルが。ウエルとガエルは俺の股の間に移動した。

…………。


来てくれるのは嬉しいが、これだと俺が身動きできない。困った。だが、幸せな悩みだ。

そう思っていると、ハイエルフがやって来た。

ハイエルフは俺のベッドの中で寝ている子猫たちを発見すると、一匹ずつ部屋の外に放り出した。

えっと……あ、はい、そうですね。すまない子猫たち。何も言えない俺を許してくれ。そして、暖かい部屋で寝るんだぞ。


翌朝、子猫たちはフェニックスの雛であるアイギスの小屋で寝ていた。

小屋の主《あるじ》であるアイギスよりいい場所で。


寒い。だが、天気はいい。

俺は牧場エリアに向かった。

牧場エリアに露天風呂を作るためにだ。

冬にやる作業じゃないと思うが、牧場エリアにいる馬や牛が珍しく求めるのだから仕方がない。

最初、温泉地まで行くのが面倒になったのかと思ったが、違った。なんでも温泉地に行けない山羊たちの嫉妬《しっと》が酷いらしい。さすがに鬱陶《うっとう》しくなったので、なんとかしてほしいとの求めだ。なるほど。

山羊たちが温泉地に行けないのは、転移門のあるダンジョンを怖がるから。

原因は、ダンジョンに住むアラクネのアラコや地竜だった。

アラコと地竜はめったにダンジョンから出てこないから、山羊たちは見慣れていないのだろう。

なんとかするなら、山羊たちとアラコを交流させればいいのだが……今は冬だ。

アラコや地竜は、寒さに弱くはないと言っているが、見ている俺が寒いのでアラコや地竜をダンジョンから出すのは却下。

山羊たちは、いまだに温泉地に行けていない。それで温泉地に行ける馬や牛に嫉妬ね。

山羊たちは、食べられないブドウはすっぱい、と言うタイプかと思っていたが、そうじゃなかったようだ。可愛いところもあるじゃないか。だが、馬や牛に迷惑をかけるのはよくないぞ。おっと、俺に迷惑をかけていいってわけじゃないからな。噛まないように。お前たちのために露天風呂を作っているんだから。


山羊たちのためとはいえ、作業に手は抜かない。

牧場エリアの北側に場所を決め、雪ごと『万能農具』で掘っていく。広さは二十メートル四方ぐらいに。

深さは……溺れたりするのは困るが、動物のサイズは色々だから一番小さいのに合わせると露天風呂ではなく水溜まりになってしまう。どうせなら山羊だけでなく、牛や馬、羊にも使ってほしい。

動物が使うので歩いたまま入れるように風呂はスロープで構成。バリアフリーだな。一番深い場所で二メートルぐらいになるように。

風呂底は当然として、スロープの途中に動物たちが立ちやすいように適度な高さで平らな場所を作った。

これで動物ごとに入る場所をわけられるだろう。

風呂が完成したら、そこに雪を放り込み積み上げる。あとは魔法で溶かし、温めてもらうだけなのだが……いつも頼むルーは妊娠中なので寒い外には出したくない。

誰に頼もうかと思っていたら、グランマリアが飛んでいた。

「頼めるか？」

「お任せを」

グランマリアは炎の球を生み出し、それを池に積み上げた雪にぶつけた。

…………あれ？　変化がない。

グランマリアの炎の球は、雪の中に埋もれている。これは……。

「失敗か？」

俺が聞いたタイミングで、派手な音がして放り込んだ雪が蒸発した。

あとで知ったが、雪を魔法で水にするにはそれなりのテクニックが必要らしい。

下手な者がやると爆発すると、グランマリアに教えてもらった。つまり……失敗でいいんだな？

「すみません」

謝るグランマリアは可愛かった。

雪を溶かし温める魔法は、爆発によって集まってくれたクロの子供たちにお願いすることにした。すまないな。

雪を溶かす係と、水を沸かす係に分担作業。作業人数がいたので、あっという間に露天風呂ができあがった。

なかなか暖かそうだ。

一番風呂は頑張ってくれたクロの子供たちで。ああ、お前たちが沸かしたんだから遠慮するな。

んっ、クロの子供たち、遠慮している暇はなくなったぞ。

一番風呂を狙って山羊たちが走ってきている。早く入るんだ。


そして、グランマリア。落ち込まない。

「いえ、でも、その……そうですよね。雪を溶かしてから沸かせばいいわけで、一気に雪からお湯にしようとした私が馬鹿というかなんというか……」

つ、次はきっと上手《うま》くいくさ。俺の指示が曖昧だったしな。


露天風呂はそれなりに人気だった。

温《ぬる》くなったら、クロの子供たちが魔法で加熱しているので冷める心配はなさそうだが。寒い外気との差で風呂から出られなくなるのは困るので、露天風呂の近くに火を焚《た》いてやる。

この露天風呂は今年の冬だけ。

春になれば、アラコや地竜をダンジョンから出して山羊たちに慣れさせれば問題なくなるだろう。

そのつもりだから、排水とか考えていない。

あ、排水したい時はグランマリアに……頼めないな。うん。何か考えておこう。


そろそろ冬も終わりかなと感じ始めたころ。

ザブトンの子供たちが、俺の身長をこっそりと測っていた。

…………。

なぜ、測るのか？　俺だけでなく、アルフレートやティゼルも測っているな。

でもって、ハイエルフやリザードマン、ドワーフ、獣人族、山エルフ、文官娘衆が少し前から布を求めはじめている。試着っぽいこともしているな。

そこから考えられるのは……去年やった行進。

まさか、またやるのか？　恥ずかしいのだが。いや、やるなとは言わないから、俺は見学席で許してくれないかな……そういうわけにもいかないと。うーん。

まあ、あれは一日だけだしな。わかった。つき合おう。ああ、二言はない…………待て。なんだそれは？

山エルフが、櫓《やぐら》を作っていた。高さは三メートルぐらい。

櫓としては低いが、最大の特徴は櫓の下に大きな車輪が六つほど付いていること。

「櫓の上に席を設けますので、村長にはそこで挨拶をしていただければ……」

「なるほど。確認するが……俺が席に座った状態で櫓を移動させたりするのか？」

「当然、考えております」

「よし、話し合おう」

冬の終わりが近い。

異世界のんびり農家

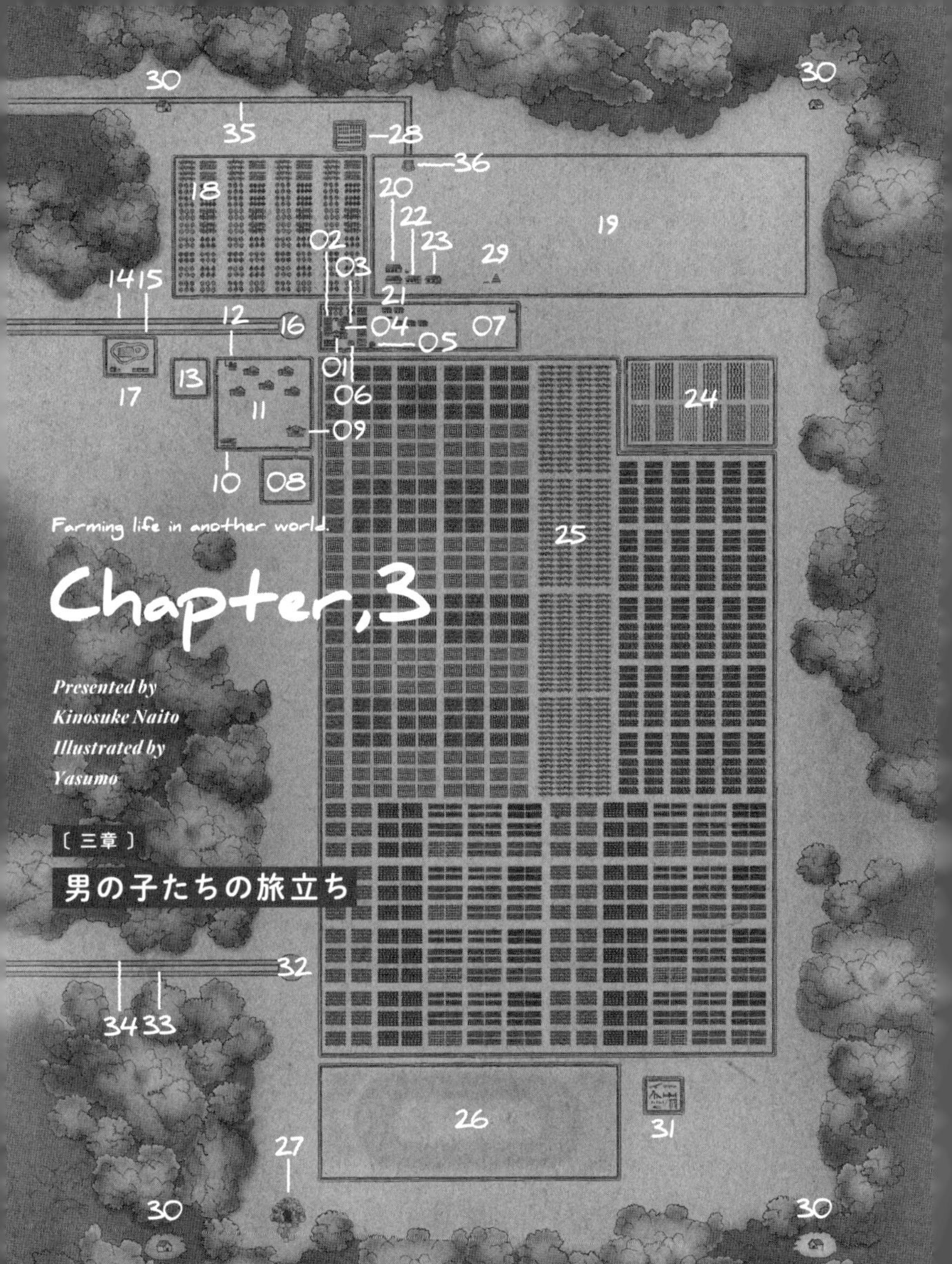

Farming life in another world.

Chapter,3

Presented by
Kinosuke Naito
Illustrated by
Yasumo

〔三章〕

男の子たちの旅立ち

01.家　02.畑　03.鶏小屋　04.大樹　05.犬小屋　06.寮　07.犬エリア　08.舞台　09.宿　10.工場
11.居住エリア　12.風呂　13.ゴルフ場　14.上水路　15.下水路　16.ため池　17.プールとプール施設
18.果樹エリア　19.牧場エリア　20.馬小屋　21.牛小屋　22.山羊小屋　23.羊小屋　24.薬草畑
25.新畑エリア　26.レース場　27.ダンジョンの入り口　28.花畑　29.アスレチック　30.見張り小屋
31.本格的アスレチック　32.新ため池　33.新下水路　34.新上水路　35.新水路　36.動物用温水風呂

1 十四年目の春

春。

目覚めたザブトンが作った衣装を着て、俺は四メートルの櫓《やぐら》の上に設置された椅子に座っていた。

素直に座ったわけじゃない。色々と抵抗した。だが、駄目だった。

俺が中止をにおわせるたびに、ザブトンの子供たちやクロの子供たちが、中止ですか？　本当に？

という顔で見てくることに耐えられなかった。

山エルフたちが櫓の高さが低いから不満なのだと思って、四メートル、六メートルサイズの櫓を建設し、十メートルサイズの櫓を建設しはじめたことも大きい。

今の段階で受け入れたほうが、被害が小さいと思ったのだ。


そして、現在。

行進《パレード》が行われていた。

先頭はクロ。

ザブトンに用意してもらったのか、白地に金の装飾を纏《まと》っている。なかなか凛々《りり》しい。

その後ろにユキが続く。ユキはクロの子供たちを四列で率いている。一糸乱れぬ行進だ。

この行進のために、各地から呼び寄せたのかな。クロイチ、クロニ、クロサン、クロヨン、クロゴ、クロロク、クロナナ、クロハチが揃《そろ》った姿を見ることができた。

その次に、ザブトンの子供たちが続く。

半畳サイズ、雑誌サイズのザブトンの子供たちが種類別に群れを作って行進している。

拳大のザブトンの子供たちは、二畳サイズのザブトンの子供の背に乗って参加。移動速度の問題だろう。

その拳大のザブトンの子供たちは、大きすぎる旗指物を支えている。

ザブトンの子供たちの後ろに、リアが率いるハイエルフたちがいる。

全員、手で持てるサイズの弦楽器や吹奏楽器を持ち、明るい音楽を奏《かな》でている。

妊娠中の者たちも参加したがったが不参加。これだけは俺が強く言った。

ハイエルフの次が、リザードマン。

このパレードのために、急いで帰ってきたダガが率いている。

リザードマンたちが持つのは槍《やり》。全員が同じ槍を持って、掛け声と共に掲げている。

そのあとを、ドノバンが率いるドワーフたちが続く。

鎧《よろい》を着込み、手には斧《おの》。

なんだかこれまでで一番、ドワーフらしい格好をしている。ちょっと感動。

ドワーフたちに少し遅れて俺の櫓になる。

俺の櫓には車輪がつけられているが、動力は人力。なので櫓には多数のロープが取り付けられている。

そのロープをケンタウロス族たちが並んで引き。

櫓が転倒しないように、ミノタウロス族が櫓の周囲に配置される。

ミノタウロスたちが櫓の周囲に配置されるため、初期に作られた三メートルサイズの櫓は使用が止められた。

別に俺とミノタウロス族が近くてもいいじゃないか。

俺はそう言ったのだが、ミノタウロス族たちの役割が決まった瞬間に、山エルフたちがうっかり壊したので一番低いサイズが四メートルとなった。

……あれは本当にうっかりだったのだろうか。

櫓には、俺以外にフローラ、ラスティ、フラウ、ヨウコ、聖女のセレス、そして鬼人族メイドのアンが乗っている。

これだけの人数が乗っても大丈夫な大きさということだ。

ルーやティアも同席したがっていたが、妊娠中なので不参加。そこは譲れない。

俺の櫓の次が、セナが率いている獣人族。

全員、同じ剣と盾を持っている。そこそこ重いと思うのだが、誰も苦にしていない。

こちらには急いで帰ってきたガルフが参加している。

ガルフの息子の結婚で揉《も》めたらしいが、詳細は後ほど。

獣人族の後ろに、俺の櫓より少し小さい櫓が三基。

これらもケンタウロス族が引き、ミノタウロス族が支えている。

前の櫓にはアルフレートと鬼人族メイドが乗っている。

アルフレートの格好は俺よりも派手だ。嫌がっていなければいいが……。

中の櫓にはティゼルと鬼人族メイドが乗っている。

ティゼルは比較的大人しい格好。俺もそれぐらいがよかった。

後ろの櫓にはウルザ、ナート、グラル、ヒトエ、獣人族の男の子たち。

それとハクレンが乗っている。

各自、これでもかって着飾っているな。獣人族の男の子たちは、その格好で動けるのか？　微笑《ほほえ》ましいが。

ハクレンは教師役というか子供たちの見張り役。テンションの上がった子供が暴れて落ちるかもしれないからな。ハクレンは俺の櫓と少し悩んだあと、子供たちの櫓を選んだ。愛情ではなく、心配が強かったと信じたい。

三基の櫓の後ろを、ヤーが率いる山エルフたちが行進する。

手にするのは旗指物。

前を行くザブトンの子供たちの旗指物は統一されていたが、山エルフたちの持つ旗指物は少しずつ模様が違う。何か意味があるのかな？

山エルフの後ろにニュニュダフネとハーピー族が続く。

一応、列らしいものは形成されているが、他の者たちに比べると少し乱れている。だが、頑張っているのはわかるぞ。

あと、ニュニュダフネはともかく、ハーピー族は飛んでもいいと思う。

そしてクズデンに率いられた悪魔族と夢魔族。

悪魔族はキッチリとした軍装。夢魔族は……子供の教育に悪そうな格好をしている。ここだけサンバカーニバルのようだ。派手に音楽を鳴らし、踊りながら行進している。

その後ろに並ぶベル、ゴウ、アサが少し恥ずかしそうだ。

悪魔族、夢魔族に続くのは三人の死霊騎士《デスナイト》。土で作った肉体に合わせた鎧を着込み、剣を振り回しながら行進している。知らない人が見たらイケメンが剣舞をしているように見えるんだろうな。

ライオン一家は残念ながら温泉地で留守番。


その後ろに長であるジュネアに率いられたラミア族。さらに巨人族が続く。

上空にはキアービットを中心とした天使族が編隊飛行。綺麗《きれい》なV字を作っている。煙を出して軌跡を作るのは誰のアイデアだろう？　ああ、天使族の祭りとかでやっているのか。

最後尾がザブトンと、ザブトンの背に乗るフェニックスの雛《ひな》のアイギス、酒スライム、そして猫。

ザブトンが最後尾で不満はないのかと思ったけど、こういった行列の最後尾は最後尾で大事なのだそうだ。

ザブトン本人も最後尾で問題ないとのことなので、任せた。


この列の順番は俺が決めた形になっているが、種族代表が頭をつき合わせて決めた順番を俺が認めた形だ。

俺はクジで順番を決めたらどうだと提案したのだが、その提案のあと、会議の場からやんわりと追い出された。なぜだろう。いや、楽だけど。

今回、〝一ノ村〟のジャックたちは生まれたばかりの子供の世話だなんだで不参加だった。
涙を流して悔しがらなくても……。

行進は屋敷前からスタートし、南に移動。その後、〝大樹の村〟を時計回りに一周。

この行進。
見学者が少ないのが救いだな。
俺はそう思いながら、蜂や妖精に手を振った。
あ、妖精女王がウルザのいる櫓に乱入した。そこにはハクレンが乗っているのに。
各地を見張っているクロの子供たち。いつもありがとう。

まあ、今日一日だけのことだ。
行進が終われば、村の南にある舞台近くで宴会。食べて飲んで楽しもう。
そういえば、冬の間に消費しきれなかった肉があったな。消費してしまいたい。

行進に参加できなかったジャックたちのために、〝一ノ村〟でもう一回やることになった。

いつの間に？　俺が決めた？　…………飲み過ぎていたかな？

えっと……わかった、二言はない。やろう。

だが、規模は小さくだ。素直に頷《うなず》いてくれて嬉《うれ》しい。

いや、当然だとは思わないぞ。規模を縮小して申し訳ない。

ん？　どうした？

ミノタウロス族の代表であるゴードンと、ケンタウロス族の代表であるグルーワルド、それに悪魔族代表のクズデンが揃っていた。

…………違うな。

〝二ノ村〟代表のゴードン、〝三ノ村〟代表のグルーワルド、〝四ノ村〟代表のクズデンだ。

うん、わかった。

〝二ノ村〟、〝三ノ村〟、〝四ノ村〟にも子供は生まれているし、その子供たちの世話で参加できない者もいる。

順番にな。

あと、〝四ノ村〟は場所の問題から、さらに規模が縮小されるが……すまないな。


各村一日ずつ。

結構な日数、櫓のお世話になった。

「村長、〝五ノ村〟は？」

〝五ノ村〟の村長代行のヨウコと、〝五ノ村〟で働く聖女のセレスがこちらを見ている。

…………。

〝五ノ村〟では見物人が多いことが予想される。

俺は自分の格好と、この櫓を改めて見る。うん、ごめん。

〝五ノ村〟はなしで。

セレスは残念そうだったが、ヨウコは笑って許してくれた。

「〝五ノ村〟は、貢献が足りないということだな」

ヨウコ、違うぞ。その理屈だと、いつかやらなきゃいけなくなるじゃないか。

2 結婚式

ガルフの息子の結婚式が行われることになった。

結婚式に関わる者の中で、立場が一番上の者が取り仕切るのが通例らしい。

これはメンツだなんだの問題もあるが、結婚式の費用の負担が大きい。取り仕切る者が、結婚式の費用の半額を出すのだそうだ。


ガルフの息子の結婚式の場合、立場が一番上なのは俺。村長だからな。喜んで引き受けよう。

だが、俺が直接結婚式を取り仕切る必要はない。というか、普通は立場が一番上の者本人ではなく、正妻が取り仕切るらしい。

正妻？　じゃあ、ルー。

なのだが、結婚式を取り仕切る者に妊婦は歓迎されない。

なぜ歓迎されないかは諸説ある。妊婦に結婚式の取り仕切りなどハードなことをさせないため。これから結婚する二人より、妊婦の方を気遣ってしまうため。などなど。

まあ、そういう文化と言われたら、従うしかない。

ルーは辞退。ティアも駄目だな。

じゃあ誰が取り仕切るのかと話し合われた結果。フラウが担当することになった。


そのフラウが、まず結婚する二人に挨拶。結婚式の相談をするためだ。

そこでフラウは三つの案を提案した。

◆豪華な結婚式

〝五ノ村〟の教会で式を挙げ、その後に〝大樹の村〟で披露宴を一週間。

◆派手な結婚式
〝四ノ村〟に新しい教会を建て、そこで式。

その後、〝大樹の村〟で披露宴を三日。

◆質素な結婚式
村長宅で式と披露宴を半日。


ちなみに、二人は結婚式と披露宴の費用を褒賞《ほうしょう》メダルで支払う。規模にかかわらず、二人の支払いは固定で三十枚。

ガルフの息子本人が貯《た》めていた分に、ガルフの両親からの支援、あとは周囲から借りて支払う。

結婚式や披露宴のためにする借金は、信用の証しなので悪いイメージはないそうだ。

でもって、褒賞メダルで支払われるということは、結婚式の費用は全部俺が出すのと同じ。なのでフラウは事前に俺と相談し、金銭的にはあまり考慮していないプランを固めた。

重視したのは式の場所と規模、そして披露宴の日数。

「どれがいいですか？」

二人は質素な結婚式を選んだ。

遠慮したのだろうか？　いや、一週間も披露宴を続けるのは大変と思ったのかな？

俺としては派手な結婚式を推《お》したい。

が、結婚式の主役の意見だ。周囲が盛り上がり過ぎるのもよろしくないからな。

二人が希望する式と披露宴にしよう。


そして、色々と文化の違いを感じる準備を終え、あっという間に結婚式当日。

俺の屋敷の中庭、社《やしろ》の前が式場になった。

参列者は……たくさん。

主役の新郎は真っ白なスーツ系の服。新婦も真っ白なウエディングドレスだ。

両方とも、ザブトンとザブトンの子供たちが製作。ありがとう、二人も喜んでいたぞ。


聖女のセレスが結婚する二人の前で、式を進めている。

……え？　俺もセレスの横に並ぶの？　いや、そういう段取りだって言われても。わかった。

じっとしていればいいんだな？　よし。

……俺から祝福の言葉？　じっとしていればいいって言っていたのに！

い、いや、慌てるな。これまでの自分の人生を振り返り、そこから紡《つむ》ぎ出される言葉でいいんだ。

……………。

……………紡ぐのは無理だな。

絞り出すのだ、俺！

「これから先、二人には幾多の困難が待ち受けているだろう！　だが、二人が手と手を取り合って歩む限り、困難は困難でなくなる！　それが結婚だ。今日、ここに一組の夫婦が生まれ……ん？　どうしたセレス？　まだ俺が喋《しゃべ》り終わっていないぞ？　え？　そういったのは教会関係者が言うセリフ？　じゃあ、俺は何を言えばいいんだ？　…………結婚、おめでとう。祝福する！」

多少のトラブルはあったものの、式はおおむね滞《とどこお》りなく進行。

式場にテーブルと椅子が並べられ、披露宴になった。

中庭だけでなく、屋敷のホールなども使用される。

そして、待機していた鬼人族メイドやハイエルフたちが料理を並べていった。昨晩から仕込みをやっていたので、手の込んだ料理が多い。

だが、メインはシンプルに巨大なイノシシの丸焼き。そのまま丸焼きにすると外側だけ焼けて、内部が生《ナマ》焼けになるのだが、それがいいらしい。

「結婚がゴールではないことを示すための未完成品ですので」

フラウの説明に、なるほどと納得。

だが、それだけだと寂しいのでウエディングケーキを作った。

三段重ねとかを考えたが、ケーキの土台部分を焼くオーブンのサイズと、土台の強度から中止。

四十センチサイズの丸いホールケーキを五つ、作った。

食べきれるか少し不安だが……子供たちが思いっきり見ているから大丈夫かな。

式が終わった段階で、俺やセレスの役目は終わり。

気楽な参加者の身分で披露宴を楽しめばいいのだが、新郎と新婦の二人は不動。決められた場所から動かずに挨拶を受ける。大変そうだ。だが、笑顔だ。

特にガルフの息子は嬉しくて仕方がないという様子。それに釣られて、参加者の顔も笑顔……一人、拗《す》ねているのがガルフ。

不在時に息子の結婚が決まったことに、不満らしい。

だが、その件に関してはガルフとガルフの妻との間で話し合いが行われ、解決したと報告された。

……解決したんだよな？

一応、ガルフをフォローしておこ……俺が行く前にドワーフたちがガルフを取り囲んだ。

「こやつが結婚式に似合わない顔をしているのはなぜだ！」

ドノバンが叫ぶ。

そしてそれに答える他のドワーフ。

「酒が足りないからであります！」

「なるほど、ならば酒だ！」

「酒です！」

……。

ガルフの相手はドワーフたちに任せよう。

明日以降も引きずるようなら、俺に言うように。


ところで、この結婚式。

新婦側の親族が参加していないが問題ないのか？　大丈夫？　新郎が新婦を迎えに行った場合は、不参加が基本。新婦も特に参加を希望していなかったから呼んでいないと。なるほど。

新婦と家族の仲が悪いわけじゃないよな？　不参加が一般的なんだな。了解した。


日が暮れ始めると、新郎と新婦は退席するのだが、ここで一つのイベントがある。

それは定められた道を、新郎と新婦が退席するもの。

道はまっすぐだが左右に男性が並び、新婦を触ろうと手を伸ばす。新郎はその手を払いのけながら、新婦と共に進むのだが……まあ、これはセレモニーだ。

本気で新婦に触るのはマナー違反。

余計な恨みを買ってもよくないので、酔っていない人が並ぶ。まあ、俺も並んで賑《にぎ》やかそうと思う。うん、賑やかしだ。ルールも理解している。なのに、ハイエルフたちはどうして俺をブロックするのかな？

「トラブル回避のためです」

…………仕方がない。並ばずに食事を楽しもう。

新郎新婦が退席しても披露宴は翌朝まで続けられる予定だ。

ん？　ケーキの追加？　ああ、妖精女王が来たのか。わかった。

準備はしているからオーブンさえ空いていたら……不意に大きな歓声が起こった。

歓声が起きた場所は、新郎と新婦が進んでいた道。

何かあったのかと近づいたら、道の中央にガルフが立っていた。

そして、新郎と新婦の行く手を遮《さえぎ》っている。

「息子よ。結婚をするというなら、その覚悟を俺に示すがいい！」

ガルフの言葉に、ガルフの息子は遠慮なく拳で返した。

「俺は幸せになる！」

ガルフの息子の拳が、ガルフの顔にヒット。

だが、ガルフは倒れない。ニヤリと笑う。

ガルフのやつ、あそこで親子の殴り合いをする気か？

そう俺を含めた周囲が思った時、ガルフの息子の許婚者《いいなずけ》……いや、妻が追撃した。

「私も幸せになります！」

ガルフの息子の妻が一気に距離を詰め、腰を回してのフック。ガルフの横腹に突き刺さった。

あれ？　ガルフの体が横にずれたぞ？　そして、膝から崩《くず》れ落ちるガルフ。

…………あ、ああ、なるほど、息子夫婦に花を持たせたのね。やるじゃないかガルフ。

倒れたガルフは、周囲にいた者が持ち上げて道から排除。もう手を伸ばす男もいない。

万雷《ばんらい》の拍手《はくしゅ》の中、ガルフの息子と妻は退席した。幸せになってほしい。

おっと、ケーキの追加だったな。わかったわかった。すぐに作るよ。

3 変化の春

春。

行進だ結婚式だで色々あったが、やることはやっている。

〝大樹の村〟で畑を耕し、褒賞メダルを配り、果樹エリアの蜂たちの巣がある小屋の手入れをした。

〝二ノ村〟、〝三ノ村〟では休耕地《きゅうこうち》を作るため、新しい農地が必要とのこと。

各村が勝手に広げてくれてもかまわないのだが、俺が『万能農具』で耕した場所以外は農地に向かない。俺と『万能農具』が頑張った。

〝一ノ村〟はもう少し竹林が欲しいそうだ。『万能農具』ともうひと頑張りした。


俺が色々と忙しい間に、ユニコーンが子供を産んだ。無事に生まれて一安心。

生まれた仔馬は……普通の仔馬だな。

まだ子供だからか、特にユニコーンらしさはない。雌とのことだ。


宝石猫のジュエルも出産した。ちっちゃい子猫を四匹。可愛《かわい》らしい。

だが、近づくとジュエルが怒るのでまだ近づけない。遠くから見るだけ。

母親の妊娠で寂しい思いをしていたミエルたちはどうするかと思ったけど、姉になったことを自覚したのかウロウロする子猫を咥《くわ》えてはジュエルのそばに放している。仲は良さそうだ。特に心配していなかったけど。

心配は……生まれたばかりの子猫たちのいる部屋の前、ジュエルが怒らない一番いい場所に魔王が鎮座《ちんざ》していることだ。

子猫見物だが、どうやら子猫たちを守る番人も兼ねているらしい。

「この廊下を歩く時は、もっと静かに。サマエルが寝ている」

サマエルは最後に生まれた子猫の名前。

ちなみに、他の子猫の名前はアリエル、ハニエル、ゼルエル。

集まれる者が集まって名前を考えた。魔王がなぜか参加していたが、特に注意はしなかった。狙っていたわけではないが、途中から名前の最後をエルで統一しようとなった。

愛称はアエル、ハエル、ゼエル、サエル。

…………言いにくい。たぶん、姉たちと違ってこっちは定着しないような気がする。


「ユーリさまが外に出られたので、寂しいのでしょう。すみませんが、しばらくは魔王様の好きにさせてあげていただけると助かります」

魔王を連れて来たのであろうビーゼルはそう言いながら、孫であるフラシアを抱えていた。

フラシアも二歳になり、大きくなった。抱え方が少し悪いと、ホリーに注意されている。俺も注意しよう。


〝大樹の村〟では、ガルフの息子夫婦のための家が新築されていた。いつまでも宿でというわけにはいかないからな。

ハイエルフ、リザードマン、山エルフ、ドワーフたちが協力して作っているので、あっという間に完成する。もちろん、俺も頑張った。ハイエルフが指定する木を伐採し、加工する。

ガルフの息子夫妻が代金の相談に来たが、これは俺からの結婚祝いだ。気にするなと伝えた。それに、これまで家を建てても代金は取っていないしな。

代金をもらったのは……ラスティやグラルのための家の時ぐらいかな？　ただ、その時は通貨ではなく、物品での支払いだったから厳密にいくらという値はつけていない。値段を聞かれても困る。

そういうことだからガルフ、そしてガルフの奥さんも気にしなくていいぞ。息子夫婦が心配なのもわかるけどな。

ガルフはちゃんと息子と仲直りしたな？　そっちは問題ない？　だったら、あの嫁とは決着をつけるとか物騒なことは言わずに……ほら、あの時は酒が入っていたからガルフも本調子じゃなかったんだよ。ドワーフたちに散々、飲まされただろ。

…………わかったわかった。だがな、今から修行に行くとか言うのはやめた方がいいぞ。横にいる奥さんが怖くないのか？　俺は怖い。


新築祝いは小さなパーティー。建設に協力してくれた人たちへの感謝と、家の近くに住む人たちへの挨拶があるので、家の主《あるじ》であるガルフの息子と奥さんが手料理を振る舞うのが通例。

だが、人手が足りない。だって、ほぼ〝大樹の村〟全員が参加だからな。鬼人族メイドたちを援軍に出した。ああ、必要な食材は倉庫から持っていってくれ。

子供たちからケーキのリクエストが出たので、俺も料理に参加。野外用の台所を作るところから始めた。


ん？　ああ、わかっている。

ドワーフ諸君、この場での酒は飲み放題だ。頑張った分、飲んでくれ。

え、違う？　新しい作物の相談？　酒用？　薬草を使った酒？　また変わったことを。

今ある薬草畑で……ああ、あれに手を出すとルーが怒るか。わかった、薬草畑を広げよう。ただし、危ない草は駄目だぞ。

「ははは。人食い草を育ててほしいとは言いませんよ」

いや、そういう意味ではなくてだな……まあいいか。

そして酒は遠慮なく飲むのね。


ガルフの息子夫妻といえば……ガルフの息子の妻は、俺のことを最初は村長と呼んでいた。

しかし、春の行進のあとからずっと俺のことを「村長さま」と呼ぶようになった。昔のリアたちを思い出す。

だが、苦労して「村長さま」から『さま』を取ったのだ。放置して元に戻っても困る。

いや、すでに一部のハイエルフたちが俺のことを「村長さま」と呼びだしている。これはまずい。

なんとかならないか？

「そう言われましても村長さま。村長さまは村長さまですから」

…………。

デジャビュ。

リアたちにもそう言われた気がする。あの時はどう言って納得させたか……距離感を理由にしたかな。

「俺とお前の仲じゃないか。『さま』はやめるんだ」

うん、人妻相手には使えないな。どうしよう。

俺が困っているとリアがお任せくださいと言うので、任せた。

すると、どう説得したのか『さま』がなくなった。

「『村長』で、すでに最上の言葉。そこに『さま』を付けるのはへりくだり過ぎて逆に失礼になってしまいました。申し訳ありません」

よし。

…………で、いいのかな？

獣人族の男の子たち三人が、魔王国の学園に入学することになった。

突然ではない。実は去年の冬、ユーリが〝五ノ村〟に来た直後に提案されていた。広い世界を見せたほうがいいと。

年齢的にも学園に行ってもおかしくない年らしい。また、能力的にも問題ないと。

一応、勝手に決めずに本人に相談した。しばらく悩んでいたが、ガルフの息子が許婚者を〝大樹の村〟に連れて来た時に決めたらしい。

この村だと、結婚相手に困ると。

………ウルザはどうだ？　首を思いっきり横に振られた。

じゃあ、ナートは？　あれも怖いところがある？　そうなのか。

グラルは……ヒイチロウを狙っているしな。

ティゼル？　ティゼルはやらん。

わかった、奥さんを探しに行くといい。

…………学園に行く理由がそれでいいのだろうか？

そういえばユーリ、獣人族の男の子たちはどこの学園に行くんだ？　ユーリやフラウが通っていた学園？　そこって、貴族が通う学園じゃなかったか？

普通の学園より自由に休めるし、融通が利くからって……本当に大丈夫か？　礼儀作法とか、色々と大変じゃないか？

そのあたりは入学までに、フラウと文官娘衆とで叩《たた》き込むと……。

礼儀作法は知っていて損はないな。わかった、やってくれ。

しかし、そうか。

あの小さかった獣人族の男の子たちが、学園に入学か。感慨深いな。

しっかりと学んでくるんだぞ。

獣人族の男の子たち三人は、転移門で〝五ノ村〟に移動。

学園関係者は〝大樹の村〟のことを知らないので、〝五ノ村〟出身として魔王国の学園に向かった。

「ハクレン先生。気持ちは嬉しいけど、竜に乗って学園に行くのは駄目だと思うんだ」

ハクレンに乗っての移動は、当人たちの希望で途中までとなった。

4 新しい水路

獣人族の男の子たち三人が魔王国の学園に行ってから、残った子供たちに少し変化があった。

まず、ウルザ。年長である三人が抜けたことで、子供たちの面倒をよく見るようになった。

アルフレートも、そんなウルザを見て思うところがあったのだろう。勉強をさらに頑張り始めた。

そしてナート。セナと色々相談している。

…………相談内容は聞かないことにしよう。俺やアルフレートが関係ないことだといいな。

なんにせよ、子供たちの変化はいい方向なのでよかった。

魔王国の学園に行った獣人族の男の子たちも、きっと頑張っているだろう。

だからハクレン、心配し過ぎはよくないぞ。

なんだかんだで、ハクレンはライメイレンの娘だなと思う。

子煩悩《こぼんのう》。それをもう少しヒイチロウに向けてほしいが……そうなると、ライメイレンと争いそうだよなぁ。

うまくやってほしい。


牧場エリアの露天風呂だが、春には埋めるつもりだった。しかし、動物たちの強い要望という名の抵抗で残すことになった。

そうなると考えなければいけないのが取水《しゅすい》と排水《はいすい》。

スライムたちによる浄化で綺麗になっているとはいえ、水の入れ替えを考えるべきだろう。あと、屋根も付けようか。

ということで工事。

取水は露天風呂の位置を考え、川から新たな水路を作る。

それほど大きな水路でなくてかまわないが、高低差を上手《うま》く利用しないと水が流れない。また、いきなり風呂に水をダイレクトに流し込むのも考えものだ。

なので、川からの水路を作ったあとに、牧場エリアの北側にため池を作った。サイズは少し小さめで、二十メートル四方。

このあたりに子供たちは来ないけど、一応の用心として転落防止の丸太を並べておく。

この北側ため池から、牧場エリアの露天風呂への水路を作れば取水路は完成。

次は排水路なのだが……今、村にある排水路に繋《つな》ぐには場所が悪い。犬エリアや農業用の水路にぶつかってしまう。

色々と考え、風呂場の水を綺麗にしたあと、北側に作った新しいため池に水を戻す。そして、排水路はその新しいため池から東側に伸ばすことになった。

「村の東側にも細いですが川があります」

ハイエルフの一人がそう教えてくれたからだ。そちらに排水すれば問題ないだろう。水量も、環境が変化するほどにはならないだろうし。

問題はその川までの距離。十五キロぐらいかな？　結構、遠い。

クロの子供たちやグランマリアに護衛されながら、東の川まで続く排水路の作成に取りかかった。

高低差を利用するので少しずつ低くしなきゃいけないのが大変だった。

幸運だったのは、途中で池を見つけたこと。

水路を曲げなければいけなかったが高低差も問題なく、池に排水することで川まで作らなくてよくなったのは助かった。池には巨大なカエルがいたが、クロの子供たちが睨《にら》むと戦意をなくして池の底に逃げた。驚かせて申し訳ない。

排水もできるだけ綺麗にしてから流すので、許してほしい。

有言実行のため、排水路のスタート付近にスライム用のプールを作り、水を浄化する。

これで取水路、排水路と完成。

水路の門を広げ、水を流してみる。

問題な……ん？　取水路に魚が流れ込んできた。珍しい。

これまであった水路に魚が流れ込まなかったのは、滝から水を取っていたからか。

今回の取水路は、川の横に小さな池を作り、そこから水を取っている。

水路に柵はあるけど、柵の隙間を潜《くぐ》るサイズの魚なら流れてくる可能性があるか。

露天風呂への水路には、もっと細かい柵を設置しよう。夏場は水のままだろうけど、冬場は沸かすからな。

あと、排水路を通って池に向かうと……あのカエルのエサになってしまうかな？

…………。

偽善だが、見つけた魚は助けよう。

バケツに入れて、西にある大きいため池から川へ戻る水路に流す。

そして、新しい取水路の柵をもう少し細かい柵に作りなおそう。これで水路関連は問題なし。

露天風呂の屋根に関しては、水路を作成する前に木材を伐採して用意しておいたので、ハイエルフたちが作ってくれた。

露天風呂の半分だけを屋根で覆《おお》い、残り半分はオープン。

なかなか立派な露天風呂だ。ありがとう。着替える場所があれば、俺も入りたいぐらいだな。

………すまない、冗談だ。

ハイエルフのみなさん、着替える場所を作るのはやめてくれ。露天風呂に入りたくなったら、温泉地に行くから。

え、あ、いや、別にここに入るのが嫌なんじゃないぞ。

牛よ、そんな目で俺を見ないでくれ。馬、お前もか。山羊《ヤギ》、お前らはいつも通りで安心する。よ、よーし、一緒に入ろうか。

クロの子供たち、悪いが火の魔法を頼む。水風呂はさすがにまだ早いから。


その日は、牧場地の露天風呂を楽しんだ。

「風呂に入ったというより、風呂で牛や馬のブラッシングを頑張ったという感じだったが……」

動物たちが喜んだのでよしとしよう。


獣人族の男の子たちが出発してから二カ月ぐらい経過したころ。

魔王国の学園に行った獣人族の男の子たちから手紙が届いた。

手紙を出したのは、学園生活一カ月目ぐらい。普通の手紙なので届くまで時間が必要だったよう

だ。小型ワイバーン便を用意するべきだったかと少し後悔しつつ、手紙を読んで……俺は首をかしげた。

「ハクレン、子供たちに文字は教えたよな？」

「もちろんよ」だよな。じゃあ、これは書き間違いじゃないのか。

ヒラク村長へ。春の風が心地よい季節になりました。いかがお過ごしでしょうか。僕たちは今、魔王国の学園で楽しく教師生活を送っています。

閑話　獣人族の男の子の学園生活１　初日

僕の名はゴール、獣人族の男。〝ハウリン村〟で生まれたけど、育ったのは〝大樹の村〟。同じく獣人族の男で、同じ境遇のシール、ブロンと三人セットでよく扱われる。年齢が近いから三人兄弟みたいに思われることもあるけど、兄弟じゃない。だけど、兄弟以上の繋がりがあると僕たちは思っている。

そんな僕たちは、魔王国の王都に来ていた。

ガルガルド貴族学園に入学するためだ。

ガルガルド貴族学園に限らず、魔王国の学園に入学年齢制限はない。魔王国で生活する者の大半が魔族であり、魔族は個々に成長が違うからだ。

なので、生まれて一年で入学する者もいれば、二百歳を超えてから入学してくる者もいる。そんな学園なので、年齢による上下はない。あるのは成績による上下だけ。

〝学術〟〝戦闘〟〝魔法〟〝生活〟の四つの項目と、その総合成績で上下が決められる。

それが魔王国にある学園だ。

その中で、ガルガルド貴族学園だけは少し特殊になる。

基本は普通の学園と一緒だけど、この学園に通うのは魔王国の貴族かその関係者。だから、成績による上下のほかに、貴族社会の上下が適用される。


「おや、こんなところに見慣れぬ平民たちが。来る学園を間違えているのではないかしら？」

学園に入り、行き先がわからずに困っていた僕たちに、長い金髪をクルクルに巻いた偉そうな女が言い放った。年齢は……僕たちと同じぐらいかな？

女の言葉にシールが反応したのがわかったので、シールが動く前に服を摑《つか》んで止めた。

「なぜ止める？　あの女、明らかに僕たちを馬鹿にしているぞ」

「忘れたか。フラウ先生やユーリ先生が教えてくれたことを」

「ん？　…………あ、ああ、そうか」

僕たちは、この学園に通う前に、学園の卒業生であるフラウ先生やユーリ先生、あと文官娘衆のお姉ちゃんたちに色々と教えてもらった。

特に貴族社会のことを。

ユーリ先生に教えてもらったことと照らし合わせると、今の彼女の発言はこうなる。

「おや、こんなところに見慣れぬ平民たちが。来る学園を間違えているのではないかしら？」

訳）あら、どうしました？　道に迷っているなら教えますよ。

「……危なかった。いきなり殴るところだった」

だから止めたんだよ。極力、揉めるなって言われているしね。

「おい、女。教師のいる場所に案内しろ」

偉そうな彼女にそう言うシールを、僕は後ろから殴った。

「馬鹿か。先生たちとの特訓を忘れたのか」

「そ、そうだった。すまない女。言い直す」

シールは自分の服装を改め、髪形をチェック。そして軽く微笑みながら口を開く。

「これはこれは美しいお嬢さん。貴女《あなた》との出会いは、僕の人生で一番の出来事だ。このまま永遠に貴女と語り合いたいのですが、運命がそれを許さないようです」

訳）いやー、助かったよ。悪いけど、偉い人のいる場所に案内してくれない？

「あら、平民にしては口が回るようね。気分は悪くないけど、目障《めざわ》りよ。出直しなさい」

訳）申し訳ありませんが、時間がなく案内はできません。正門近くに案内できる者がいると思いますので、そちらに聞かれてはいかがですか？

「それはつれないことを。ですがこれ以上、嫌われたくありません。お言葉通り、出直してまいります。またの出会いを期待して」

訳）正門？　わかった。ありがとう。

「さっさと去りなさい」

訳）早く行ったほうがいいですよ。先生方が、なにやら忙しそうにしていましたから。

そう言って、偉そうな女は去った。

「今の感じで大丈夫だったか？」

「多少、イントネーションが怪しかったが、問題ないだろう。照れるのは克服できたんだな」

「本番に強いって言っただろ」

「そうだった」

「しかし、貴族の言葉って難しいな」

「ああ。立場や知り合いかどうか、時間帯や場所によっても変化するからな」

難度が高い。今後、やっていけるのか少し不安になる。

学園を警備する衛士《えいし》小屋が正門の脇にあった。見落としていたようだ。

そこで道を聞くと、衛士の一人が案内を申し出てくれた。助かる。

ガルガルド貴族学園は、広大な敷地を持つ。なんでも近くにある山や森も学園の敷地らしい。

校舎は十七棟。大小あるけど、大体の棟が村長の屋敷の半分の半分の半分ぐらいかな。一番大きいので、村長の屋敷の半分の半分ぐらいだ。

寮は三棟。こっちは大きい。村長の屋敷の半分ぐらい。教師寮、男子寮、女子寮と案内してくれた衛士が教えてくれた。

その寮の横に、一軒家がずらっと……リアお姉ちゃんたちの家ぐらいの大きさかな？

「あれは？」

「寮暮らしができない生徒用の借家です」

「あの家で一人ぐらし？」

「そうですね。ですが、使用人は雇っていますよ。家や使用人が必要でしたら、専用の受付がありますのでそちらでお願いします。ただ、家に関しては予約制なので今からだと間に合わない可能性がありますが……」

「僕たちは、寮暮らしの予定ですので」

「そうですか。失礼しました。こちらの棟になります」

衛士の案内で、僕たちは学園長のいる棟に入り、学園長の部屋の前に到着。

「では、私はこれで」

衛士が僕たちに敬礼。

去ろうとしたところで、ブロンが衛士を引き止める。

「ご苦労。また、何かあったら頼む」

「はっ」

ブロンが衛士に銀貨を渡すのを見て、僕はしまったと反省。

そうだった。忘れていた。

衛士は学園の警備が仕事。衛士に警備以外の仕事をさせた場合はチップが必要になる。

フラウ先生に強く言われていたのに、それを忘れるなんて。

僕は緊張しているのだろうか。大丈夫だと思っていたのに。悔しい。

そしてブロン、助かったよ。

そうブロンに言うと、ブロンがふと気づいたように頭を抱えた。

どうしたんだ？

「失敗した。今の場合、チップは大銅貨でよかったんだ」

「え？　あっ」

ブロンが渡したのは銀貨、大銅貨百枚の価値がある。

「あー……やっちまったな」

シールがブロンの肩を叩く。

「うわぁ。駄目だぁ。へこむ」

チップで渡したお金を返せとは言えないし、言っちゃいけない。

そこはぐっと我慢するところだと、フラウ先生に教えられている。

「まあまあ、ブロン。仕方がないって。僕たち、お金にあまり触らないから」

それに、生活費として村長が僕たちに渡してくれたお金は、ほとんどが銀貨だったから、つい手が伸びてしまったのだろう。

一枚の損失ぐらい……駄目だな。村長から渡された大事なお金だ。無駄に使うことは許されない。

「ブロン。失敗はかまわないが、そのままにしてはいけない。学園に来る前に言われた村長の言葉だ。忘れていないな」

「うん、覚えている」

「この失敗は受け止めよう。そして、繰り返さない」

「わかった」

「シール、さっきの彼女との会話の件もだぞ」

「殴ろうとしたところだな。わかっている。あと、学園で行き先がわからなくなったこともか」

僕たちには、重大な使命がある。

それは偵察。

僕たちのあとに村の子供が入学したとき、失敗させないためだ。特にアルフレート、ティゼル、ヒイチロウ。

ルーさま、ティアさま、ライメイレンさまから強く言われている。村長はあまり気にしなくていいと言っていたけど、そうはいかない。

僕たちに与えられた使命、立派に果たしてみせる。

…………。

「とりあえず、失敗を記録するのはあとにして学園長に挨拶するか」

僕たちの学園生活は、始まったばかりだ。

5 ゴロック族と猫の名前

俺は獣人族の男の子たちの手紙を読みながら、思い出す。

出発前、ささやかな送迎会をやった。あれから三カ月か。

…………あれ？　それなりに忙しかったのだが、印象に残っているのは三つしかない。

収穫とお祭り実行委員会、それと新しく生まれた子猫たちの教育方針相談。

春の収穫。

今年も豊作だった。収穫が大変で、畑を広くし過ぎたかなとちょっと反省。

でも、新しく生まれてくる子供たちのことを考えると頑張らねば。もちろん、生まれている子供たちのためにも。


お祭り実行委員会は、今年の祭りに向けて準備に入った。

文官娘衆たちが頑張っている。頑張り過ぎている気がする。

〝五ノ村〟で勉強中の新しい文官娘たちが、いい刺激になっているのかもしれない。


魔王は五日に一度は屋敷に来て、今年生まれた子猫たちを愛《め》でていた。守っていたとも言える。

その成果なのか、今年生まれた子猫の一匹、サマエルにやたらと懐《なつ》かれている。うらやましい。

ただ、客室の椅子に座り、膝の上に乗せたサマエルを相手に日頃の愚痴を言うのはどうなのだろう？　それなりに機密っぽいことを言っている気もするのだけど……俺は耳に入っても聞かなかったことにしている。

ユーリに対する愚痴は、本人に言えばいいんじゃないかな。時々というか頻繁にこの屋敷に来ているぞ。食事目的で。

ちなみに、今年生まれたサマエル以外の子猫たちが一番懐いているのはフェニックスの雛のアイギス。

アイギスとしては、自分より小さい存在が嬉しかったに違いない。雛なのに、子猫たちの世話を頑張っていた。

まあ、世話といっても近くにいる鬼人族メイドや魔王を呼ぶだけなのだが、それだけでも十分に助かっている。

仲が悪いよりはいい。これからも仲良くやってほしい。

東のダンジョンに住むゴロック族との会談の場が整いつつある。

最初の遭遇というか、東のダンジョン調査隊との不幸な行き違いでゴロック族を負傷させてしまい、なかなか挨拶できずにいた。

俺のほうから出向こうかとも思ったのだけど、周囲に止められた。

「ゴロック族の回復を待ち、出迎えるほうが問題は少ないです」

大半の者がそう言うので、それに従った。

結構というか、かなり時間が経《た》った気がする。まあ、それもあと数日。ゴロック族は使節団を結成し、こちらに向かっている。

会談の調整を担当したハイエルフの苦労も実るというものだ。

しかし、ここで問題が発生。

〝大樹の村〟に向かうゴロック族の使節団が、道中で巨大なイノシシに遭遇してしまった。

死者は出なかったが、大半が負傷してしまったらしい。

ゴロック族。別名、ストーンマン。

全身が岩でできており、ダンジョン内では岩に擬態して身を隠し、コケなどを食べて生活している種族。森ではその擬態が通用しなかったのだろう。

ともかく、ダンジョンの外に出すようなことをさせて申し訳ない。

「ゴロック族が回復したら、俺のほうから出向こう」

「ですが、それは……」

「こっちから護衛とか案内を出すのは駄目なんだろ?」

なぜかはわからないが、そう言われている。ならば仕方がないじゃないか。

色々と揉めたけど、最終的に俺の意見が通った。まあ、会いに行けるのは先の話だろうけど。

とりあえず、ゴロック族にお見舞いの手紙を書き、会談の調整をしていたハイエルフを労《ねぎ》らう。

たぶん、会談が流れて一番気落ちしているだろうから。


俺の部屋で横になって寝ているクロのお腹《なか》の上で、アイギスと今年生まれた子猫たちが寝ている。

微笑ましい。

サマエルもいるから魔王は不在か。

そういえば、今年生まれた子猫たちも全て雌《めす》だった。父猫の肩身が狭そうだ。

その父猫なのだが、色々と不便なので名前が付けられた。

ライギエル。

名前候補から、俺がクジで決めた。なんでも古《いにしえ》の魔法の神様の名前らしい。壮大な名前になってしまった。

「おーい、ライギエル〜」

「にゃー」

無視されるかと思ったけど、かなり反応がいい。ひょっとして気に入ったのかな？　問題がないならよかった。

しかし、妙に気恥ずかしそうだな。なんだったら名前を変えようか？　必要ない？　そうか、よしよし。

ところで姉猫たちはどうした？

子猫たちが新たに生まれたので、これまでの子猫たちを子猫たちとは呼びにくくなった。なので、姉猫たちと呼んでいる。体も大きくなっているしな。

姉猫たちはあっち？　天井の梁《はり》の上に四匹の姉猫たちがいた。

あんなところに隠れて何をしているんだ？　子猫たちを見張っている？　親馬鹿ならぬ、姉馬鹿なのか？

無関心よりはいいが……俺の知っている猫とは生態が違うなぁ。

ん？　サマエルが起きた。

ビーゼルが魔王を連れてやって来たようだ。便利だが少し嫉妬。

サマエル、俺はどうだ？　今なら膝の上が空いているぞ。

俺は座って膝を叩いたけど、サマエルは気にせずに部屋から出ていった。

…………。

出ていったサマエルと交代するように部屋に入ってきたユキが、俺の空いている膝の上に頭を乗せた。

ありがとう。

閑話　獣人族の男の子の学園生活２　三日目

僕たちがガルガルド貴族学園に入学して三日。

先生たちの教えを思い出せば、授業は問題なかった。

身分の差で苦労するかと思ったけど、フラウ先生やユーリ先生が手を回してくれたのでそこも問題がなかった。

問題があったのは寮生活。

僕とシール、ブロンで三人部屋を借りている。部屋は狭いけど綺麗だ。

だけどベッドが硬い。シーツのすぐ下が板だからだろう。これをベッドと呼んでいいのだろうか？

初めて見た時、枕がなかったらベッドと認識できなかったと思う。

そして、食事。

寮で生活する者は、朝と晩に寮の食堂で食事をとらなければいけない。その食事の受け取りで生徒の出欠を確認しているからだ。

食事を受け取ったら、全て食べなければいけない。これはルールではなくマナーだ。

僕もそのマナーは大事だと思う。でも、その食事が不味《まず》い。これでもかというぐらい不味いうえに品数も少ない。なのに量だけはある。

おかわりしても大丈夫と言われているが、僕はおかわりをしたことはない。

失礼ながら、おかわりしている他の生徒の姿に戦慄《せんりつ》を覚えているぐらいだ。

さらに、この学園の寮には風呂がない。

みんなどうやって体を綺麗にしているんだ？

僕の疑問にはタライとタオルで返された。お湯は決まった時間に寮の食堂でもらえるそうだ。それを使って、体を拭けと……。

最後にトイレ。

清掃は毎日どころか数時間ごと。さすがは貴族関係者が利用する寮。凄《すご》く綺麗。

でも、駄目。トイレで使う葉が硬くて合わない。使わないわけにはいかないので、使っているけど……なんとかしたい。


限界だった。

情けないかもしれないが、ホームシックだ。村に帰りたい。

村を出た時に持っていた意気込みはもう折れている。

シール、ブロンも同じなのだろう。イライラしながら意味もなく部屋を歩きまわっている。

「もう駄目だ」

シールが決心したように僕に言う。ブロンも頷いている。

…………仕方がない。

「寮を出よう」


もちろん、学園を辞めるわけではない。寮を出るだけだ。

それだけで、あの不味い食事から解放される。

だが、学園の生徒は、王都に家があっても学園内に生活拠点を持たなければいけない。学園外に家を借りて通うのは駄目とのこと。

貴族が多く通うから、トラブル防止が目的だろう。

なので、寮を出た僕たちが求めるのは入学時に案内してくれた衛士から聞いた、寮暮らしができない生徒用の借家。

　空きがあるか確認する。

「残念ながら、予約でいっぱいです」

　…………終わった。


　だが、希望はあった。

「空いている場所に、自分で建てるのでしたらかまいませんよ」

　学園の事務担当のお姉さんの救いの言葉。

「自分で建てたら問題ないの？」

「ええ、場所は指定させてもらいますが……案内しましょうか？」

「よろしくお願いします」


　家が並ぶ区域を通り過ぎた場所に、開けているけど杭《くい》とロープで規則正しく区分された広いエリアがあった。

「ここが建設可能な場所です。土地の借料はありませんが、共同管理費として年に銀貨一枚が必要です」

「共同管理費？」

「井戸の利用料や掃除代、夜間の見回り員に対する手当てです」

「なるほど」

「そのほか、色々と細かい取り決めがありますが……読めます？」

事務担当のお姉さんの差し出した書類に僕は目を通し、ブロンに渡す。こういった契約関係はブロンが得意だ。

書類はブロンに任せ、僕は事務担当のお姉さんに質問する。

「ここってロープで区切られているけど、ここからはみ出しちゃ駄目ってこと？」

ロープでは一辺が十メートルぐらいの正方形が作られている。この正方形を、事務担当のお姉さんはブロックと呼んでいる。

「はい。そのようにお願いします」

「一人で一つ？」

「いえ、そうは決められていません。多くのブロックを使っていただいて構いません。ですが、先ほどの共同管理費がブロック数で計算されますので……」

「十ブロック使うと、共同管理費は年に銀貨十枚ってことだね」

「はい」

僕が色々と質問していると、ブロンから呼ばれた。

「どうだった？」

「大体は大丈夫だけど、気になるのは卒業時に建物の権利が学園に移ることかな」

「そうなの？」

僕は事務担当のお姉さんに確認する。

「はい。卒業時に建物の権利が学園に移ります。ですので、卒業までに次に住む生徒を見つけて譲るのが慣例となっています」

「それでいいの？」

「そういう伝統ですので。ただ、学園関係者以外には譲れません」

「そうだよね。わかった」

僕たちは退寮手続きを希望した。

「え？　あの、まだ家が建っていませんが？」

「自分で建てたら問題ないんでしょ？」

「そ、そうですけど、まさか……」

「自分たちで建てるから」

とりあえず、四×四の十六ブロックを借りた。

すでに立っている家で、一番大きな家の半分ぐらいの大きさだ。

共同管理費が高くなるけど、見栄は大事と教えられている。これぐらいは、かまわないだろう。

ああ、そうだ。案内してくれた事務担当のお姉さんにチップとして銀貨一枚を渡す。

これは間違いじゃない。それぐらいの価値があったと僕は思っている。

さて、建設を始めよう。

村長は、何をするにもトイレを優先していた。それに従って、まずはトイレの建設を始める。

穴を掘り、学園が管理しているスライムを数匹もらって穴に放す。

その穴をふさぐように便器を設置して、テントで囲って完成……ああ、スライムが出入りできる穴も作らないとな。

「ここって土が軟らかいな。掘りやすい」

「柔らかすぎて、家を建てるのが不安になる」

「叩いて固めれば問題ないだろ?」

「そうだな。よし、トイレ完成」


次に井戸だが、共用の井戸がちゃんとある。

勝手に井戸を掘るのはよろしくないらしい。

なので必要とするのは水を溜《た》めるタンク。飲料水と生活用水で二つは用意したい。

これは、大型の樽《たる》を買ってきてそのまま使う。

「トイレの手洗い用に小さい樽は買ってきた?」

「もちろん、買ったよ」


風呂。

これも大型の樽を使う。大人でも入れるサイズだ。問題ないだろう。

おっと、カーテンで周囲を隠さないとな。

着替える場所はここで、汚れないように下に板を配置。

排水？　あとで考えよう。


最後に寝床。

とりあえず、今日はテントで十分だ。ガルフのおじさんが、学園に行く前に持たせてくれた。布の中に木のフレームが仕込まれており、組み立てるだけでテントになる優れもの。荷物になると思っててごめん。凄く役に立っている。

そして毛布を持ち込んでベッドを作る。これまで硬いベッドから僕たちを守ってくれた毛布だ。大事にしよう。


作業が終わると、日が暮れそうになっていた。

そろそろ夕食だな。シール、ブロンは水汲《く》みを頼む。僕は食事を作るよ。

食材は樽を買いに行った時に仕入れている。任せろ。

………。

調理器具がなかった。

寮の食堂で、調理器具を借りた。

明日、忘れずに買っておこう。


料理の味には自信がある。

ガルフのおじさんから渡されたテントの中に、調味料が隠されていたからだ。

本当にありがとう、ガルフのおじさん。

まだ村を出て少ししか経っていないけど、村の味に涙が出てくる。シールとブロンも同じように泣いている。そして、ホームシックが少し解消された気がする。


僕が調理器具や食器を洗っていると、シールが手伝ってくれた。

「ゴール、醬油《しょうゆ》の味は嬉しかったけど、肉の味はいまいちだったな」

「そうだな。それなりの値段だったんだが……」

「仕留めてからの処理が悪いんじゃないか？」

「値段が高いのに手抜きだな。不真面目なことだ」

「学園の北側にある森には入っていいんだろ？　明日は、そこで何か狩ってきてやるよ」

「一人で楽しいことするなよ。僕だって行きたい」

「じゃあ、二人で行くか？」

「ブロンが怒る」

ブロンには、ここに家を建てる契約書の正式版のチェックをしてもらっている。

すでに作業を始めているけど、実はまだ仮契約状態。明日、学園と正式な契約をすることになっている。

それをブロンに任せて二人で狩りに行ったら、きっと怒るだろう。ブロンはめったに怒らない分、怒ると面倒だ。

あのウルザですら、ブロンは怒らせないようにしていた。

「あと、調理器具を買いに行くついでに、マイケルおじさんのお店に手紙を届けないと」

「手紙？」

「マイケルおじさんから預かっていただろ。王都の支店を使うことがあるなら、この手紙を届けてほしいって」

これまで使うことがないと思っていたけど、これからは色々と買い物しそうだから手紙を届けておきたい。

実は樽と食材を買いに行った時にお店を探したのだけど、見つからなかった。地元の人に聞いても知らないとの返事。

マイケルおじさんのお店って、僕たちが考えているよりも小さいのかもしれない。

「ともかく、明日は僕もブロンも忙しい」

「じゃあ、やっぱり森には僕一人だな」

「ここに残って居住環境を整えたり、授業に出たりとかは？」

「美味《うま》い肉が食べたいだろ」

「くっ、頼んだ」

そして、僕もやることを終わらせたら森に行く。絶対にだ。

閑話　獣人族の男の子の学園生活3　四日目～

ガルガルド貴族学園は王都にあるのだけど、広い敷地を必要としたので王都の外れに位置する。なので、学園の外に買い物に出ると、王都の外周部にまず到着する。その外周部が商人通りと呼ばれる商店が集まる場所なので、買い物はとても楽だ。

ハンマーやノコギリ、ノミなどの道具、木材、石材などを購入し、学園に運んでもらう。

学園内に部外者は入れないから、正門のところまでだけど。

次に調理道具と食器を求める、最後に食材。

シールが狩りに行ったが、獲物を仕留めてもその日に食べるのは難しいだろう。血抜き、川などに沈めて肉の温度を低下させるなどの処理を考えれば、食べられるのは明日以降。

今日の分の食材を買っておかないといけない。昨日とは違うお店で肉を求めよう。

学園内で、王都に近い場所が借家エリアになっている。僕たちの家も同じ場所。なので正門で受け取っておいてもらった道具や木材、石材を運ぶのが楽で助かる。まあ、何度も正門まで往復するのは面倒だけど。

運び終わったタイミングで、ブロンが契約を正式に結んだと戻ってきた。契約に問題はなし。

「それじゃあ森に行くか。シールが待ってる」

「待って。防御魔法総合の授業が今日の午後に行われるんだって」

「防御魔法総合？　まだ先じゃなかったのか？」

「理由はよく知らないけど、そう伝えられたのだから変更になったんじゃない」

「むう、仕方がない。学業優先だ。急いでシールを呼び戻さないと」

「シールは大丈夫。出かける前に伝えて止めたから」

「……そりゃ、可哀想《かわいそう》に」

「拗ねているだろうから、昼食は美味しいのを頼むよ」

「わかった。そういや、この学園じゃ昼食をとらない人が多いよな」

「だから朝食と夕食の量が多いんじゃないかな」

「なるほど。しかし、あの味はなぁ」

「やめてよ。思い出したくない」

「ははは。今日の昼食は、シールが好きな野菜炒めにしよう」

ガルガルド貴族学園に限らず、魔王国の学園では《卒業の証》を三つ持っていれば、いつでも卒業できる。

《卒業の証》は授業を開くことができる先生から出される課題をクリアすればもらえる。

課題といってもそう簡単ではない。ちゃんと授業を受け、成果を出して初めてもらえるのが《卒業の証》だ。

だが、審査するのが個人である以上、《卒業の証》をもらいやすい先生、もらいにくい先生があるのは仕方がない。

「これで三つ揃ったね。いつでも卒業できる」

ブロンの言葉に頷きつつ、僕は手元の木札を見る。

木札の片面には《攻撃魔法総合》《防御魔法総合》《生活魔法総合》と書かれ、もう片面に《卒業の証》と書かれている。

同じものが、シールやブロンの手にある。

「こんなに簡単に手に入っていいのかな？」

「いいんじゃないか？　くれるって言うんだから」

シールはそう言うが、僕は不満だ。

どれもこれも、まともに授業を受けていない。

授業の開始場所に集まり、先生に挨拶。最初に個々の実力を見るからと個別に審査されたあと、僕たちは木札を渡されて追い出された。今日の防御魔法総合の授業でもそうだった。

ひょっとして、気を使われているのだろうか？

「気を使うって誰に？　僕たちにか？　それはないって」

「そうか？」

シールの気楽さがうらやましい。

「そうだって。これは秘密なんだが……実はこっそりと他の生徒が審査される様子を見たんだ」

「お、おいっ」

「大丈夫だって。バレてないよ」

「本当か？」

「本当だって。で、その様子なんだが……呪文を全て詠唱していた」

「え？」

「驚くだろ。そして理解したか？」

ああ、理解した。

僕たちはハクレン先生以外にも、ルーさまやティアさま、リアお姉ちゃんから魔法を教わっている。魔法の呪文を全て詠唱するのは、初歩の初歩として最初に教えてもらう段階だ。つまり、この魔法総合の授業は、初級の授業ということだ。

納得。本当に納得。

僕たちは呪文の短縮どころか、その次の呪文の省略をやっている。初級は卒業でかまわないってことだ。

思い出してみれば、防御魔法総合の先生が防いでみろと言って放った魔法も貧弱だった。

そうかそうか、あれは初級だったからか。いやー、すっきり。よかった。

まあ、ウルザやアルフレートは呪文の省略の次の段階、魔力の直接操作をやっているから調子には乗れない。

でも、村長は僕たちが魔法を使うと、めちゃくちゃ褒めてくれるんだよなぁ。ふふふ。


なんにせよ、《卒業の証》が三枚。最低限はクリアだ。

貴族の関係者が通う学園だから、簡単な授業を用意していたのかもしれない。

フラウ先生やユーリ先生が、僕たちが学園に行っても大丈夫って言っていたのは、こういうことだったのかな。

《卒業の証》を三枚集めてもすぐに卒業する必要はない。学ぶ気があれば、いくらでも在学できる。

もちろん、学費は必要だけど。

僕たちの学費は、三年間分をユーリ先生がまとめて払ってくれた。なので三年間は学園にいることができる。

当面は魔法の総合系の授業の予定だったのだけど、それがなくなってしまったから……戦闘関連の授業を受けようかな。

「どうせなら、全部の授業の《卒業の証》を集めようぜ」

「シールはまた変なことを。全部はいらないけど、僕は魔法の上級を受けたいな。でも、授業の予定にそれっぽい名前がないんだよな」

ブロンが授業の予定が書かれた看板を見る。

上級魔法の授業を一緒に探したけど、それっぽい授業は見つからなかった。

去年ぐらいに魔法の先生が何人か辞めたって話を聞いたから、その影響かな？


授業が終わったけど、森に行くには遅すぎる。

少し早いけど僕は夕食の準備をすることにした。

シールとブロンには土地の測量と購入した木材の加工を任せる。

「村長は簡単にやっていたけど、なかなか難しいな」

「そうだけどシール。わざわざナンバーを書いたんだから、無視しないでよ」

「悪い悪い。十七番と二十九番を入れ替えるよ。それで大丈夫だろ」

「大丈夫だけど、柱と床を交換するのはモヤモヤする」

「加工前なんだから、一緒だって」

「ナンバーを振った段階で僕の中では十七番が柱で、二十九番が床だったんだよ」

賑やかにやっている。

夕食、火を囲み、串に刺した肉にタレを塗って焼く。

「ゴール。木材が足りないのはわざと？　今ある分だと、トイレと風呂でなくなるよ」

ブロンが木板に書いた数を見せてくれる。

足りないのはもちろん知っている。

「ギルドの兼ね合いで、一気に買えなかったんだ」

「ギルド？」

「王都木材ギルドだったかな。そこに所属しないと、木材を大量に買えないんだって。たぶん、家を建てるならギルドに加盟している大工を使えってことじゃないかな」

「なんだよそれ」

シールがそう言いながら、食べ終わった串を火の中に放り込む。肉がイマイチだって顔をしている。肉を買ってきた僕もそう思う。

「だからギルドだって。同業者の互助組織。習っただろ」

「うーん……たしかにフラウ先生が言っていたような。でも、商人を使って黙らせろって部分しか覚えていない」

まあ、そこだけ覚えていれば問題ない。

「商人ってなると……やっぱり『マイケルおじさんの店』を探さないと駄目か。じゃあ、明日は三人で探しに……いや、明日は森で狩りだ」

「わかってるよ。とりあえず明日は三人で狩りをしよう。木材に関しては、一気に買えないだけだから。時間をかけて集めるよ」

「家の完成が近づいたところで、木材の値段を吊り上げられたりして」

ブロンが不吉なことを言いだした。

「そんなことをする商人がいるのか？」

「文官娘衆のお姉ちゃんたちから聞かされただろ。王都で起こった酷い事件の数々を」

「あー……あれか、えっと、豪邸の壁がない事件」

商人が最後の最後で壁材の値段を吊り上げ、それに怒った貴族が「じゃあ壁はいらん」と言って完成させた豪邸。

夏はよかったけど、冬は寒すぎて貴族側が折れたって結果だったそうだ。

「でも、あれって貴族の娘を商人の家に嫁がせるって約束を、貴族側が破ったからだろ？　僕はそんな約束をしていないから大丈夫だよ」

「大丈夫かもしれないけど、用心深く行こうよ。僕たちは世間知らずなんだからさ」

そうだった。

村長にも言われている。僕たちは常に誰かから狙われる弱者。油断は禁物。用心深く行動しないと。僕たちが悪くなくても、悪い人が寄ってくることがあるとも言っていた。

ありがとう村長。

でも、見知らぬ年上の女性が話しかけてきたら、全て詐欺師と思えってのは過激だと思う。

怪しいやつはまず殴れと言ったハクレン先生よりは穏便《おんびん》だけど。

翌日。

僕が木材を買いに行くと大幅に値上げされていた。

だけど僕は慌てない。今日の僕には同行者がいる。

「店主。この値段はどういうことだ？　木材はギルドで値段が管理されているはずだが？　急に値上がりするほど木材が不足になったとの報告を私は受けていないぞ」

ビーゼルのおじさんがいれば、問題ないだろう。

用心のため、木材を買いに行く前に王城に寄ってよかった。

閑話　獣人族の男の子の学園生活４　七日目

学園には、僕たち以外の生徒も当然いる。

ただ、生徒ごとに受ける授業が違うので、なかなか交流を深めることができない。僕たちみたいに同じ授業を受けている生徒のほうが珍しいらしい。

じゃあ、生徒同士の交流はないのかというと、そうでもない。数人から数十人でグループを作り、なにかしらの活動をしている。それをクラブという。

クラブに所属するしないは自由だ。一人で何十ものクラブに所属する生徒もいれば、そういった活動にまったく関わらない生徒もいる。

しかし、活動に興味がなくとも、生徒は貴族関係者。つき合いというものがある。親の立場で、所属することを断れない人もいるらしい。

なので、クラブに所属するしないは自由だが、現実として大半の生徒は何かしらのクラブに所属しているらしい。

僕たちは所属していないけどね。

興味がないわけじゃない。

クラブ活動に興味はあるけど、当面は家作りが忙しいので遠慮したいだけだ。正直、テント暮らしなのにお茶会だなんだと誘われても困る。

まずは住居。そこが大事。まあ、寮から飛び出したのは僕たちだけど。

うん、短絡的だったと反省している。

勧誘してくれた先輩たちも、家作りが忙しいと言うと納得して引き下がってくれたのは助かった。なんでも、所属する生徒の数や実家の力で、学園内のクラブ序列が変動するので、クラブ勧誘はなかなか激しいらしい。そういうのに巻き込まれるのは避けたい。

「風呂場が完成したぞ」

シールが、満足そうな顔で報告に来た。

風呂場は着替える場所、体を洗う場所、湯船もちゃんと分けている。壁もカーテンではなく、木の板。窓もある。

村のお風呂に比べれば小さいけど、大人が二人は一緒に入れる立派な風呂場だ。

風呂場の床には水が下に溜《た》まらずに外に流れ出る工夫をしている。排水は、定められた下水へと誘導。

「これで、水路ができたらもっと楽なんだけどな」

共用の井戸から水路を引く計画を考えたけど、学園の事務から止められた。

水路の一部が共用の通りを横断するからだ。また、異物が混入しやすくなるため、水路はできれば諦《あきら》めてほしいと言われた。残念。

まあ、水汲みは面倒だけど、魔法があるので大変じゃない。魔法で水を固定して持ち上げ、移動させるだけだ。

僕たちは三人いるし、誰か一人が一日に一回やれば足りるだろう。ちゃんと順番を決めておかないとな。


とりあえず、これでトイレと風呂場が完成。

トイレは二日前に完成した。テントを使った簡易なトイレではなく、ちゃんとしたトイレ小屋。村長に自慢できる出来だと思う。頑張った。

だけど、家の方が全然進んでいない。優先順位を間違えたかな？　いや、テント生活で十分だから焦《あせ》っていないのだ。天気もいいし。

でも、いつかは雨が降るだろう。急がないとな。

とりあえず、急な雨に対応できるように雨避《よ》けに布を張ろうか。

僕の提案に、シールのそばにいる四人ぐらいの生徒が頷く。全員、明らかに僕たちより年上だ。男の先輩が二人と女の先輩が二人。北の森で魔物に襲われているところを助けたことがきっかけで知り合った。

一応、北の森は学園の敷地内だけど、そこにいる魔物は襲ってくる。生徒が北の森に入る前には、必ず学園に報告して自己責任の宣言をしないといけないぐらいだ。

それを知らなかった僕たちは、森の手前で警備している衛士に追い返される悔しい思いをしている。そういうことは先に言ってほしい。


話を戻して、知り合った四人は助けてもらったお礼と言って、授業のない時間にやって来ては僕たちの家作りに協力してくれている。

風呂場の完成が早かったのは、そのおかげだ。

まあ、この学園に通う生徒なので貴族関係者。細かな大工仕事ができるわけもなく、主に荷運びや力仕事がメインだったけど。

それでも、人の手の助けがあるのはありがたい。


布の端を縛った四本のポールを立ててロープで固定。

現在の僕たちの住居であるテントの出入り口から出ると、すぐに布の下になるようにした。これで雨が降っても大丈夫。

先輩、片側にちょっと傾いているのは、雨を中央に溜めないためだから、直さなくていいよ。

「それじゃあ、少し早いけど夕食にしようか」

僕の宣言に、シールより先に先輩四人が歓声をあげる。

そんなにお腹が空いていたのかな？　それにしては力強いけど。

「そうだ、シール。悪いけどブロンを呼んできてもらえるかな」

「ん？　そういや姿が見えなかったな。さぼっているのか？」

「学園の事務所だよ。事務のお姉さんから、外部から人を雇用する件の最終確認」

学園の一軒家では、生活を助けてくれる人を雇うのが一般的。

生徒が授業を受けている間の家の防犯のことを考えれば、できるだけ雇ってほしいそうだ。

ただ、好きに雇えるけど、学園内で働けるかどうかは別なので、学園側の要項を確認しに行ってもらっている。実のところ、そのあたりを心配した事務のお姉さんが、確認に来なさいと教えてくれた。

ん？　言っていたらブロンが帰ってきたけど……人数が多いな。ブロンの後ろに、二人の……女性。学園の生徒だな。

ブロンに聞くと、事務所から戻ってくるところで、熱心なクラブ勧誘に困っていた二人を助けたそうだ。それはいいことをしたな。

しかし、どうして連れて来たんだ？

寮か家か知らないけど、送ってやればよかったのに。僕の質問に、ブロンが二人の女生徒に視線を送る。

「生徒にあるまじく、土にまみれていると聞きました。助けてもらったとはいえ、一言、注意せねばと思いまして」

訳）楽しそうなことをしてるって聞いたの。仲間に入れて。

「学園の生徒として、注意は当然です」

訳）貴方《あなた》たちも今年入学でしょ？　私たちもなの。仲良くしましょうよ。

なるほど。では……えっと……。

「ふっ、面倒なことを。無様をさらすことになるぞ」

訳）かまわないけど、大変だよ。大丈夫？

僕の返事に、女生徒二人は不敵な笑みを浮かべてこう答えた。

「生意気な」

訳）私の力を見せてあげるわ。


夕食、二人分が追加になった。

食べていくのはかまわないけど、寮で寝ているなら加減しないとあとで困るぞ。

家作りを手伝ってくれる四人は、根性で両方食べているらしい。あ、二人は寮じゃなく家なんだ。

ご近所？　…………すぐそこだね。

少し前から、僕たちのことが気になっていたと。

それだったら、声をかけてくれたらよかったのに。

あと、そんなに急いで食べなくても大丈夫だよ。量はあるから。


ちなみに、出来たての風呂場は、建設を手伝ってくれた四人の先輩が二人ずつ順番に利用。もちろん、女性ペア、男性ペアで。

その後、僕たちの番かと思ったけど……ブロンが連れて来た女生徒の二人が見ている。じっと見ている。

これは断れないよね。

僕はシールとブロンに確認したあと、二人に順番を譲った。

…………。

二人は先に入った先輩たちの様子を見ていなかったのかな？　それなりに外に声が通るから生々

しいことを言わないように。胸のサイズがどうとか……その、困る。

6 村長の夏休み

魔王が姉猫たちに追いかけられている。何をやったのやら。

そう思いながら朝食。うん、美味しい。

ビーゼルもどうだ？　コーヒーに紅茶、どっちでも……紅茶ね。それで、魔王は何をやったんだ？

何もしていない？　ただ、魔王と転移魔法で帰る時にサマエルが乱入して、一緒に魔王城に行ってしまったと。

すぐに戻ってきたけど、その様子を見ていた姉猫たちはパニック。

サマエルを怒らず、魔王に怒っているのね。なるほど。

あ、いや、すぐに戻してくれたし、怒らないよ。次から注意してくれたらいいから。

昨日、ビーゼルが来てくれたのは獣人族の男の子たちに関しての話を聞くためというか、ハクレンの指示を受けたガルフを王都に送るためだ。

心配なら自分で行けばと思うが、それを言うとハクレンは怒るし、ビーゼルもハクレンよりはガルフのほうがありがたいと暗に訴えているので、俺は何も言わない。

そうしてガルフを送るために来てくれたのだが、その時に魔王がついて来た。

そして魔王はそのまま子猫たちと戯《たわむ》れ。屋敷に一泊して朝に帰る予定だった。魔王が屋敷で一泊するのは、魔王のベッドにサマエルが潜り込むからだ。うらやましい。

…………そういえば、魔王に奥さんはいないのか？　いる？　仲もいい。そうなんだ。

でも、それだと魔王がこっちに泊まるのに怒らないのか？　仕事の都合で別居中？　へー。

獣人族の男の子たちが通っている学園の学園長？　そうなんだ。それじゃあ、どこかで一度、挨拶をしたいな。


今年のお祭りは、村全体を使った大かくれんぼ。

全員参加と言いたいけど、希望者のみで。

建物の上はかまわないけど、建物の中に隠れるのは禁止。魔法や空を飛ぶことも禁止。

鬼役の死神は一人で、残りは全員が逃げる。

ただ、それだと逃げる方が有利すぎるので特別ルールを追加。

それが鐘。鐘が鳴ると、隠れている者は絶対に移動しなければいけないというルール。そして逆に、鐘が鳴っていないのに移動するのは禁止。

鐘は屋敷の正面に設置され、鐘を鳴らすのは鬼役の死神だけ。何回鳴らしても自由だけど、鐘を鳴らしてから百を数えるまで、鬼役の死神は動けない。

これでバランスを取ったつもりだったのだが……開始から二時間。俺は一人も捕まえることができていない。いや、捕まえたことは捕まえた。義理で出てきてくれたザブトンの子供を一匹だけ。

……………。

みんな、本気で隠れ過ぎじゃないかな？　泣きそうだ。

鐘を鳴らせば、どこかしらに気配を感じるのに……くっ。

クロだけでも味方に引き入れるべきだった。不参加者エリアからの楽しげな声が、心に刺さる。

だが、負けない。負けるもんか！

緊急、ルール追加！

鬼役の死神に捕まった者は、死神となる！

もちろん、これだけじゃあ駄目だ。わかっている。

この一言が必要だ！

「さあ、俺と一緒に敵を追い詰めようじゃないか！」

ふっ、各地で尻尾がパタパタしているぞ。

楽しい祭りだった。

妻たちに、猫の相手ばかりしてと言われたので反省。

ちゃんとクロの子供たちやザブトンの子供たちと遊ぶことにする。

……怒られた。冗談なのに。

そして、集まったクロの子供たちやザブトンの子供たちがショックを受けた目。

いや、ちゃんとお前たちとも遊ぶぞ。ただ今日はアルフレートたちを優先させてくれ。お前たちとは明日遊ぼう。約束だ。


よし、子供たち集合。

ウルザ、先頭で子供たちの引率を頼む。目的地は村の南だ。いつもお祭りとか武闘会とかやっているところ。

ティゼル、リリウス、リグル、ラテ、トライン、ナート、グラルはちゃんと後ろをついて行くんだぞ。

アルフレートは子供たちの最後尾。遅れそうな子供をサポートしてくれ。集団から大きく離れそうな場合はウルザに知らせるように。

俺と鬼人族メイド数人、そしてザブトンの子供たちを背に乗せたクロの子供たちが、さらにその後ろをついて行く。

ん？　クロの子供たちの背に、酒スライムとフェニックスの雛のアイギスの姿も見えるな。ああ、一緒に来てもいいぞ。

俺と鬼人族メイドの腕には、フライングディスクやボール、バット、縄跳び用の縄なんかが入った箱が抱えられている。

「たくさんありますが、今日は何をされるので？」

鬼人族メイドの言葉に、俺は答える。

「特に考えていない。のんびりとみんなで遊ぼう」

コミュニケーションをとるのが目的。

予定は……お昼には屋敷に残っている鬼人族メイドが昼食を持ってきてくれることだけ。

たまには、いきあたりばったりに遊ぶ日があってもいいだろう。

え？　いつもそうじゃないかって？　うーん、そうかもしれない。

おっと、ウルザ、ちょっと速度を落としたほうが……俺が言う前に、ナートが注意したみたいだ。

余計な心配だったな。

のんびりした日だった。


翌日、約束通りクロの子供たちやザブトンの子供たちと遊んだ。

自分の体力の限界を試す日だった。

7 夏の事件

事件が起きた。

ことの発端は……去年の夏になるのかな。

俺が戯れに木で船を作り、ため池に浮かべた。簡単なイカダに帆を張ったシンプルな船。その船をヒイチロウが見て大喜びした。

そんなヒイチロウの様子に喜んだライメイレンが、時間はかかるけどもっと大きな船を見せてやろうと言った。ヒイチロウはさらに大喜びした。

以後、ヒイチロウは思い出したように大きな船の話をするようになっていた。

ライメイレンは何隻か船を所持しているそうだが、ヒイチロウのためにと大型の帆船《はんせん》を発注した。

発注先は〝シャシャートの街〟、大きな造船所があるのだそうだ。

マイケルさんは造船業に関わりはないのだけど、〝シャシャートの街〟の窓口としてライメイレンの発注を受けた。

そして、造船が開始された。

本来、帆船は何年も時間をかけて造るもの。大型ならなおさら。

だが、一年で完成した。

手抜きではなく、金の力らしい。カラクリ的には、すでに建造が開始されている船を買っただけ。

発注がきてから造る方式では、造船所はやっていけないのだそうだ。なので先に造っている。

金のある商人たちは、まだ完成していない船を、投機目的に買ったり売ったりするらしい。

マイケルさんを通してライメイレンが買ったのは、時間がかかる船体部分のほとんどが完成しており、装飾を施せば完成という状態の大型の帆船。

装飾に一年かけたと考えれば、豪華な帆船になると予想できる。だとしても、装飾だけで造船を開始と言うのかな?

言うそうだ。そう言わないと新造船にならないと。なるほど。


そして春の終わりぐらいにその装飾が終わり、お披露目となった。

お披露目は当然ながら造船所のある〝シャシャートの街〟で行われるのだが、そこにヒイチロウを連れて行くことをライメイレンが嫌がった。

人の多い場所にヒイチロウを連れて行きたくないのかと思ったが、理由はそれだけではなかった。

「ほかの船がある場所では、ヒイチロウの船が目立たないでしょう」

気持ちはわかるので、〝シャシャートの街〟でのお披露目は諦め、初航海の様子を見ることに。

場所は〝シャシャートの街〟の東側、〝五ノ村〟の南にある海岸。

この辺りは砂浜ではなく岩場で、それなりに水深のある場所だから帆船が近寄れるのだそうだ。

まあ、座礁しては悲しいので、あまり海岸には近寄らないように指示はしている。

俺、ヒイチロウ、ハクレン、ライメイレン、マイケルさんの五人を中心に、〝大樹の村〟〝五ノ村〟から見物組が海岸に集まった。バーベキューをしながら待機。


帆船はすぐに見えた。

マイケルさんが肉の刺さった串を持ちながら、あれですと言ってくる。

まだ遠いが、ここからでも大きな帆が二本ある立派な帆船だとわかる。

見物組からの歓声。

うん、半分ぐらいはバーベキューに夢中だな。

俺はヒイチロウに大きな船だぞと、声をかけたが寝ていた。ヒイチロウは前日から、かなり興奮していたので疲れてしまったのだろう。

「もう少し、近づくまでは寝かせてやろう」

ライメイレンの言葉に、誰も反対しなかった。

しかし、立派な帆船だ。

そう思っていると、その立派な帆船の後ろに小さな船が追走しているのがわかった。

なんだ？

小さな船には帆がない。オールもない。なのに同じぐらいの速度で進んでいる。ひょっとして前の帆船が牽引《けんいん》しているのか？

そんな風に思っていたら、帆船から煙が上がった。

火事？　帆が燃えている？　え？　そして、爆発。

帆船は豪快に沈んだ。

…………え？


状況が理解できず少し混乱したが、俺はハクレンに飛んでもらい確認に向かった。帆船には少なくない船員が乗っていたはずだ。彼らを助けなければ。

見物に来ていたリザードマン、ハイエルフなどもハクレンの背に乗って移動。

俺は邪魔にならないようにその場で待機。

後ろにいた小さい船は……逃げている。巻き込まれるのを恐れたのか？　それとも、あの小さい船が何かしたのか？　いや、それよりも……。

「ばーば、おっきいお船はどこ？」

爆発音で目を覚ましたヒイチロウが、目を擦《こす》りながらライメイレンに聞いていた。

これが事件。


救助した船員の証言から、犯人はあの小さい船。

エルフ帝国の船らしい。

「〝五ノ村〟なる愚かな勢力の船であることは調べがついている。我がエルフ帝国の安寧を脅かす大型船の存在は許せん」

という理由らしいが、エルフ帝国は完全降伏で魔王国に吸収された。

最初は〝五ノ村〟への降伏だったが、迷惑なので魔王国に任せた。

エルフ帝国の降伏が許されたのは、沈められた帆船の船員が全員、無事に救助されたことと、エルフ帝国が所有する一番大きな船を差し出してきたことによる恩情《おんじょう》だ。

いや、酷い戦いだった。


エルフ帝国は一つの島。

その島を取り囲むように無数の竜《ドラゴン》が飛翔《ひしょう》。外に出ようとする船は沈められるか、追い返された。

そして、気まぐれに竜の炎《ブレス》が島に撃ち込まれる。

「貴様らが全て死に絶えるまで続ける」

ライメイレンの宣言に、エルフ帝国の指導者層はパニック状態。

同時に、帆船を沈められたことに対する復讐《ふくしゅう》だと、やんわりとエルフ帝国の民衆に伝えた。

内乱が起きた。

それを眺める竜。

内乱をなんとか抑えつつも、エルフ帝国の戦意は相手が竜という時点で挫《くじ》けており、どうすれば降伏の意思が伝えられるかが問題になっていた。

最終的に、島の海岸にある大きな城を自分たちの手で焼くことで、降伏の意思を表明。

ライメイレンは周囲の説得もあってしぶしぶ降伏を受諾。戦いは終わった。終わってよかった。


そして、分捕ったエルフ帝国の一番大きな船をヒイチロウに見せていた。

「ばーば、このお船、布がないよ」

エルフ帝国の船は魔法動力。帆は必要ない。

後日、分捕ったエルフ帝国の一番大きな船には、無駄な帆が取り付けられていた。

閑話　獣人族の男の子の学園生活5　十日目

フラウ先生の問題を思い出す。

「生徒ゴール、貴族とは誰を指す言葉ですか？」

魔王国での正しい答えはこうだ。

「爵位を持つ者とその正妻、子供、それに準ずる役職を持つ者です」

王は王族であって、貴族に含まれない。ここ、引っ掛けだから注意。

爵位とは、公爵、侯爵、伯爵、子爵、男爵、騎士爵と、それに準ずる称号を持つ者。準ずる役職は四天王や将軍が有名だけど、ほかにも色々あるらしい。


さて、ガルガルド貴族学園はその名前からわかる通り貴族関係者の通う学園。

生徒の大半が貴族の子供と、貴族に仕える文官や武官の子供。なので、親の爵位や立場が、生徒の人間関係に大きく影響する。この学園では、その影響に関して排除しようとはしていない。

むしろ、積極的にそのあたりの人間関係や立ち振る舞いを教え、その責任を自覚させられる。

学園に入学したからには生徒はみな平等と言ったところで、学園を卒業したあとには明確な身分社会が待っているのだから甘やかさない方針らしい。

中途半端なことはせず、学園にいる間は失敗しても大丈夫な期間として頑張ってほしいと、礼儀作法の先生が言っていた。

ただ、学園に来たことで周囲からチヤホヤされ、調子に乗る生徒が出てくるのは毎年の風物詩だそうだ。つい先ほど、シールに殴られた彼もその一人。

「貴様ら。誰に断って、ここにいる」

訳）おい、この俺に挨拶がないぞ。どうなっている。

いきなり、こんなことを言ってくるんだもんな。殴られても仕方がないと思う。というか、ここで殴らないほうが怒られる。

「貴様に挨拶が必要とは知らなかった。今の拳を挨拶代わりにしてもらおうか」

訳）え？　こっちの方が身分が上のはずだけど、本気？　今なら、そのパンチで聞かなかったことにするよ。

「な、なか、なかなか、いい拳ではないか……ふっ、気に入ったぞ」

訳）すみませんでした。以後、よろしくお願いします。

彼の足がガクガクしているのは失敗したことに対する怯《おび》えか、それともシールのパンチが思いのほか効いたのか。どちらでもかまわないが、こういった感じで絡《から》んでくる人が増えてきた。困る。

僕たちの身分は、学園に入学する時に男爵家当主相当という身分をもらっている。

男爵じゃないけど男爵と同じ扱い、ということらしい。

フラウ先生、ユーリ先生からの手紙を学園長に渡したら、そうなった。

学園長、手紙を読んだあとで頭を抱えていたから、フラウ先生とユーリ先生が無理を言っていなければいいのだけど。

でも、もらった身分はしっかりと活用する。

ちなみに、先ほどシールに殴られた彼は伯爵の息子。

伯爵の息子より、男爵家当主のほうが上。これが公爵の息子であっても同じ。当主は爵位を持っている当人。親が偉かろうが、爵位を持っていない息子よりも身分は上になる。

でも、伯爵の息子は将来的に伯爵になる可能性があるから、男爵家当主であっても偉そうにしたりはしないのが普通。それが世渡りらしい。

ただ、今みたいに身分や立場が下の者から明確に喧嘩《けんか》を売られたら、買わないといけない。放置するのが一番駄目で、怒られる。あとで反撃するのも駄目。

喧嘩の勝敗は横に置いておいて、その場で終わらせておくのが最良とされる。なぜかというと、権威に傷がつくからだ。

明確な貴族社会に対し、反旗を翻《ひるがえ》す行為には即時対応。勝つのが理想だが、負けても大丈夫。抵抗したという姿勢を見せることが大事。


「このマント、役に立ってないな」

シールが自分の背中の短いマントを引っ張って見せる。

見せてくれなくても大丈夫だよ、僕の背中にも同じのがあるから。

この短いマントは、学園生の証し。

裏側にはラインが引かれており、身分が明確に掲示されている。

「どうして裏側なんだ？　表にしないと見えないじゃないか」

「防犯対策だろ。見せびらかしながら街を歩くのは、怖いぞ」

魔王都の治安はいいが、犯罪がないわけではない。

そのあたり、フラウ先生にしっかりと注意するように教え込まれた。

「見せないほうがトラブルに遭う気がするのだけど……」

「それは相手の注意力が足りない」

ラインは裏側だが、マントの端を少し観察すればすぐにわかる。

「注意力が足りないと言うが……男爵家当主相当のラインと、男爵家関係者のラインは似すぎじゃないか？　知らないと同じだと思うぞ」

あー……たしかに。

今度、事務担当のお姉さんに相談しておこう。


学園の生徒は午前に授業を受け、午後にクラブ活動をするのが基本スケジュール。

僕たちはクラブには入らず、家作りに邁進《まいしん》。そう考えていたのだけど、クラブに入ることになってしまった。

僕たちが入ったクラブの名は《領民生活向上クラブ》。

狩り、野外宿泊、農業、建設、料理、裁縫《さいほう》。

狩り以外は、貴族には不要な知識だけど、知らないよりは知っていた方が便利。また、領地を持つ者ならこういった知識は持っていた方がよりよい生活ができるはず。という目的のクラブ。

先輩四人とご近所さん二人が、僕たちと共に行動するために結成した。

なのに、なぜか代表は僕がやることに。まあ、家作りを手伝ってくれるし、狩りには人手があるほうが楽だから断らなかった。

農業に関しては、少し前にブロンが学園に直談判した。

王都で食料は買えるけど、必要な物が必要な量、集まらない。また、味が悪い。自分で作るから畑用の土地を貸してほしいと。

生徒が畑を耕す必要はないと即座に却下されたが、事務担当のお姉さんに相談したら解決した。

「昨今、食糧事情は回復しつつありますが、将来を考えれば食料の研究は必須です。そのための土地を貸していただけませんか」

言い方が大事だなと思った。

僕たちが家を建てているブロックの横に、そのまま百メートル四方の土地を貸してもらった。

さっそくと思ったけど、まずは土作りから。

家作りと平行してやっていると、畑作業に興味を持った一人の先輩がやって来た。

やって来た先輩は地方に領地を持つ貴族の息子。

といっても、想像するような貴族の暮らしではなく、小屋のような家で暮らし、クワを持って畑を相手に頑張っていたそうだ。

土が懐かしいとクラブ入りを希望。

僕たちよりも詳しそうなので、ぜひにとお願いした。

その先輩の話では、今年は土作りで終わりそうということでショック。

「まあ、それだと寂しいから小さい菜園を造ろうか。苗や種は俺が手に入れてこよう」

誰も反対しなかった。

ああ、そうそう。

《領民生活向上クラブ》の活動中は、貴族言葉が禁止になった。

狩りはともかく、野外宿泊、農業、建設、料理、裁縫に関する単語が少ないからだ。

「よきにはからえ」

だけでは、会話にならない。


現在、先輩四人とご近所さん二人、農業先輩一人が部員を集め、クラブは四十人を超える大所帯になっている。

家作りが進むのは嬉しい。

全員が全員、毎日いるわけじゃないのだけど、食事の時にはいる。なぜだ。

そして、四十人分の食事を僕一人が作るのはどうなんだろう？　ガルフのおじさんが隠して持たせてくれた調味料がそろそろなくなる。

マイケルおじさんのお店を本気で探さないと、困ったことになりそうだ。

閑話　獣人族の男の子の学園生活6　〜十二日目〜

シールとブロンが、三日前に仕留めたイノシシを持ってきてくれた。

体長は一メートル……ないぐらい。最初、イノシシの子供かと思ったのだけど、この辺りではこれで成獣なのだそうだ。村との違いに少し戸惑う。

戸惑いが少しなのは、来る前にフラウ先生とユーリ先生に強く注意されているからだ。本当にこれでもかというぐらい強く注意された。


「ほう、今宵《こよい》の宴《うたげ》は賑やかになりそうだ」

訳）これ、今日の晩飯？　マジ？　超楽しみなんだけど。


少し前にシールに殴られた伯爵の息子が、大工道具を片手にやって来る。

彼はなぜかクラブ入りした。大きい風呂場を造ろうと画策しているから、お風呂が気に入ったのかもしれない。昨日まで、ノコギリの使い方も知らなかったけど。

「たしかにこれが今日の晩御飯だけど、貴族言葉は禁止だぞ」

「おっと、そうであった」

そして、彼の後ろには学園の先生が三人ほどいる。新しくできたクラブの視察と、監督役の先生を決めるためだそうだ。

昨日からいる。

昨日の晩、食事のあとで監督役を誰がするかで殴り合っていた。そんなに嫌がらなくても……。

今日も三人で来たけど、誰が監督役になったかは聞いていない。視察のほうは問題なしでいいのかな？

そんなことを考えながら食事を作る。


さすがに僕一人では厳しくなったので、何人かに手伝ってもらっている。

料理の腕は……うん、荒々しい《ワイルド》。

まず、料理の前に手を洗おうね。地面に落ちたのをそのまま使おうとしない。野菜は水で洗おう。

包丁の持ち方はそうじゃないから。魔法の火は、最初の火種ぐらいに考えて。魔法の火だけで料理するのは大変だし、火を出しながらほかのことできないよね？　家から使用人呼ばなくていいから、自分の手で頑張るように。

人に教えるのは思ったより大変だ。

ハクレン先生、フラウ先生、ユーリ先生も苦労したのだろうか。

…………。

いや、僕たちは、ここにいる人たちよりも優秀だったと思いたい。

って、野菜を切るのに魔法を使っちゃ駄目…………あー野菜が吹き飛んだ。

翌日、僕たち三人は、学園長に呼び出された。

なんだろうと思ったら、見せられたのが一枚の木の板。書かれている内容は……嘆願書《たんがん》？　寮の食事改善を求める内容だった。

…………。

えっと、なぜこれを僕たちに見せるのだろうか？

僕が疑問の目を学園長に向けると、署名を見るように言われた。

嘆願書の提出者として、五人の名前が書かれている。僕たちの名前ではない。当然だ。こんな嘆願書は知らない。

寮にいる時に知っていたらサインしたかもしれないけど、寮を出た僕たちには関係ない。

そう学園長に伝えると、大きなため息を吐《つ》かれた。

嘆願書に名前を書いた五人は、僕たちのクラブに所属しているらしい。

そう言われてみれば……覚えのある名前だ。

「僕たちが扇動《せんどう》したわけではありませんよ」

「それはわかっています。ただ、貴方たちに関わった生徒の大半が、寮の食事に対して不満を持つようになっています」

「えっと……」

心当たりは……毎晩の食事かな？

毎晩、小さなパーティーみたいになっている。しかし、それでも毎晩四十……昨日は五十人だったかな。学園の生徒数から考えれば、微々たるものだろう。僕たちの責任とは断言できないはずだ。

責任の所在は、寮の食事を改善できない運営側にあるのではないだろうか？

「寮の食事が美味しくないのは認めます。生徒を飢えさせないためだけの料理ですから」

「それがわかっているなら、料理を美味しくすれば解決するのでは？」

「その技術がありません」

「……え？」

「食料難の時代が長すぎました。飢えないための料理を作っていた者に、急に美味しい料理を作れと言っても無理な話です」

たしかに。

「そこで、貴方たちにお願いです」

まさか？

「寮の食事の向上に、協力してくれませんか」

僕は知っている。これはお願いという名の、断《ことわ》れない命令だということを。

だが、抵抗はしておく。

「協力は構いませんが、残念ながら僕たちの本業は生徒です。学園で学ぶことが多い身ですので、空いた時間にということで……」

訳）協力するけど、こっちの気が向いたときだけね。

「貴方たちが大変優秀なのは聞き及んでいます」

訳）逃がさん。

「ははは。ありがとうございます」

訳）無理だって。

「本日より、寮の料理当番をそちらに向かわせます。鍛えてやってください」

訳）はい、話は終わり。頼んだからね。

くっ、さすが学園長、手強《てごわ》い。しかし、このまま引き下がるわけにはいかない。

「浅ましいですが、寮の食事が改善されたら、僕たちにご褒美《ほうび》のようなものはいただけるのでしょうか？」

訳）メリット、僕たちのメリットを提示してよ。

「当然、考えています。楽しみにしていなさい」

訳）望みを言え。

「楽しみですね。ですが……あまり学園に負担をかけても申し訳ありません。実は一つ、困っていることがありまして、それを解決してもらえますか？」

訳）では、この難題をお願いできますか？

「貴方たちに困る問題があるとは思えませんが、聞かせてください」

訳）学園長を舐《な》めるなよ。

「実は、王都でやっている知人の店を探しているのですが、見つからず困っているのです。『マイケルおじさんの店』というのですが……」

訳）本気で困っているから、よろしくお願いします。

「承知しました。寮の料理の件はよろしくお願いしますよ」

訳）ふっ、たやすい。学園長の力を見せてやろう。

これが精いっぱい。

僕の横で黙っていたシール、ブロン、問題ないよな？

問題があるなら自分で学園長に言うように。

昼に、十人の料理人がやって来た。

男性寮から四人、女性寮から四人、教師寮から二人。

全員、包丁は扱えるようなので一安心。衛生面の意識も問題なし。さすがだ。

しかし、料理の技術が不足している。焼くと煮るだけじゃなぁ。

まあ、僕も最初っから料理ができたわけじゃない。一緒に頑張ろう。

閑話　悪徳商人

俺の名前は……まあ、名前なんかどうでもいいだろう。親しいやつはゴンザって呼ぶから、そう呼んでくれ。

見ての通り、商人をやっている。

これでも王都ではそれなりに名の知られた材木屋で、なかなか大きい店だと自分でも思う。

これは俺の力だけで大きくしたわけではなく、代々続いた成果だろう。

俺が先代に聞かされた話では、この辺りがまだ人間の勢力圏だったころから代々続いているそうだからな。

しかし、その材木屋に客の姿はない。

理由はわかっている。材木ギルドの嫌がらせのせいだ。

俺は仕入れ先にも客にも正直にやってきた。

それだけじゃない、仕入れ先が困っているときは不要な材木も高値で買ってやったりもしたし、客の懐《ふところ》が寂しいときは支払いを待ってやったりもした。

まったくの善意だけじゃない。そうしてやることが、俺の店のためになると信じたからだ。

ただ、そういった俺の店のやり方を、今の材木ギルドは気に入らなかったのだろうな。

目の敵にされ、商売の邪魔をされるようになった。

しかも、そのやり方がねちっこい。俺や店に正面から攻撃してくるならなんとでも対応できるのだが、仕入れ先や得意客を攻撃するやり方。

悔しいが効果的だ。俺の店だけじゃどうにもならない。

俺ができるのは店を畳んで別の街に行くしかないのだが……材木屋ってのは地域密着の商売だ。新しい場所で一から始めて商売になるまで何年もかかる。

それに、先代から引き継いだこの店を捨てる決心がつかない。

そうして悩んでいるうちに貯金が目減りしていく。このままでは新しい場所で一から始めるのも厳しくなる。もう時間がない。

そんな俺のところに、とある男がやって来た。

材木ギルドで幹部をやっている男。もっとはっきり言えば、俺の店が気に入らなくて妨害しているやつだ。

「てめぇ、なんの用だ！」

俺の声が荒くなる。

それと同時に俺の店で働いている者が、俺の体を押さえる。

敵に回ったわけじゃない。俺が暴れないようにしているのだ。

わかっているさ。ここでこいつを殴っても俺の気が晴れるだけで、この店はつぶされる。

「ふふふ……なんですか、その態度？　伝統のある店の主《あるじ》の振る舞いとは思えませんね」

ぐぎぎぎっ……殴ってやりたい。

「まあ、私も暇ではありません。さっそく本題といきましょう」

その顔を殴ってやりたい。

「そろそろ諦めて店を畳むか、我々のやり方に従うか決めてはいかがですか？」

………。

「まあ、店を畳むのでしょうけど、その時は連絡をください。この店にある木材はギルドで引き取らせていただきますよ。格安でね」

ぶん殴る。

そう覚悟を決めたのに、相手は逃げやがった。

くそっ、殺気が漏れすぎたか。

「て、店長、ど、ど、ど、どうするんですかぁ？」

俺を押さえている店員の一人が、情けない声で聞いてくる。

今の俺の店に残っている店員は、俺について行くと言ってくれた古参の店員たちだ。

こいつらがいるからこそ、新しい場所で一から商売を始めるという選択肢が残っている。

「わかっている。俺もそろそろ決断しなきゃいかんと思っていたところだ」

ああ、本当にわかっている。わかっているんだ。

腹立たしいが、やつの言うとおり、今の材木ギルドのやり方に従うことは、俺にはできない。

つまり、結論は最初から一つしかないんだ。

だが……。

「すまない。あと一日だけ時間をくれないか」

一日でどうにかなるわけがないのに、俺はなにを言っているんだろうな。

しかし、これで最後だ。

明日一日店を開けたら、それで終わりだ。店を畳む。

そして、新しい場所で再起を図《はか》ろう。

俺はそう決めた。


翌日。

王城から偉い人が来た。

なんでも材木が必要とのこと。いや、在庫はあるからいくらでも売りますが……えっと、いいんですか？

「いいんですかとはなんだ？　ここは材木屋であろう」

「い、いや、その……材木ギルドに頼まなくてもいいのかと？」

「ここも材木ギルドに所属している店であろう？」

「そりゃそうですが……実はうちの店は材木ギルドから睨まれてまして、うちで買ったのが知られるとそちらにご迷惑をおかけするかもしれません」

「だから買いに来たのだ。あの材木ギルドに睨まれているなら、まっとうな店であろう。こちらに問題はない。必要な量はこの板に書いてある。いつまでに用意できる？」

俺は板を受け取り、確認する。

この内容……かなり大きな家数件分で、普段なら全てを用意するなら季節が変わるぐらいは待たせるだろう。

だが、幸いなことに今のうちの店なら……。

「明日にでもお渡しできます」

「よろしい、では頼む。すまないがここに運んでもらえるか」

「学園ですね、承知しました。ありがとうございます」

本当にありがとうございます。

最後の最後に、この店で商売ができた。それに、ギルドの連中に買い叩かれる在庫も減った。ありがたい。

「ああ、そうだ。これは余計な話かもしれんが……材木ギルドにはクローム伯による査察が入る。しばらくはギルドに近寄らんようにな」

「へ？　クローム伯？　四天王の？」

「そうだ。まったくどこでクローム伯の尾を踏んだのやら……ということで、よかったな」

偉い人はそう言って、去っていった。

どういうことだ？　それに、よかったなとは？

とりあえず……材木ギルドに近づくなとは言われたが、なにがあるかは知らなければならない。

俺が行くと目立つので店員に行かせてみた。

材木ギルドは兵に囲まれ、なにやら追及を受けている最中だったそうだ。材木ギルドを仕切っていた連中の店も同様。

本当に何があったのやら……。

「店長。さっき思い出したのですが、今日の注文の人に見覚えがあります」

「本当か？」

「ほら、何年か前に店長が支払いを待った家の息子さんですよ。急にあの人の結婚が決まってお金が入り用になったとかで」

「……あの時の彼か！」

「ですよ。さすが店長です。店長のやり方は間違っていませんでした」

……そうか。

それは本当によかった。


そして俺は今も王都で材木屋を続けることができた。

「おっちゃん、この木が欲しいんだけど」

獣人族の男の子が高価な木材を指さしている。

「それ、高いぞ」

「銀貨何枚？」

「七枚」

「七十枚出すから、十本用意して」

「注文されたら用意するが……支払いは大丈夫なのか？」

「先払いでもいいよ」

「ふんっ。代金は納品時でかまわん。しっかりと品を見定めてから払うようにしろ」

今日もほどほどに忙しい。

閑話　悪魔族の助産師

私はドースさまに仕えている悪魔族の一人です。名は……すみません、名乗るような者ではありません。

ええ、私なんて気にする必要はありません。こんな角《ツノ》の大きな女のことなんて。

そうなのです、私は自分の角が好きではありません。くるりと曲がった羊角は可愛らしいのですが、いかんせん大きすぎるのです。

古《いにしえ》の悪魔族みたいでかっこいいとうらやましがる人もいますが、こんなのは頭が重いだけです。寝ているときも角が邪魔で寝返りがうてませんし、左右の視界も微妙にふさぐので、一度気になるとしばらくイライラしてしまいます。

角が大きいことに対するメリットがないのです。

ええ、角の大きさが持てる魔力の量や、扱える魔力の量に影響があるのではないかと言われてはいますが、まったく関係ありません。

たぶんですが、古《いにしえ》の悪魔族の角が大きかったので、そういった話が出ただけでしょう。

事実、私が持っている魔力量は少なめですし、扱える量も多くありません。

……言わないでください。わかっています。私が悪魔族の落ちこぼれだということは。

そんな私でも、ドースさまは仕えよと言ってくださったのです。感謝しかありません。


そして、ドースさまから指名されたのですから、派遣にも応じます。ええ、地獄にだってお供しますよ。

行き先は地獄ではなく〝大樹の村〟ですか？

すみません、どういった場所かは存じ上げません。ですが、地獄ではないと言われたのですから、悪い環境ではないのでしょう。

「私はそこで何をすればよろしいのでしょうか？」

……出産のお手伝い？　色々な種族の妊婦がいるのですか？　承知しました。お任せください。

出産のお手伝い。

それは私が唯一誇れる技能。ここで活躍せねば私の存在意義が問われてしまいます。

なので部下を召集し、荷物をまとめます。

そういえば、移動手段はどうするのでしょう？　場合によってはワイバーンを用意したほうがいいのでしょうか。

〝大樹の村〟の場所は…………え？　〝死の森〟の真ん中？　あれ？　記入間違いかしら？

〝死の森〟の真ん中でした。

ドースさま、私みたいに力がない者にとっては、地獄より酷い場所ですよ。いえ、直接言ったりはしませんが。

……あれ？　ブルガとスティファノがいます。

そういえば彼女たちはドライムさまのところにいましたね。ここからドライムさまの巣は近いので、遊びに来ているのでしょうか？

違いました。彼女たちはここに住んでいました。

えー……と、何かの罰ですか？

違う？　ここにはハクレンさま、ラスティスムーンさまがいる？

ドースさま、聞いていませんよ？

ラスティスムーンさまはともかく、ハクレンさまって……あのハクレンさまですよね。一時期、暴れまくっていた……。

そのハクレンさまが結婚した？　ここで静かに生活している？　…………………ごめんなさい、理解が追いつかない。

え？　あのハクレンさまよね？　スイレンさま、セキレンさまの姉の。それが結婚？　相手はどんな手で脅されたの？　違う？　ハクレンさまが負けた？　そのあとで普通に恋愛？　またまたー。

ブルガとスティファノが言うことは嘘《うそ》ではありませんでした。

まさか、ライメイレンさま以外にハクレンさまを負かすことができる存在がいるとは思いませんでした。

そしてそのハクレンさまを負かした相手が目の前にいます。

………………………。

普通の人間にしか見えません。魔力は私より少ないというか皆無。親近感を覚えます。仲良くやっていけそうです。

ただ、この人がハクレンさまの旦那さまなのですよね。そして、ラスティスムーンさまの旦那さまでもあると。

その実力を確認してみたくもありますが、ブルガとスティファノから冗談でもやめておきなさいと忠告されているので、やりません。ええ、絶対に。

平然とグラップラーベアを狩る相手に勝負を挑むほど私は馬鹿ではありません。

私は私の任務をこなすだけです。


この村にやって来たときは、とんでもない場所だと思いましたが、住んでみれば悪くありません。

いえ、いい場所です。

まず、食事が美味しい。とにかく美味しい。お酒も美味しい。特に空気も美味しい。

〝死の森〟の真ん中ですから、どれだけ澱《よど》んだ空気かと覚悟していたのですが、無用の心配でした。

ほどよく魔力……魔素ですね。魔素の混じった空気は悪魔族に適した空気と言えます。

魔素がよくわからない？　えーっと、簡単に言えば、魔力が魔力になる前の状態ですね。

悪魔族はその魔素を体内に取り込み、力にすることができるので、ここはとても居心地がいいのです。

そして、そう、これが大事なのですが……出産のお手伝いをする仕事が適度にあるのです！

わかりますか？　わからないでしょうね。

ドースさまの領地には多種多様な種族がいますが、出産のお手伝いを必要とする者はほとんどいません。

お手伝いとして呼ばれるのは竜族と悪魔族のときぐらいですが……どちらも、万が一に備えてです。そして、どちらもなかなか妊娠しません。

ええ、ドースさまのところにいる悪魔族は、私も含めて普通の悪魔族に比べてちょっと特殊ですから……。

しかし、使わなければ技術は廃れます。忘れてしまうのです。

出産は命に関わりますから、その技術を失うのはよろしくありません。

私は……いえ、私たちは必要とされる日がくることを信じて、出産のお手伝いシミュレーションを何万回と繰り返したことか……。

その技術が、ここでは全力で使えるのです。

ああ、適度な忙しさと緊張。私が求めていたのはこれです。

まあ、取り上げる子供の旦那さまが、ほとんどハクレンさまの旦那さまである村長さんなのはご愛嬌《あいきょう》。

妻をたくさん持つのは、力がある者の宿命というか…………えっと、女性陣のみなさん、もう少し村長さんに優しくしてあげてください。村長さんは一人なのですよ。

そんな風に注意したら、村長さんから凄く感謝されたのはなんなのでしょうね。

……おや？　なにか騒々しいようです。何かあったのでしょうか？

「角の助産師さんはどこですか！」

私が呼ばれました。

この村で、私は「角の助産師さん」と呼ばれています。名前を言っていませんからね。仕方がないのですが……〝一ノ村〟で産気づいた方が出たのですね。わかりました。急ぎます。
私は〝大樹の村〟に住む悪魔族の一人。仕事は助産師。
名は……「角の助産師さん」でかまいません。
ええ、この角のおかげで、私を探しやすいようですから。大きな角もありですね。

Farming life in another world.

Final chapter

Presented by
Kinosuke Naito
Illustrated by
Yasumo

〔終章〕

学園の変化

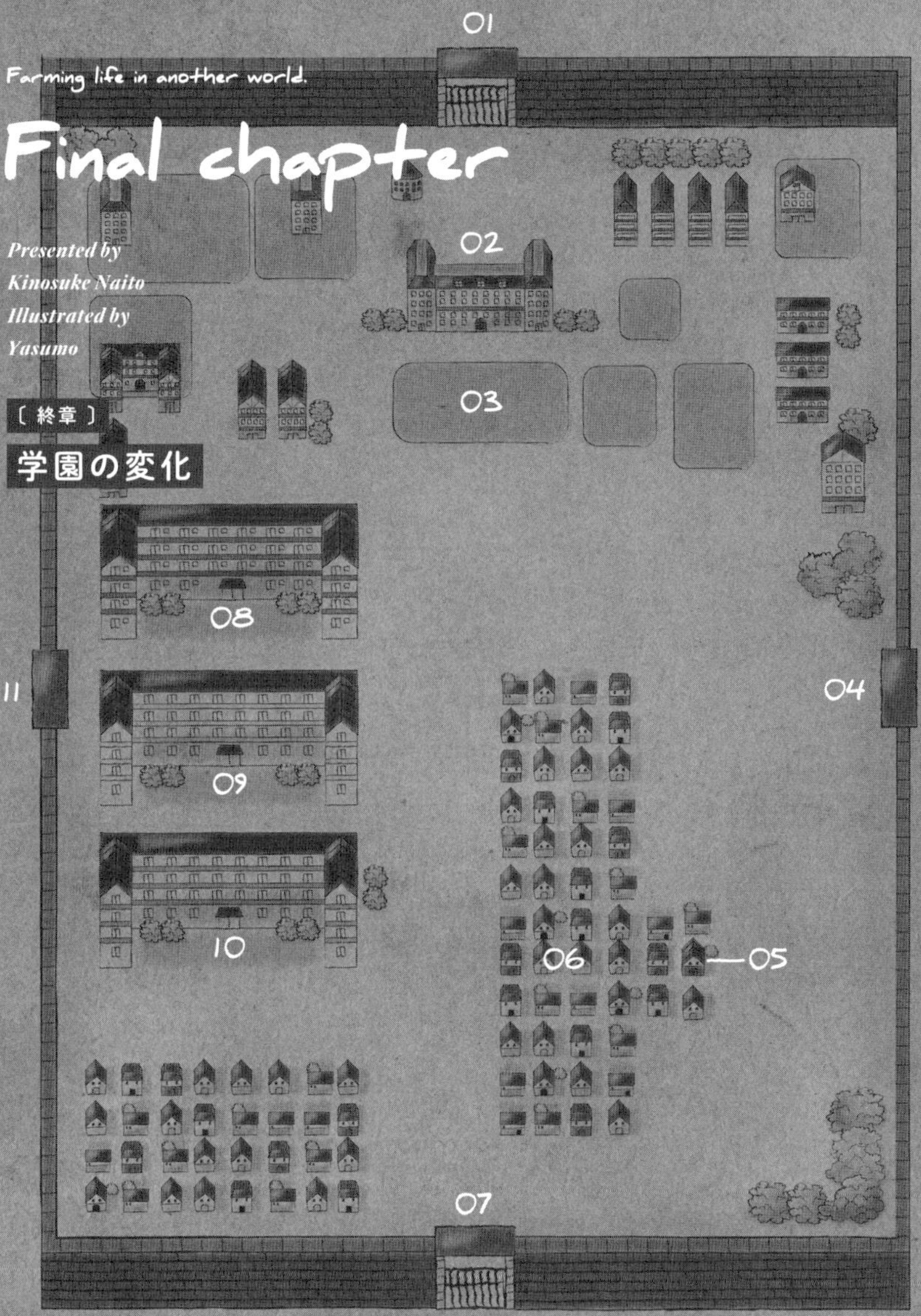

01.北門　02.校舎　03.グラウンド　04.東門　05.ゴールたちの借地　06.借家エリア　07.正門
08.教師寮　09.女子寮　10.男子寮　11.西門

1 エルフ帝国のその後

魔王が少し変わった体勢で体を止める。

すると、そこに子猫のサマエルがやって来て魔王の体を登って、ビシッとポーズを決める。

サマエルが下りると、魔王が動きだし、また少し変わった体勢で体を止める。

今度はサマエルを含めた四匹の子猫が魔王の体を登ってビシッとポーズを決める。

…………。

対抗して俺も少し変わった体勢で体を止めてみた。

サマエルは来ない。子猫たちも来ない。ザブトンの子供たちがたくさん来た。クロの子供たちも来た。重かった。

何をやっているかって？　現実逃避。


逃げたい現実は、降伏してきたエルフ帝国。

無関係とは言わないが、大本はライメイレンだ。だから、用事があるならライメイレンに言うべきだと思う。でも、ビーゼルは書類を持って俺のところに来る。

「エルフ帝国の元支配者層の娘が二十人ほど、送られてきましたので〝五ノ村〟に向かわせました。

到着したら、この書類に受領サインをください」

「いやいや、エルフ帝国は魔王国に吸収された形だろ？　どうして〝五ノ村〟に送るんだ？」

「エルフ帝国側の希望なので」

「〝五ノ村〟に来ても待遇はよくないぞ」

魔王国のどこかの街にいるほうがいいんじゃないか？

俺はそう思ったのだが、エルフ帝国側はそうじゃないみたいだ。

まあ、引き受けるしかない。魔王国側もエルフ帝国の降伏は突然の事件だし、望んでいなかった。

その理由は、面倒が増えるから。

しかし、エルフ帝国はライメイレンに降伏したが受け入れられず、仕方なく降伏先として魔王国を指名。

魔王国側はその指名に驚きつつも降伏を受け入れるのに難色を示したが、ドースが仲介したので引き受けるしかなかった。

ドースとしては、エルフ帝国の興廃はどうでもよかったが、ヒイチロウが成長後にこの件で心を痛めないようにとの努力だ。

あと、ライメイレンの悪名が上がるのを防ぎたかったのもあるらしい。

ともかく、ドースの仲介でエルフ帝国の降伏を引き受けた魔王国は色々と忙しい。俺だけ楽はできないらしい。

そうそう、エルフ帝国の降伏に対し、いくつかの人間の国が文句を言ってきた。

それに対し、ビーゼルはこう返した。

「では、そちらでお引き受けいただけますか？　立地的には魔王国の近くになりますが、良港とエルフ帝国の技術を入手できるチャンスですよ」

ビーゼルとしてはそれなりに本気で勧めたのだが、人間の国は口を閉ざして何も言わなくなってしまった。

人間の国も、多数の竜《ドラゴン》に攻められたエルフ帝国に関わりたくないらしい。

「だったら、最初っから黙っていろというのだ！　中途半端に期待させおって！」

ビーゼルの魂の叫びは、酒の席で響いた。うん、飲んで発散すればいい。


エルフ帝国があった島では五千人ほどのエルフが生活していたのだが、数百人を残して大半が島を出た。

魔王国の各街で少しずつ受け入れるらしい。エルフ帝国のエルフは、それなりに技術や資産があるので生活には困らないそうだ。一安心。

島に残った数百人は、港の管理と漁を生業としているエルフだ。

エルフが漁をすることに違和感を覚えるが、島に住んでいるのだから漁ぐらいはするかと納得。

本来なら、これで終了となるのだが……エルフ帝国のエルフたちは安心ができず、元支配者層の娘を二十人ほど竜に捧《ささ》げることを考えた。

その考えを、ライメイレンは華麗に無視。

ドースは、ライメイレンが嫌がるから引き受けるわけにはいかんと遠慮。

引き受けても、エルフでは能力が足りず、他の眷属《けんぞく》との関係もあってまともに扱われないから、やめておいたほうがいいそうだ。

これで諦《あきら》めてくれたら問題はないのだが、根本にあるのが竜に対する恐怖からの脱却。自分たちがここまでしたのだから、竜が許してくれるに違いないという勝手な思い込みなのだから諦めるわけがない。

何度かの交渉のあと、竜が関わっているとエルフ帝国が信じる〝五ノ村〟がターゲットになった。ドースやライメイレンにエルフ帝国の話を仲介したのは俺なのに、酷《ひど》い裏切りだ。

だがまあ、〝五ノ村〟なら二十人を受け入れられるし、すでにエルフたちを従えている実績もある。狙いとしては悪くないのか。こっちには迷惑だけど。

仕方がない、受け入れよう。あとはヨウコ任せになるけど。

「ありがとうございます」

ビーゼルから書類を受け取り、これで話が終わり……。

「村長。すみません、もう一つエルフ帝国関連で」

まだあった。

「エルフ帝国の船に関してなのですが……」

「船？　ああ、降伏時に差し出された船か」

「あれはエルフ帝国の技術の粋《すい》が集められた船で、エルフ帝国のシンボルだそうです」

「そうらしいな。ちゃんと知っているぞ」

「その船に、無駄な帆を取り付けるのはどういった罰かと質問がきています」

「俺がやったわけじゃないんだが」

「理由は知っているのでしょ?」

知っているので、素直に教えた。

ビーゼルの眉間に深いシワができた。

「そのまま伝えるのはあまりにも哀れなので……傲慢《ごうまん》さに対する戒《いまし》め、こんな感じで返事しておきます」

それがいいと思う。


数日後、〝五ノ村〟に二十二人のエルフの娘がやって来た。

俺も出迎えに参加しようとしたが、不要とヨウコに断られた。

「降伏者を出迎えるならともかく、そうではないからな」

ああ、恨まれている可能性もあるのか。それは面倒な。

「心配無用。そんな気はすぐになくなる」

二十二人のエルフの娘は、全員が百歳から二百歳と若く、文武に優れているそうだ。

その二十二人は、やって来たその日にピリカのもとに送られた。ピリカの訓練を受けさせるためだ。

翌日、全員が脱走を試みたが捕まって、さらに厳しい訓練を受けさせられていた。

「体を動かし続けろ。大丈夫だ。その限界は、理性の限界。体の限界はまだ先にあるから」

「大丈夫。死ぬと思ってからが本番だから」

「いけるいける。若いんだから大丈夫。もう一周、頑張ってみよう」

同じくピリカと共に訓練を受けている、近隣のエルフたちの熱い応援。

「半年ほど訓練を続け、そのあとで文官の仕事を手伝わせる予定です」

ピリカの弟子の説明を受けながら、その様子を俺は見守った。

余計に恨まれないか、これ？

「大丈夫です。一カ月もすれば、恨みなんて後ろ向きなことは考えなくなりますから」

そ、そうか。やり過ぎないようにな。うん、本当にやり過ぎないようにお願いしたい。

閑話　女王蜂の娘

私は女王蜂の娘、生まれながらにして女王となる運命を背負った存在です。

なのでこれまで楽に生きてきました。のちに新しい巣の女王として働かねばならないのですから、これぐらいは当然だと思います。

私を見る兵隊蜂たちの目が冷たいですが、その程度では私の心は揺らぎません。

おっと、お母さま。巣立ちの時期はまだですよ。まだ三十日は先のはず。本能で理解していますよ。それまではここでぬくぬくと過ごすのです。

ぬくぬくじゃなくて、ぶくぶく？

ははは、お母さまナイスジョーク。ですが、私の体形は理想です。

え？　飛べるのかって？　馬鹿にしないでください。飛べない蜂は芋虫と同じでしょう。

飛べたら巣立ちの時期まで自由、飛べなければ即座に巣立ち？

巣立ちの時期を決めるのは私のはずですが、まあいいでしょう。お母さまの顔を立てましょう。

その賭け乗った！　飛べたら一カ月先まで自堕落な生活を送らせていただきますよ！

強制的に巣立ちをさせられました。

本来なら同行する護衛の兵隊蜂もいません。

飛べなかった私に対するこの仕打ち。これは、捨てられたということでしょうか？　違いますよね。お母さま、信じていますよ。隠れて兵隊蜂が護衛してくれているんですよね。

…………。

この無反応な空気。

まずい、これは本格的にまずい。ど、ど、どうしよう。

ほかの巣にお邪魔……駄目ですね。

一度、巣立ちしたら女王蜂扱い。

自分の巣にほかの女王蜂を招き入れる馬鹿はいません。

第一、ほかの巣の位置を知りません。

では、どうしたら？　……新しい自分の巣を作る？

本能でやり方は知っていますが、そんなの面倒くさい！　私は自堕落に生きたいのです！

しかし、そんなことを言えたのはお母さまの巣にいて食事と寝床に困らなかったから。現状では死に向かうだけの言葉です。仕方がありません。巣作りをしようじゃないですか。

…………。

巣作りに適した場所にまで移動できない。こ、これは終わった？　え？　本気で終わり？　私、死んじゃうの？　やだやだやだ。まだ死にたくない。

そんな風にジタバタする私に救いの手が伸びました。

おお、神は私を見捨てていなかった。ありがとう神様。

私に救いの手を伸ばしたのは蜘蛛《クモ》です。

…………。

こ、こんにちは、私は美味《おい》しくないよ。

……あれ？　あ、な、なーんだ。お母さまの巣によく来ていた蜘蛛さんじゃないですか。

私を助けてくれるのですか？　そうですよね？　そうだと言ってください。どうして私を縛るのですか？　え？　え？　ええええっ！


村長と呼ばれる凄《すご》く偉い人の前に突き出されました。

「ここまで太ったのは珍しい。変種かな？　自力で飛べないことに対するメリットはなんだろう」

なかなか心に刺さる言葉。

すみません、自堕落な生活の結果です。

わかりました、もう全て諦めたから好きにすればいいです。煮るなり焼くなりしてください。あ、丸かじりはちょっと遠慮したい。痛くないのが理想です。


村長さまは私用の巣箱を作ってくれました。箱というには大きいので、巣小屋と村長さまは呼んでいますが。超快適。

ここなら私でも巣を作れます。

そう意気込んだのですが、食料がありません。私に限らず蜂の食料は花の蜜や花粉など。私は自力では集められません。巣作りと平行して雄をゲットし、働き蜂の卵を産んで孵《かえ》るまで我慢しろと？　眩暈《めまい》がしそうです。

第一、今の私に雄がゲットできるとは思えません。

おや、蜘蛛さんが私に小瓶を差し入れ……ま、まさかこれはハチミツ！　おおおおおっ！　これだけの量があれば、一カ月は遊んで暮らせる。

それと、ええっ、お、雄？　どきーん！　超イケメン！

あれ？　イケメンさん、どうして私を見てから目の光を消しているのですか？　ここは希望に溢《あふ》れるところですよー。

あ、蜘蛛さん、イケメンさんの糸はまだ解《ほど》かないようにお願いします。なんだか嫌な予感がしますから。ええ、私は恋愛に関しては用心深いのです。

こうして私は立派な女王蜂となったのです。

毎日の出産は大変ですが、食っちゃ寝の理想の生活です。ふへへへへ。

でも、不満がないわけではないのです。

実は私の巣がある場所は、お母さまの巣から十メートルぐらいしか離れていません。

ですので、お母さまからのお小言が届くのです。

心配なのはわかりますが、私はもう独立した女王ですよ。そういった扱いをしてほしいものです。

ほら、今日もお小言が届きました。これさえなければ、完璧なのに。

はいはい、自堕落だと兵隊蜂や働き蜂が裏切りますか、そうですか。私がお腹《なか》を痛めて産んだ子供たちが私を裏切るわけないじゃないですか。ねえ？

………あれ？　どうして一斉に目を逸《そ》らすのですか？　まさか？　これは……まずい？

………わ、わかりました。明日からダイエットしますので、謀反《むほん》は許して……すみません、今日からダイエットを頑張ります。

閑話　獣人族の男の子の学園生活7　～十五日目～

僕たちというか、僕の料理教室が始まって数日。

僕の指導は、寮で使っている食材を美味しくする調理法の伝授に集中している。寮で出す食事なので、予算や仕入れ先が決まっていて、急に新しい食材や調味料を用意できないからだ。

なので、かなり大変。

「景気よく教えているが、大丈夫なのか？」

シールが心配そうに僕に言ってくる。

「なんのことだ？」

「料理の技術だよ。フラウ先生に言われていただろ。知識や技術は財産。ある程度は秘匿し、出し惜しみしろって」

「覚えているよ。でも、そのあとに村長に言われたんだよ。料理に関しては遠慮せず教えてかまわないって」

「村長が？」

「ああ、不味《まず》い物を食うよりは、美味しい物を食べているほうがいいだろって笑いながら」

「なるほど。村長の指示があるなら問題ない」

「納得したら手伝うように。僕に押しつける形になってるよ」

「料理は上手《うま》いやつにやらせるに限るってガルフのおじさんが言ってただろ」

「言ってたけど、人手が足りないんだ。頼むよ」

「わかったわかった。ブロンは？」

「例の揉《も》めごとの解決」

「ああ、それがあったか」

例の揉めごと。

それは、やはりここが貴族の通う学園ということ。

この学園に来るまでは特にどこかの派閥に所属していない新参者が、人を集めて賑《にぎ》やかにやっているのを面白く思わない者が出てきた。

前々から気配はあったのだが、男爵家当主相当という身分の壁と、僕たちが最低限の授業を受けたあとは家作りに引きこもることで問題を回避していた。

正直、派閥とか面倒だし、学園を卒業したあとは村に帰るつもりなのでそれほど深く考えていなかった。

だが、どうやら僕たちは危険だったらしく、学園長の配慮で避けることができた。その学園長の配慮が、僕がやっている寮の食事の改善という仕事。

寮の食事を改善することで、寮生を味方につけろという意図があったのだろう。

僕に押し付ける時にそう言ってくれれば、もっと素直に引き受けたのにと文句を言いたいが……まだまだ子供扱いなのだろう。実際、まだ子供だから仕方がない。

なんにせよ、これで当面大丈夫と思ったのだけど、学園長の思惑を超えた馬鹿がいた。

どこぞの侯爵の息子さん。

二十人ぐらいで徒党を組んで僕たちの家に攻め込んできた。ただ、そのタイミングが夕食時だったので僕たちの家の周囲には八十人ぐらいがいた。

あんなに一方的な戦いはないだろう。食事の邪魔をされた恨みというのは怖いと思った。

これで終わればよかったのだが、次の日に侯爵家から弾劾状《だんがいじょう》が届けられた。不当に息子が害されたと。

相手が何を言っているのか理解するのに時間がかかったけど、単純に子供の喧嘩《けんか》に親が出てきたわけだ。

だが、さすがに学園がその介入を許さなかった。

事件の経過は、夕食をとりに来ていた教師たちから学園側に伝えられている。誰がどう考えても僕たちに非はないのだが、貴族の身分の原理が働いた。


侯爵家の当主の言葉。

「このままだと決闘となるが、いかがかな？」

訳）こっちは侯爵家だ。人材と財力で勝ちを取らせてもらう。ここで謝罪すれば許してやろう。

それに対する僕たちの返事。

「仕方がありません。作法に乗っ取って、決着をつけましょう」

訳）ぶっ殺す。


ということで、ブロンが侯爵側と決闘の細かい部分を話し合っている。

どういった形式で決闘を行うのか、勝敗はどのようにつけるのか、見届け人は誰にするのか。

一応、アドバイザーとして学園側から先生を何人か同席させてくれたので、大きな問題はないだろう。

あとは決闘で勝つだけだ。

正直、頭に血が上《のぼ》っていたと反省する。だって、侯爵の息子が最初に攻めてきたとき、鍋を一つひっくり返したからな。

決闘を受けてから、しまったと思った。

大人相手の決闘を受けて、僕たちが勝てるのか？　不安だ。

だが、クラブのみんなは大丈夫だと応援してくれる。

学生相手に、現役の侯爵が大人を引っ張り出して勝っても誇れない。ある程度は公平な決闘方法が選ばれるだろうと。

それに、どれだけ周りを固めても当事者である侯爵の息子が出てくる。そこを狙えば、なんとかなる。

その言葉を信じながら、僕はその日の料理教室を行った。


夕食中、ブロンが戻ってきた。

「まずいことになった」

アドバイザーとして同席した学園の先生も、暗い顔をしていた。

ブロンから説明された決闘の方式は、互いに五人ずつ用意した戦士の勝ち抜き戦。

これはそれほど珍しい決闘スタイルではないし、まずいことでもない。

まずいのはこの先。

当事者は不参加。

簡単に言えば、僕たちと相手の侯爵の息子は参加できない。僕たち以外で、五人の戦士を用意しろということ。

「決闘なのに、僕たちが不参加なのか？」

「これは戦士を用意する戦いなんだってさ」

シールの疑問にブロンが答える。

学園の先生も、貴族のメンツを守るための代理決闘として、公式に認められています、と教えてくれた。

そして、そのまずさも。

「当事者を不参加にすることで、侯爵さまは自領で抱える戦士を並べることができます。すみません。なんとかここを覆《くつがえ》せないかと頑張ったのですが……」

先生が謝ってくれる。

それに対して僕が何かを言う前に、ブロンが続けた。

「それと、一番まずいのが次なんだ」

「まだあるのか？」

「ああ。決闘の見届け人にクローム伯が指名された。ビーゼルのおじさんだ」

たしかにまずい。

戦士の調達をお願いする先として、僕の頭に真っ先に浮かんでいた。

決闘の見届け人が、決闘の前に片方に力を貸すことはできない。僕たちがお願いしても、断られるだろう。

これは……僕たちとビーゼルのおじさんが知り合いってバレている。その対策だ。

「でもってとどめ」

「まだあるのか？」

「決闘は明日だ」

……………。

僕は天を仰いだ。

二つの月が綺麗《きれい》だった。


決闘当日。

定められたグラウンドには大勢の見物客が集まった。

人が多いのは、どうも大半の授業が中止になり、この決闘の見物に来ているからだそうだ。

そしてこの大勢の見物客の熱気に、僕は村の祭りを思い出した。

「どうした？　ぼーっとして。大丈夫か？」

シールが心配してくれるが、彼もフラフラだ。

昨晩、僕たちは遅くまで戦士集めに駆けずりまわった。

正直、戦士を五人も集めることは不可能だと思ったけど、なんとかなった。

最後の最後で、クラブのメンバーが手をあげてくれて本当に助かった。人数あわせでかまわない。戦いになったら、すぐに降伏してかまわないとお願いしている。


「あまり焦《じ》らしても客に迷惑だ。そろそろ始めようではないか」

訳）そろそろ謝罪しない？

侯爵が自信満々に僕たちに言ってくる。

だが、僕たちも負けない。

「望むところです。正々堂々と戦おうではありませんか」

訳）ぶっ殺す。

「ふっ、よかろう。不幸な出来事であったが、これで決着だ」

訳）……息子がすまん。侯爵家としてメンツを守るために私が出ないといけなかった。勘弁してくれ。

「ええ、決着です」

訳）いまさら言うな。


ビーゼルのおじさんが、見届け人として宣言。

決闘が始まった。

「双方、一人目を前に」

周囲から歓声が上がった。

侯爵側の一人目は、重武装のミノタウロス族。

有名な戦士らしい。手に持つ大型の斧《おの》が、凄く迫力がある。

「大人げない」

「やつを出すのは反則だろ」

「おいおい、どこまで本気なんだよ」

見物客からの声が、侯爵側の勝利を確信しているように思える。

ええい、負けるか。

僕たちの一人目が少し遅れて前に出た。僕たちは声を揃《そろ》えて声援を送る。

「頑張れ、魔王のおじさん！」

閑話　獣人族の男の子の学園生活8　～十六日目～

「ずるい、勝てるわけがない」

敗北したミノタウロス族の戦士の言葉に対し、魔王のおじさんは力強く頷《うなず》いていた。

「わかる。凄くよくわかる。だが、逃げるわけにはいかない。そうだろう」

「ま、魔王様……」

騒いでいるのは侯爵。

「あれ、反則だろ？　そうだろ？」

決闘の見届け人であるビーゼルのおじさんに摑《つか》みかかっていた。

「いや、当事者が戦士になれないだけで、そのほかは自由という取り決めだから問題はない」

「しかしだな」

「侯爵。魔王様が出てくるのは、まだ穏便《おんびん》なのだ」

「え？」

「お主の算段は、こうだろ。この決闘で勝利を収めた上で謝罪し、立場とメンツを守りつつ息子の起こした事件をうやむやにする」

「そ、そうだ……」

「それは魔王様も理解している。お主の立場なら、それが一番平和的な解決であるとも。当事者を出さないルールは息子を守るためでもあるが、相手のことを考えてだということもだ」

「なら」

「そのうえで、魔王様が出てくる理由があるのだ。理解してくれ」

「まさか…………私が勝ってはいけないのか？」

「その理解で十分だ。それ以上は知る必要はない。決闘を最後まで続けろ。悪いようにはしない」

「……し、信じますぞ」

「任せておけ」


魔王のおじさんは怒濤《どとう》の四連勝。敗者にアドバイスをする余裕もあった。

驚きだ、魔王のおじさんあんなに強いなんて。

いや、僕たちが勝てる相手とは思っていなかったけど……正直、かっこいい。僕の横にいるシールやブロンも見惚《みと》れている。

村ではあんな姿を見せてくれなかったのに。

そして相手の五人目との対戦。

相手の攻撃を全て受けきった上で、一撃。

僕たちの勝利だけど、そんなことを無視したように周囲は魔王のおじさんを讃《たた》えていた。

讃えていないのは、僕たちの横にいる三人。

一人は、ランダンのおじさんから派遣してもらった王都の治安隊の隊長さん。

「私たちに出番がありませんでしたね」

一人は、グラッツのおじさんから派遣してもらった将軍。

「誰が出ても、あの相手では負けはないでしょうから……クジにはずれた段階で出番はないと信じていましたよ」

一人は、ホウのお姉さん。

「ストレスの解消ができると思ったのに」

せっかく集まってくれたのに、ごめんなさい。でも、ありがとう。

あと、もう一人。

僕たちが学園に来たときに出会った、長い金髪をクルクルに巻いた女の子。

いつの間にか《領民生活向上クラブ》に所属していて、今回の決闘のメンバーの最後の一人。

彼女がいなければ、戦わずに負けにされる可能性もあった。本当にありがとう。


なんだかんだあったが、決闘は僕たちの勝利で終了。

なのだが、見届け人のビーゼルのおじさんが宣言する前に、魔王のおじさんが場をまとめた。

「私の力を見せつける場を設けてくれた双方に、感謝を述べよう。しかし、いささか演技が臭いのではないか？」

それに対し、侯爵。

「見抜かれてしまいましたか。いやー、今回の決闘は全て魔王様の力を見せていただきたいという私の我儘《わがまま》。申し訳ございません」

「ふっ、あまり学生を苛《いじ》めぬようにな。双方に褒美《ほうび》を取らす」

「ははっ、光栄の極《きわ》み」

侯爵が頭を下げる。

魔王のおじさんが僕たちを見ている。

…………あっ。

「ありがとうございます」

僕たちのことだった。

僕たちが頭を下げたことで、この場は解散となった。

そして、何かをする暇もなく僕たちは学園長室に連行された。

そして渡された二日前の日付の卒業証書。

「貴方《あなた》たちは、二日前の段階で学園を卒業していた。そういうことになります」

…………え?

学園長の説明を聞くと、僕たちが学生の身分であるのがまずいらしい。

決闘自体はうやむやになっているけど、決闘をしたという事実と、侯爵側が負けたという事実はひっくり返らない。

決闘は公平だが、学生が侯爵に勝つのは大きな問題がある。魔王国の秩序が乱れる。

本来なら、決闘が成立したりはしない。

決闘になっても、決着がつく前に和解案が出される。侯爵側としては、純粋に自分の息子がしでかした不祥事の尻拭いのつもりだったそうだ。

侯爵側が強く出て、僕たちが一歩引く。

その後、侯爵側からの施しという名の迷惑料を僕たちが受け取って終わりという流れ。

僕たちは負けたという形になるけど、侯爵とやりあったという箔《はく》をもらえるということになるらしい。

「侯爵は宮廷闘争のやり過ぎですね。入学したての学生に、そのような流れを理解しろ、と言うほうが無茶でしょうに」

学園長のため息に、僕たちも同意する。わかるわけがない。

「貴方たちも、〝五ノ村〟の名前を背負っているので負けられないという事情は理解しますが、相手は侯爵なのですからもう少し慎重に対応してもらいたいものです」

「えーっと」

「こう言えばわかりやすいですか？　面倒な獲物を相手にするなら、入念に準備をしてから」

「あ、わかりやすい」

「ともかく。今回は双方にミスがあります。侯爵は貴方たちを相手に決闘を仕掛けたこと。貴方たちは侯爵からの決闘を受けたこと。魔王国の秩序のため貴方たちは卒業。これは決定事項です」

「……わかりました」

「そのうえで相談ですが。昨日より学園の教師として雇われていた、という話に乗る気はありませんか？」

「ほう」

訳）どういうことですか？

「学園は人手不足なのです。優秀な人材を手放すのは惜しいと考えています」

訳）貴方たちを卒業させる決定に、私は不本意です。学園は学生を守ってこそでしょうに。

「おもしろい」

訳）あれ？　学園長の決定じゃないの？

「おもしろがっては困ります」

訳）魔王国からの指示です。断れません。ですが、私は貴方たちが学園に滞在できる手段を考えました。それが教師として雇うということです。

「申し訳ない。それで、その話を受けたとして……僕たちは何を教えればいい？」

訳）これまで通り？

「お任せします。学園に新しい風を起こしてもらえることを期待します」

訳）今やっているクラブの活動をそのまま授業にしてしまいなさい。それで十分です。あと、教師でも他の教師の授業を受けることはできます。

「期待に沿《そ》えるよう努力します。学園長」

訳）一カ月も経《た》たずに学園から追い出されたって報告はできないから……引き受けるしかないかな。よろしくお願いします。

こうして、僕たちは学園の教師になった。

「ゴール先生」

くすぐったい響きだ。

シールもブロンも同じように照れている。慣れるまで大変だ。


しかし、困った点が一つ。

僕たちが学園に通う目的の一つに、奥さん探しというのがある。

教師になってしまったので、学園にいる生徒が対象外になってしまった。なんてこった。

「別に気にしなくていいんじゃないか？」

シールは気楽に言うが、そうはいかない。

「村長が言ってた。教師と生徒の立場で関係を持つのは、色々と問題があるからやめておけって」

「そ、そうなのか？　じゃあ、求婚するなら卒業してからか」

「え？　なに？　ひょっとしてもう見つけているの？」

「あ、あはは……いや、まだ、そのいいなぁって感じだけど。おっと、僕だけじゃないぞ。ブロンのやつは、あの事務担当のお姉さんと……」

………僕だけ出遅れている。あ、焦《あせ》る。

「いやいや、まだ僕やブロンも上手くいくかどうかわからないから。のんびりやっていこうぜ」

「そ、そうだな。そういえば、学園長から連絡は？　マイケルおじさんのお店は見つかったのかな？」

「もう少し時間が欲しいって。本当にあるのかって、こっそり聞かれたんだが」

「見つかっていないのか。残念だな。そろそろ村に手紙を送りたいんだけど」

「商隊に頼むしかないな」

「そっちだと、確実じゃない上に凄く時間がかかるんだよ。最低でも三通。確実にと考えるなら五通は出さないと駄目だって……」

「出せばいいだろ？　お金の心配か？」

「そっちの心配はしていないよ。村長からもらったお金はまだまだあるから。それに、教師としての授業代が入ってくる」

「払う側からもらう側になったもんな。そういえば、ユーリ先生が払ってくれた僕たちの学費は？」

「全額返金されたよ。でも、それは使えないぞ。ちゃんとユーリ先生に返さないと」

「わかってるって。それで、お金の心配じゃなきゃなんなんだ？」

「忘れたのか？　マイケルおじさんに、手紙はマイケルおじさんの店に任せるって言っちゃってるだろ」

「あー、そういやそうだったか」

「事情を話せば大丈夫だろうけど、マイケルおじさんをがっかりさせたくない」

「マイケルおじさんには、色々と面倒を見てもらっているからな。しかし、店が見つかるまで手紙を出さないのも問題だろ」

「そうなんだ」

どうしたものか……。

「そういやゴール、僕たちの授業代が入ってくるのって、いつだっけ？」

「ん？　えーっと……十日後ぐらいに支払われるんじゃなかったか？」

「じゃあ、その授業代が入ってきたら商隊で手紙を出そう。それまでにマイケルおじさんのお店が見つかったら、そっちに頼むってことで」

「……なるほど、そうだな。わかった、手紙はそうしよう。よし、それじゃあ家作りを頑張るか」

「おう」

僕たちの活動はクラブから授業に替わったが、クラブはクラブで存続している。

現在、僕たちの家以外に、大きなお風呂場、野外調理場の建設が急がれている。

「大きなお風呂場に関しては、交渉して学園の施設ってことにする話はどうなったんだ？」

「学園生徒全員が入るって考えると、超巨大なお風呂場にしないと駄目だし。水量と燃料代を考えると無理じゃないかってブロンが言ってた」

「あいつだけ事務担当のお姉さんと、仲良くなる機会が多くないか？」

「……そういえば、お前が気にしている相手は誰なんだ？」

「さあ、家作りを頑張ろう」

「ごまかすなよ。参考にしたいんだ。頼む」

「ははは。また今度な」

焦る。僕も頑張らないと。

閑話　長い金髪をクルクルに巻いたエンデリ

私の名前はエンデリ。エンデリ＝エリカテーゼ＝プギャル。プギャル伯爵家の七女です。ガルガルド貴族学園に入学して三年目になります。

さて、今年も入学の季節がやって来ました。
広大な魔王国の各地から新しい生徒がやって来るので、全員参加の入学式は不可能。なので、この時期は毎日のように簡易な入学式が行われています。
私は、先生方からの覚えをよくするため、自主的にそのお手伝いに向かいます。体は小さいので、あまり役に立っているとは言えないでしょうが、協力しているという姿勢が大事なのです。

あら？　獣人族の男の子が三人？　周囲を見回していることから、新しい生徒でしょう。お供がいないことから、平民と推測します。違っても問題ないでしょう。とりあえず、道に迷っているなら助けてあげなければ。

予想通り道に迷っていました。いいことをしたあとは気分がいいです。

しかし、変ですね。学園の正門には門番として魔犬がいます。通行人泣かせの悪名高い魔犬です。その魔犬を避ければ、必ず衛士小屋を見つけられるようになっているのですが……衛士小屋を見つけられないほど、浮かれていたのですね。ふふ。

私も昔を思い出し……大丈夫です。私の場合は、お供がちゃんと衛士小屋を見つけてくれました。

驚きました。あの獣人族の男の子たちは平民ではなく、男爵家当主相当という身分でした。これは魔王国で爵位を持たない他国の王族や外交官の子息が、学園に通う時に与えられる身分のはずです。

はずというのは、男爵家当主相当という身分は習いましたが、実際に目にしたのは初めてだからです。大抵の生徒や先生も同じではないでしょうか。

たしか、以前に男爵家当主相当の生徒がいたのは七十年前。それも三カ月程度だったと聞いています。

学園生徒を示す短いマントの裏に、ちゃんとその印があるのですが……勉強不足の生徒だと、男爵家の関係者と間違えるのではないでしょうか？　不安です。

獣人族の男の子たちが、なにやらクラブを立ち上げて楽しそうに活動しています。

ちゃんと授業は受けているのでしょうか？　心配になります。これは注意したほうがいいでしょうか。

……………私のお供のメアリが微笑《ほほえ》ましい目で私を見ています。

メアリ、私は心配しているだけですよ。別に一緒に遊びたいわけではありません。本当ですよ。

心配するだけなら、どうして手土産を用意するのかって？

挨拶に手土産は基本でしょう。ほら、行きますよ。文句を言うなら置いていきます。

食事をいただきました。

正直、野外で作った食事などと思っていましたが、驚きです。圧倒的にプギャル家で出される食事より美味しい。

これはあれです。近年、クローム伯が外交の武器にしている調味料や料理技法を使った料理です。

獣人族の男の子たちは、クローム伯の関係者でしょうか？　となると、会話にちらちらと出てくるフラウ先生というのは、ひょっとしてクローム伯の長女フラウレムさまのこと？　では、ユーリ先生というのは……王姫《おうき》さま？　ま、まさか。

…………。

名前はゴールさま、シールさま、ブロンさまでしたね。

今日からお友達です。私は敵じゃありませんよ。

お風呂は私にはちょっとお湯が熱かったですが、メアリには丁度よかったようです。

着替える場所はもう少し広いほうがいいですね。

あと、鏡などを置いていただけると立派に見えるのですが……文句ばかり言ってしまいますが、素直になれないだけです。

悪い施設ではありません。私の家にも欲しいぐらいです。

大工を呼ぶのは……無粋ですね。

ゴールさまたちの手が空いたら依頼してみるとしましょう。それまでは、ここに通わせてもらいましょう。


ゴールさまたちが、ギリッジ侯爵と揉めました。

きっかけはギリッジ侯爵の馬鹿息子ですが、ゴールさまたちも侯爵相手に一歩も引きません。

凄いと思うと同時に、ひょっとしてゴールさまたちは相手がギリッジ侯爵と知らないのではないかと不安になります。

ギリッジ侯爵は、南の大陸で名高い三侯爵の一人。時代が時代なら、王を名乗ることさえ許されていたとされる魔王国有数の家柄です。

正直、その侯爵が大人げないとは思いますが、馬鹿息子の失態をなんとかしたいのでしょう。ああ、決闘になってしまいました。大丈夫でしょうか？

決闘が明日？　そんな急に？　しかも、当事者が出ちゃいけないって……。
なるほど、ギリッジ侯爵は、ゴールさまたちが戦士を集められずに不戦敗になることを狙っているのですか。

たしかに、その決着が理想でしょう。余計な横槍《よこやり》が入る前に終わりますしね。
私の予想通り、クラブのみなさんのもとには、各自の実家経由で関わらないようにと指示が来ているようです。

指示が来なくても、侯爵相手に歯向かうのは得策ではありません。仕方がありませんよね。実家に迷惑をかけるわけにはいきませんから。

それに、不戦敗の流れはゴールさまたちには不名誉ですが、不利益とは言えません。言えませんが……。

決闘が不戦敗というのは美しくありません。戦って負けましょう。
ゴールさま、足りないのはあと一人ですか？　では、私が出ましょう。ご安心を。体は小さいですが、攻撃魔法には自信があります。

私は心の中で領地にいるお父さまに謝りつつ、胸を張りました。

どうして、私の横に魔王様がいるのでしょう？

え？　参加？　見物ではなく？　ゴールさま側の戦士として……あ、そ、そうですか。

えーっと……本物ですよね？　あ、あはは、失礼しました。

魔王様以外に、ヒタ治安隊隊長、ギスカール将軍、四天王のホウさま？　私、場違いじゃない？

え？　順番はクジ？　魔王様、どうしてそんなに自信満々に……予告通りに魔王様が一番手です。

魔王様ともなれば、クジすら操れるのでしょうか？　となると、私が最後というのは魔王様のご意思かな？　そう思いたい。

黙って座っていたら、決闘が終わっていました。

ゴールさま、感謝されるほどではありません。私は何もしていませんから。

ええ、本当に何もしていませんから、お礼を言わないでください。

決闘に勝ってしまったことで、実家に迷惑がと考えましたが、こちらはギリッジ侯爵より偉い魔王様やホウさまが参加しています。最悪の事態はないでしょう。

クローム伯も、心配無用と言ってくれたので助かりました。

あとで手紙に顛末《てんまつ》を書いて、お父さまに謝っておきましょう。

気づけば、ゴールさまたちが卒業して、先生になっていました。理解が追いつきません。

えーっと……ああ、侯爵は学生に負けたわけではないと。そういうことでしょうか？

決闘での敗北は、恥ではありません。ですが、学生というのは未熟者という扱い。その未熟者に負けたというのは、外聞がよろしくありませんからね。

なるほど。

しかし、ゴールさまたちは卒業の資格を……ひょっとして、あの《卒業の証》、本物？　あれだけたくさんあったから、オブジェか何かかと思っていましたが……考えるのをやめましょう。


とりあえず、今日はゴールさまたちの就任祝い。

お祝いの品を持って、参りましょう。ふふ。

私のお祝いの品は凄いですよ。

なんと、今注目の《ゴロウン商会》から仕入れたキラーラビットのお肉なんですから。

さすがのゴールさまたちでも、こんな高級肉はめったに口にしないでしょう。きっと驚いてくれるに違いありません。楽しみです。

閑話　学園長

私の名はアネ＝ロシュール。ガルガルド貴族学園の学園長をやっています。あと、魔王の妻です。子供は娘が一人。

夫婦仲、家族仲は悪くないつもりですが、仕事の都合であまり一緒には過ごせていません。

「城で一緒に住まないか？」

「それは私に学園長を辞めろということかしら？　貴方、私との結婚の時にした約束、忘れちゃったの？」

「いや、忘れてはいない。お前が学園長を続けることに反対しないと。でもだな、こうもお前と会う時間が少なくなると……」

「貴方が急に魔王になるからでしょう」

「そ、そうだが、仕方がないじゃないか」

「ええ、仕方がありませんよね。学園の名前が、貴方の名前になったことも仕方がないと」

「その点に関しては、本当にすまないと思っている」

言い合っていますが、本当に夫婦仲は悪くありません。

十日に一日ぐらいは夫のいる王城で寝泊まりしていますし、夫も暇を見つけては学園に顔を出してくれます。

魔王というのは思った以上に暇なのでしょう。

ですが、ここ数年。夫が学園に来る頻度が減りました。

……浮気？　まさか。

夫にそんな度胸はありません。

おっと、これは侮蔑ではなく信頼です。信頼していますが調べます。ふむふむ。クローム伯と何かやっていると。なるほど。

魔王国は人間の国と戦争中です。

外務担当のクローム伯と何かやっているなら、そちら関係でしょう。

現在、戦線は膠着《こうちゃく》しているとのことですが、人間の国が裏で大侵攻を考えていてもおかしくはありません。

夫は国のために頑張っているのでしょう。誇らしい気分です。


さて、ある日。娘から手紙が届きました。

『この手紙を持ってきた獣人族の男の子三人、他国の高官の息子扱いで学園に入学させてあげて』

……………私は頭を抱えます。

娘とのコミュニケーションが不足していたのでしょうか。それとも、母の仕事を軽く見ているのでしょうか？　貴族学園を舐《な》めないでほしいのですが……。

娘の手紙には、クローム伯の娘であるフラウレム嬢からも手紙が添えられていました。

『獣人族の男の子たちですが、竜族の子供を扱うぐらいの気持ちでお願いします』

何を書いているのやら。

フラウレム嬢は、こんな馬鹿なことを書く生徒ではなかったのに、どうしたことでしょう？

彼らの出身である〝五ノ村〟は、娘の赴任地だったはず。そこでの統治に、今回の処置が必要なのかもしれません。

学園としては、そういったことに利用されるのは腹立たしいのですが……いえ、娘とフラウレム嬢を信じましょう。

入学に関しては問題ありません。事前に、入学の申し込みをしていますし、入学金も支払われています。推薦者の欄には娘とフラウレム嬢のほかに、クローム伯と私の夫の名前があります。

…………私の夫？

推薦者の欄に魔王である夫の名前があるって、これって王命？　娘に頼まれたのかしら？　夫は娘に甘すぎるから。

あと、備考欄に並ぶ最重要マークはイタズラかしら？　マークは一つでいいのよ。それを何個も押して……誰がやったのかしら？　あとで調べて叱っておかないと。

でも、とりあえずは目の前の三人。

言葉を交わしても、普通の村の男の子ですね。貴族言葉を理解できるようなので一安心です。

私は彼らの入学を認めました。

身分は、男爵家当主相当。不本意ですが仕方がありません。それに、この身分で大抵のトラブルは回避できるでしょう。

色々と大変かもしれませんが、学園生活を楽しんでください。

そう言って送り出して数日。

彼らは寮から飛び出し、テント暮らしをしながら家を建て始めました。

…………。

ここが貴族学園であることを忘れる出来事です。

やんわりと注意に向かわせた教師陣は、彼らの作った料理で懐柔されてしまいました。どうなっているのやら。

そして、持ち込まれた寮からの食事改善要求。

たしかに、ここ数十年、寮の食事は味よりも量を求めてきました。

近年、魔王国の食料事情が改善されつつありますから、寮の食事を改善するのは悪いことではないでしょう。

了解しました。

寮の食事は来年から改善するということで……それでは遅いと文句を言われました。

貴族学園としては、迅速な対応だと思うのですが？　え？　あの三人に料理を？　しかし、あまり彼らにばかり負担を強いるのは……。

たしかに、目立ち過ぎていますから、他の生徒からの攻撃を避けるには最適ですけど……わかりました、お願いしてみましょう。


三人は寮の食事改善を、引き受けてくれました。

かわりに、私は『マイケルおじさんの店』を探す必要がでましたが、問題はありません。

王都には、学園の卒業生が多く働いています。その中には王都の商人通りを管理している者もいるのです。彼女に頼めば、すぐに判明するでしょう。


あの三人が、ギリッジ侯爵と揉めました。決闘騒動です。

私が知ったのは、その決闘の日の朝でした。

前日の昼、王城から緊急で呼び出しを受け、夜遅くまで会議に参加していたから事態の把握に遅れました。

というか、これってギリッジ侯爵の策ですよね？　邪魔されないように、私を王城に押し込めましたね？　さすがに切れますよ。

そう思っていたら、朝から学園にやって来ていた夫が大丈夫だと慰めてくれました。

さすが貴方、私が望んだ時にいてくれる。

でも、どうするのです？

夫が決闘に出て、勝ちました。

…………。

色々と思うことがありますが、夫が格好良かったのでよしとしましょう。

それで、クローム伯。あの三人を卒業させろとはどういうことですか？

「ご理解下さい。正式にはギリッジ侯爵の息子とあの三人の決闘ですが、誰もそう見ませんので」

「そうでしょうね。それで、侯爵が生徒に負けたというのはよろしくないということですか？」

「はい。決闘で負けるのは恥ではありませんが、学生に負けるのは好まれません」

「負けて困るなら、生徒に決闘を申し込まないようにギリッジ侯爵に伝えなさい」

「それはすでに。今回の件の謝罪文を預かっております」

「…………わかりました。学園長としては不本意ですが、三人は卒業させましょう。卒業後は、自由なのですね」

「はい。卒業さえしていればいいのです」

腹立たしいけど、今回の決闘騒動を収めるには無難な策です。

三人の立場は生徒から教師に変わっただけ。ほかは何も変わらない。そうでなければ断っていました。

ですが、これは三人に教師をするだけの能力があってこその策。クローム伯もそのあたりを理解して要求を……ああ、クローム伯も三人の推薦に名前を書いていましたね。

あの三人は、生徒よりも教師のほうが適任だと知っていたのかもしれません。


ともかくです。

生徒から教師になったからには、私の部下。規律正しく、学園の風紀を乱さないようにお願いします。

そしてビシバシと……するのは、寮の食事改善が終わってからでいいですか。

そういえば、『マイケルおじさんの店』が見つかったとの報告が来ませんね。見つからないのかしら？　三人に偉そうに言った手前、見つかりませんでしたとは言いにくいです。どうしましょう……。

夫があの三人と知り合いみたいだから、今度、夫と顔を合わせた時にでも聞いてみましょう。


後日。

「『マイケルおじさんの店』の名前で、《ゴロウン商会》が見つかるわけないでしょう！」

思わず叫んでしまった私がいました。

冷静に冷静に。三人はまだ子供。《ゴロウン商会》の名前を知らなかったに違いありません。

「あ、そっか《ゴロウン商会》だ」

「前に村でやったクイズ大会で言ってたっけ」

《ゴロウン商会》の名前を知っていたようです。

………。

今度、『マイケルおじさんの店』を探してくれた卒業生のところに、一緒に謝りに行きましょうね。


余談。

「貴方、この毛はなんですか？　ずいぶんと手入れのされた短い毛のようですが……」

「え？　あ、ああ、それは猫の毛だ」

「猫？　王城に猫が潜り込んでいるのですか？　それとも、何かの隠語でしょうか？」

「ち、違うぞ。浮気はしていない。本当だ。この目を見てくれ」

「………………………では、どうして貴方の体に猫の毛がついているのですか？」

「それはもう、猫を可愛《かわい》がっているからで。ふふふ。知っているか。猫は気まぐれだが、それが私の膝の上に乗ってくれた時の感動というのは……」

夫は嘘《うそ》をついてもすぐにバレるタイプです。これは、嘘ではないですね。本当に猫を愛《め》でたからのようです。

………。

それはそれで腹立たしい。ええい、その泥棒猫を連れて来なさい！　私もモフモフします！

2　夏のある日

まず、地面に兎《ウサギ》の肉をセット。

そこから十メートルぐらい離れ、俺の腕にフェニックスの雛《ひな》のアイギスを乗せる。そして、俺のかけ声。

アイギスはひと羽ばたきして俺の腕から離れたら、地面に華麗に着地。そのまま兎の肉に向かってダッシュ。兎の肉と格闘し、食べる。

満腹になって満足、そのまま寝そうになるが思い出したように俺のもとに戻ってくる。

そして、キメ顔。

うん、決まっているが、せめて俺の腕にまで戻ってほしかった。

アイギスで鷹匠《たかじょう》ごっこは無理のようだ。

そして、アイギスに対抗するだろうと思っていたクロは……屋敷の中で仰向けになって寝ている。

気を抜き過ぎじゃないかな？

ハクレンがヒイチロウの相手をしていた。母と子なのだから普通だが、久しぶりに見た気がする。

「ライメイレンは？」

「エルフの島を攻撃した件で、お父さまに怒られたから自粛中」

「怒られて自粛することがあるんだ？」

「冷静な時ならね。あの時は私も近寄れなかったけど」

たしかに怖かったけど、気持ちは理解できる。俺だって、子供たちのために用意した物を目の前で壊されたら怒る。

まあ、あそこまでやるとは思わなかったけど。

ヒイチロウは、あれ以降も帆船への興味が尽きない。ため池に浮かべる帆船が欲しいと言ってくるぐらい。

その帆船は、俺と山エルフたちで作っている最中。

帆船といっても、一人乗りの子供用の帆船だ。二本の紐《ひも》で帆を操作できるように改造している。

あとはひっくり返っても元に戻るように重りも調整。帆は、ライメイレン提供の竜の絵が描かれた高級感溢れる布が用意されている。

完成は明日か明後日《あさって》かな？　ただ、一人乗りなので水深があるため池ではなく、プールで遊んでもらいたい。

え？　ヒイチロウにだけ甘い？　そんなことはない。

子供たちにあれが欲しいとか、これをしてほしいとか言われたら、俺は期待に応えられるように頑張っている。

ただ最近、あまり言われなくなった。いや、言うことは言う。俺にではなく、母親や鬼人族メイドたちに。

今、作っている帆船にしても、ヒイチロウは俺にではなくハクレンにお願いしていた。

…………。

昔は、普通に俺に言っていたよな。遠慮しているのだろうか？　それとも大人になったということか？　まさかと思うが……俺、子供たちに怖がられている？　俺はちらりとヒイチロウを見る。

ヒイチロウは俺の視線に気づき、ハクレンの背に隠れた。

て、照れているのかな？　そうだよな。そうであってほしい。

それとは関係ないが、今から甘い物を作ろう。

子供たちに媚《こ》びたわけではないぞ。俺が食べたくなっただけだ。

甘い物を作っていると、ウルザとグラルが突撃してきた。お前たちは遠慮がないな。

いや、かまわない。そのままでいてくれ。安心する。

でもって妖精女王、こっそりはよくない。

ちゃんと言えば渡すんだから、手を洗ってくるように。


夜、俺は屋敷の工房で、野球のバットを量産する。

木材を『万能農具』で削るだけだが、ちゃんとバットになっている。

野球のルールはそれなりに熟知しているし、村のみんなで楽しめるかなと思った。

しかし、駄目だった。

まず、ピッチャーの投げる球が危険。かなり危険。次に、バッターの打った球が危険。

結果、ホームランか三振かデッドボールかの大味プレイ。

野球のルールは、普通の人のためにあるのだと痛感した。そして、〝大樹の村〟では野球は流行《はや》らなかった。仕方がないと思う。

せっかく道具を一揃え作ったのに無駄になったとがっかりしたが、それを引き取ってくれたのが魔王とビーゼル。魔王国でなら流行るかもしれないと、道具一式を持ち帰った。

その後、数カ月でいくつかのチームを立ち上げ、魔王国ではゆるやかに流行りつつあるらしい。

うらやましい。

そして必要とされる野球道具。

〝大樹の村〟じゃなくても作れるのだが、なんでも〝大樹の村〟製のバットはよく飛ぶと評判らしい。求められれば作るが、それだけに専念できないので数を用意できないことは納得してもらっている。

そういえば、王都の学園に行った獣人族の男の子たちも、野球チームを作ったそうだ。村でやった時よりは楽しめているとのことで、なによりだ。

やはり、種族を統一させるなり、能力を揃えるなりしたほうがいいのだろう。子供たちが大きくなったら、改めて野球に挑戦してみるとしよう。

閑話 エルフ帝国の皇女

私の名はキネスタ。キネスタ＝キーネ＝キン＝ラグエルフ。エルフ帝国の皇帝の娘。皇族という立場です。

なので悠々自適な生活をしていたのですが、急に帝国が滅びました。どういうことでしょう？

まず、誰が悪いのですか？

「ぐずぐずしない。さっさと名乗り出なさい」

「えっと……あの、お姫《ひい》さま。名乗り出たらどうなるのでしょう？」

「決まっています。まず処刑です。そのあとで言い分を聞いて、もう一度、処刑です」

「一回目の処刑のあとで言い分を聞くのですか？」

「もちろんです。私は公平ですからね。ちゃんと言い分は聞きます」

「一回目の処刑のあとで聞くのですか？」

「そうです。何か文句があるのですか？」

「いえ。ですが、それだと誰も名乗り出ないと思いますが？」

「そうですか。では、全員一列に並びなさい」

「何をなさるので？」

「棒を倒して指し示した者が悪いということで処刑します」

「なるほど。承知しました。やってみましょう」

おや？　いつもは私のやることに反対する侍女が妙に素直ですね。いいことです。

では、並びましたね。

それでは、私が棒を立てて……えいっ。

そこの貴女《あなた》です！

「お待ちください。お姫さま」

「なに？　ここで反対するの？　タイミングが悪くない？」

「いえ、そうではありません。棒をよくご覧ください」

「？　なによ、普通の棒でしょ？」

「指し示している方角です」

「だからそこの彼女でしょ？」

「よくご覧になってください。指し示しているのは一人じゃありませんよね。もう片方も指し示しています」

「え？」

「もう片方は、お姫さまを指し示しています。つまり、そういうことです」

「…………」

「処刑でしたね？　首を絞めますか？　それとも刎《は》ねます？」

「ふふっ。何を言っているの。処刑なんて野蛮なことはよくないわ。私たちは文明的で聡明《そうめい》なエルフですよ」

「処刑は中止ですか？」

「野蛮ですからね、中止です」

「それは残念です」

「本気で残念そうな顔で私を見ないでくれるかな？　怖いから」

私の処刑がいつも未遂だって知っているでしょうに。

「事態が事態ですからね。あまり周囲を不安にさせないように」

「はいはい」

「それで荷造りは終わったのですか？　そろそろ出発の時間ですよ」

「一応ね。最低限で大丈夫でしょ？　どうせ、向こうに行ったら色々とプレゼントしてもらえるわ」

「……お姫さま。考えが甘いかと」

「甘いかしら？」

「大甘ですね」

「そこまで？」

「まずですね。エルフ帝国は魔王国に降伏しました。理解はなさっていますか？」

「嫌というほどね」

「それはなにより。では、お姫さまは、魔王国に何をされに向かわれるのですか？」

「人質でしょ？」

「素晴らしい。ご理解が深くて感動します」

「馬鹿にしているのかしら？」

「いえいえ。馬鹿にするのはこれからです。人質だと理解されていて、どうしてプレゼントがもらえるとかの発想になるのです？」

「え？　私、魔王国の貴族の家に嫁いだりするんじゃないの？」

「竜に目をつけられたエルフ帝国の姫を、妻にと求める殿方がおられるでしょうか？」

「わ、私の美貌を見たら、十人ぐらいは……」

「そうであるとよろしいですね」

これは私の美貌を貶《けな》しているのかしら？　そうではないわよね。

私は自分で言ってもなんですが、それなりに美人。スタイルも悪くない。

ああ、これはあれですね。この先、私に襲いかかる運命に対し、明るく立ち向かえるようにとの気遣い。

私は人質ですから。権力者にこの身を求められたら断ることはできません。

なるほど、少しは気が楽になりました。

「では、私は何を持っていけばいいのかしら？」

「着替えは当然として、金目の物です。世の中、最終的にはお金です」

「せ、世知辛いですね」

「そうです。世知辛いのです。ですのでお姫さま、どこに行かれても油断してはなりませんよ」

「わかっています」

「男性は常に女性を狙っていると、お考えください」

「ええ」

「これから先。どのような苦難が待ち受けているかわかりませんが……私が一緒でなくとも、お姫さまならきっと、大丈夫です」

「ありがとう。これでも私は皇女ですよ。口先でなんとでもしてやります」

「ふふ。あまり危険なことはなさらずに」

私は今、〝五ノ村〟で畑を耕しています。訓練の一環だそうです。

先ほどまで、かなりの時間を走らされていたので、かなり辛《つら》いです。

……………。

えっと、私は皇女なのですが？

関係ない？　そうですか。

……あの、私の美貌に関して、どう思いますか？

もう少し農作業に適した服装をしたほうがいいと……すみません、次からは注意します。

えー……　〝五ノ村〟にスケベな方とかいませんか？　ええ、性欲のかたまりみたいな？　身請けの話みたいなのができればなぁと思うのですが……。

訓練が終わるまではそういった話は一切、受けつけない？

では、この訓練はいつ終わる予定なのですか？　……半年から二年と？

……………。

私は即座に脱走ルートを探しました。

人質？　知ったことではありません。動けるうちに逃げなければ死んでしまいます。

侍女の言葉を信じ、衣服にお金や金目の物を縫い付けておいて正解でした。

決行は今夜。

私と一緒に〝五ノ村〟に来たエルフたちを誘います。

え？　逃げるのは駄目？　ああ、なるほどなるほど。貴女《あなた》たちは知らないのですね？　実は先ほど教官たちの会話を耳にしたのですが、こんなことを言っていましたよ。

「今日はちゃんと手加減したか？　本番は明日からだぞ」

「わかってますよ。今日はいつもの半分の半分。本気を出すのは明日からですよね」

私たちは全員で脱走しました。

やっていられません。私たちが逃げることで、お父さまの立場が悪くなるかもしれません。ですが、ごめんなさい。耐えられそうにありません。

これは私の考えていた苦難とは違うのです！　もっとこう、華のあるというか、物語みたいなのだと思っていたのです。

涙と涙と涙の合間に、ほのかな愛。そういったのを期待していたのに！

私はなんだかんだ言って、悠々自適に生活してきた貧弱な娘なのです。

走ったり、畑仕事したりは無理です。弱い私を許してください。

全員、すぐに捕まりました。脱走を予想されていたようです。

…………。

誰か、私を助けてください！　私、料理は駄目ですが尽くしますよ！　あざといって言われるぐらいに！

3 空き部屋

普段の掃除は鬼人族メイドたちがやってくれているし、春になれば大掃除をしている。屋敷に汚れはない。しかし、物が多い。空き部屋がいくつか倉庫になっている現状をなんとかしなければと思う。

そう、生まれてくる子供たちのために！

まず、一部屋目！

衣装部屋。うん、部屋中が衣装だらけだ。主《おも》に俺の。

ザブトン、頑張ったなぁ。大半を着ていないと考えると、申し訳ない。

しかし、それは俺の好みに合うかどうかの問題もあってだな。あまりに煌《きら》びやかな格好は、農作業に向かないだろう？　これなんか、王様みたいじゃないか。土をつけて汚すなんてもったいない。

……おっと、いけない。片付けなければ。ここは心を鬼にして着ない服を処分し、部屋を空ける。

そう決意して服を手にする俺の周囲にザブトンの子供たちが集まってくる。

そして、置いておこうよー、片付ける必要ないよーと訴えてくる。

うーん、ザブトンの子供たちのつぶらな瞳。

…………。

わかった、置いておこう。

俺も鬼ではない。せっかくザブトンが作ってくれた服だしな。ここはこのまま。

ただ、後日に新しい衣装部屋を用意する。衣装部屋が完成したら、そっちに服は移動させるぞ。

俺の決断に、ザブトンの子供たちが喜ぶ。よしよし。


では、次の部屋に移動。

…………。

先ほどと似た衣装だらけの部屋だった。

ザブトンの子供たちが、ここも見逃してほしいと甘えてくる。

新しい衣装部屋は、大きくしなければいけないようだ。いっそ、専用の家を建てたほうがいいかな？


次の部屋。

…………箱がたくさんあるな。これはなんだ？

俺の疑問に、鬼人族メイドがすっと現れて説明してくれた。

「全て、ルーさまの収集した魔道具です」

「収集？　いつの間に？」

「以前から少量ずつ。転移門が〝五ノ村〟と繫《つな》がってから……加速しました。購入費用等は、すべてルーさまの資産からですので、ご安心を」

「いや、そこは心配していないが……これ、全部か？」

「はい。一つずつ説明しましょうか？」

「いや、いい。えっと、これは動かして大丈夫なのか？」

「それがですね。乱雑に置かれているようで、ルーさまには使いやすい配置らしく」

「勝手に触ると怒るかな？」

「怒るかと」

…………。

出産間近の妻を怒らせる行為はやめよう。この部屋は、このままで。


次の部屋。

扉を開けた瞬間、何かの仕掛けが作動した。

パタパタと物が倒れ、ボールが転がり、紐が巻き取られ……最終的に、俺の前に垂れ幕が落ちてきた。

ようこそ。

………。

鬼人族メイドが説明したそうにしていたが、俺は遠慮した。

この部屋は徹底して片付けよう。隠れている山エルフ数人、手伝うように。うん、仕掛けは見事だったから。


次の部屋。

ここも荷物だらけだな。これは……俺の昔の荷物か。

引っ越しだ増築だで俺の荷物が移動することが多かったが、ここにあったか。

昔作ったコップや皿、鍋のふたなどもある。ルーと出会う前の荷物だな。懐《なつ》かしい。

ボロボロになったフライングディスク、ボール。クロたちとよく遊んだな。失くしたと思っていたのに。

ん？　この箱はなんだ？　うおっ、干し肉。カラッカラになっている。これはいかん。処分。

でもって、こっちの袋には……小麦か。腐った様子はない。粉にしていないのがよかったのかな？

……いやいや、危険なことはしない。これも処分だ。

次は樽《たる》が三つ。

これは覚えている。ドノバンたちが来て酒造りを始めたころに、熟成させようと思って取っておいた酒だ。

これは嬉《うれ》しい発見。ふふふ、どうなっているかな。

…………予想より樽が軽い？　あれ？　空《から》？

なるほど、なるほど。

犯人は酒スライムかな？　よし、素直に出てきたな。偉いぞ。

忘れていた俺が言うのもなんだが、三樽は飲み過ぎじゃないかな？　なに？　飲んだのは一樽だけ？　残りはちゃんと置いてある？

…………本当だ。空なのは一樽だけで、二樽は酒が入っている。おおっ！

嬉しいが、残っているのが当然だからな。偉そうにしないように。わかったわかった。そう甘えなくても、あとでちゃんと飲ませてやるから。ああ、夜にな。夕食の後にでも楽しもう。

喜んで出ていく酒スライムを見送り、部屋の片付けを続ける。

ん？　この箱はなんだ？　中に布が敷かれて……干し肉？　ここにも昔の干し肉か？　いや、新しいな。

乾いているけど魚もある。なんだこれ？　俺が首を捻《ひね》っていると、にゃーにゃーと怒る猫の声。

ミエルか。

…………ひょっとして、この箱はお前の隠れ家かな？　でもって、これはお前が隠している食料か？　そうかそうか。

悪いが、移動だ。部屋を空けないといけないからな。あと、食料は処分。怒るな怒るな。新しいのをやるから。ああ、嘘じゃないぞ。

でだ、お前がここに隠れ家を作っていたってことは、他の姉猫たちの隠れ家もあるよな？　どこだ？　この部屋か？　それとも他の部屋か？　ははは、目を逸《そ》らしても駄目だぞ。

次の部屋。

大きな樽がところ狭しと並べられていた。

…………。

これは？　いや、匂いでわかる。

漬物を作っているな？

匂いが部屋の外に漏れないのは、何か魔法を使っているのかな？

鬼人族メイドが、説明してくれた。

「色々と試した結果、この場所で作った漬物が一番、美味しいのです」

「誰が作っているんだ？」

「フローラさまと、メイド長です」

…………。

食事は大事。

以後、この部屋は漬物部屋ということに。いや、別にフローラやアンが怖いわけじゃないぞ。

次の部屋。

…………。

空き部屋だよな？　完全に、誰かが住んでいる部屋になっていないか？

鬼人族メイドが説明してくれた。

土人形のアースの部屋？　ウルザの部屋にアースの私物を置けないから？　なるほど。

アースが魔粘土を使って大人の体を手に入れたことで、衣服などが必要になった。

それの保管場所ついでに、彼の部屋としたのか。それだったら、もっとウルザの部屋の近くにすればよかったのに？

「気の休まる場所が欲しいとの意見でしたので」

なるほど。わかった、この部屋は使用中ということで。


次の部屋。

…………。

ここも空き部屋じゃなかったっけ？

完全に使用中なんだが？　小さな植木鉢が各所に置かれ、緑の多い部屋だ。誰が使っているかすぐに理解した。

というか、持ち込まれたベッドでだらしなく寝ている妖精女王がいる。

女性が寝ている部屋に入るわけにはいかない。撤収。

俺は鬼人族メイドに説明を求めた。

「冬場ぐらいから、ここにお住まいですけど」

…………。

この部屋も使用中ということで。


次の部屋。

もう何があっても驚かないぞ。

…………。

部屋の扉を開けようとしたら、鬼人族メイドに止められた。

「この部屋は駄目です」

「なぜ？」

「その、あれです」

「あれ？」

「ライメイレンさまがヒイチロウさまのために用意した道具の数々といいますか……」

「あ、うん、わかった。この部屋はやめよう」

次の部屋に向かおう。

その日は、盛大な食事会になった。

倉庫になっていた空き部屋を片付けていたら出てきた食料を消費するためだ。

俺は食べることに不安があって反対だったが、食べても大丈夫か見分ける魔法があるらしい。魔法、万能だな。助かるけど。

「しかし、収穫物はちゃんと管理していると思っていたのだが……」

俺は驚いているが、鬼人族メイドたちは驚いていなかった。

「万が一を考え、食料を備蓄しているのかと思っていましたので」

備蓄するなら、ちゃんとした場所に備蓄するよ。

食後の予定だったが、酒スライムが待っているので酒樽を解放。全部飲むなよ。ドワーフたちに一樽持っていく……ああ、ドワーフも来ているな。

酒スライムの様子で気づいたのかな？　まあ、熟成した酒の味を楽しんでほしい。ただ、俺の分を残しておいてくれよ。


俺は食事会には参加していない。厨房で食事を作っている。完全な裏方。

これは俺への罰。自分で決めてやっている。

空き部屋を片付けている間に、ルーが出産していた。もう少しかかるって言っていたのに。

いや、片付けに夢中になって、そばにいなかったことを反省したい。

ルーは、俺がそばにいてもどうしようもないから気にするなと笑ってくれているが、今後のためにも戒《いまし》めておきたい。


今、作っているのは倉庫から出てきた食料ではなく、新しい食料で作った料理。

出産後で疲れているルーのための料理。

「これをルーに持っていってくれ」

鬼人族メイドに頼む。だが、断られた。

「村長。これはご自身で持っていかれたほうがいいですよ」

「いや、しかしだな」

「ここは私たちに任せてください。ルーさまも待っていますよ」

……………。

そうだな、ルーの部屋に行こう。そして、生まれた娘の名前を相談しようかな。

4 ルプミリナとオーロラ

ルーが女の子を産んだ。名前はルプミリナ。

命名はルーだが、相談して決めたから問題なし。

俺も喜んでいるが、ルプミリナの誕生を一番喜んでいるのがアルフレート。

出産まで、アルフレートはちょっと複雑な感じだった。まだまだ甘えたい年頃なのに、ルーがお腹の子を意識しているのを感じていたのだろう。

だが、生まれた妹を見て一変している。俺よりも大事にしそうだ。あまりかまい過ぎると、ティゼルが怒るぞ。

次に喜んでいるのが始祖さん。

嬉しいのはわかるけど、生まれたばかりなので嫁入りの話とかはしないでほしい。うん、村の外に出す気もないから。


ルプミリナの誕生祝いだなんだと数日わたわたしていると、ティアが産気づいた。

ルーに比べて少し長かったが、無事に出産。

妖精女王が踊りながら祈ってくれたからだろうか？　遊んでいるだけにも見えたが……いや、ありがとう。

こちらも女の子、名前はオーロラ。命名はティア。

ルプミリナが生まれた時はアルフレートに遠慮して大人しかったティゼルが大喜び。グランマリアたちも順番に様子を見に来ている。

抱《だ》っこするのはもう少し落ち着いてからな。

キアービットが、俺とアルフレートを見比べながら怪しい視線を送ってくるのはなんだろう？

いや、あの視線を俺は知っている。雌《おんな》が雄《おとこ》を狙う目だ。

赤ちゃんを見たから刺激されたか？　アルフレートのために防波堤になるべきか？

…………。

アルフレートの防波堤にはウルザがいるな。

アルフレートとキアービットのあいだに、ウルザがポジショニングしている。うらやましい。

俺とキアービットのあいだにポジショニングする者は……ザブトンの子供か。ありがとう。ただ、身長がちょっと足りないな。気持ちは嬉しいぞ。

ああ、キアービットを縛らなくていいから。ははは、よしよし。

キアービットが糸から逃れる前に、移動しようか。


現在、ハイエルフが二人、山エルフが三人、獣人族の女の子が二人、俺の子を妊娠中だが……こちらの出産はまだ少し先のようだ。

無事に生まれてほしい。

…………。

しかし、本当に俺の子だらけになりそうだな。子供が増えるのはいいことだけど、大半が自分の子だと少し考えてしまう。

もう少し、節操を持ちたい。

いまさらか？　いまさらだな。

流されない強い意志を持とう。うん、これだ。よし、強い意志。

俺は覚悟を新たに、周囲を見る。

俺から距離をとってはいるが、いたるところから送られる女性からの視線。うん、キアービットと同じだな。

赤ちゃんを見て、刺激されたと。わかるわかる。

だが、男は赤ちゃんを見ると逆にそういうことを考えなくなるんだ。（俺の意見）

頭脳と下半身は別？（女性陣の意見）

…………。

子供ガードを要求する！　アルフレート、ティゼル、誰でもいいから助けて！　む、胸を押し付けられても、強い意志をもった俺はくじけないぞ。

ルプミリナとオーロラの誕生で村は祝賀ムード。来る者たちが祝福してくれるのは嬉しい。

調子に乗ってしまいそうになるので、気を引き締める。油断大敵。

幸いなことに村では赤ちゃんが大きな病気や怪我《けが》をしてはいないが、なにが起こるかわからないのが世の中。対処しようがないと言えばそれまでだけど、やれることはやっておく。

つまり、神頼み。

社《やしろ》の掃除。創造神の像と、農業神の像の掃除。毎年やっているけど、やはり汚れる。

しかし、この像っていつまで光るのかな？　フーシュが祈ってから、ずっと光りっぱなしなんだけど。しかも、像を掃除することで輝きを取り戻すから直視しにくい。まあ、汚れている場所はわかりやすいけどな。

掃除が終わったあと、カーテンで隠す。

このカーテンはザブトンが新しく作ってくれたカーテンで、とても薄い。なので透けて見えるのだけど、光はやんわりと抑えてくれるのでありがたい。

しかし、薄いカーテンで姿がぼんやりと見える感じは……なんだか高貴な像っぽい。満足。

さて、その上で……出産、子育てって誰に祈ればいいんだろう？　大地母神とかかな？　どんなのだ？　想像できない。『万能農具』に任せるか？

俺は大樹のそばで、大きめの木材を前に、ノミに姿を変えた『万能農具』をかまえる。

あとは無心。

…………。

妖精女王の姿になってしまった。しかも、美人度と大人っぽさが五割増し。

たぶん、俺が作業している横で妖精女王が子供たちとリンゴやナシを食べていたからだろう。

見学はかまわないが、それなりに賑やかだった。それで俺が余計なことを考えてしまったのだろう。失敗だ。

しかし、出来は悪くない。

妖精女王を知らない人に、女神と言って見せたら信じるかもしれない。

そんなことはしないけどな。

子供たちと妖精女王に像の感想を聞いてみる。

「そっくり」

…………。

子供たちよ、気を使わなくていいんだぞ。

「もう少し胸のサイズを大きく」

妖精女王よ、木彫りだから盛れない。削る方向ならできるがな。

大地母神はまた今度にしよう。

妖精女王の像は……創造神の像や農業神の像と並べるのは抵抗があるな。

しかし、野ざらしは本人に悪い気がする。

自分で彫ってなんだが、出来はいいんだ。飾りたい気持ちがある。

よし、少しだけ飾ってから、倉庫に放り込もう。

飾る場所は……屋敷のホールでかまわないか。


………。

妖精女王の像が、子宝を授ける像のように扱われている。

拝む、祈る、お供えをする。

駄目とは言わないが、そうしたいなら本人にすればいいんじゃないか？　屋敷の一部屋で寝ているんだろ？

まあ、本人にするのは迷惑か。

俺だって拝まれたり祈られたりお供えされたら嫌だ。

しかし、あとで倉庫に放り込むとは言い出せない空気。誰かに引き取ってほしいとか言うと揉めそうだな。

衣装小屋を作る時に、一緒に妖精女王の像を納める社を作ろう。

うん、そうしよう。

5 秋の収穫の援軍

ルプミリナとオーロラを可愛がりつつ、中庭に衣装小屋と妖精女王の像を納める社を作った。

衣装小屋は屋敷の近くで二階建て。一階にはマネキンを置き、衣装を飾る場所に。二階は収納が中心なので棚だらけ。

そんな風にしたから、ちょっとしたお店のように見える。

置いているのは俺の服しかないけど。できれば、子供たちの服とかも作って飾ってほしい。

この衣装小屋。

思いのほか、ザブトンが喜んだ。テンションが上がった感じかな？　物凄い勢いで衣装を作り始めている。

確認するけど、それって俺の服かな？　あ、うん、ありがとう。できれば、キラキラは少なめで。肩もそんなに張り出さずに。その棒はなんだ？　背負うの？　ああ、後光を表現していると。昔、俺が創造神像を作った時にやったやつだな。なるほど。

あー、俺の服も嬉しいが、子供たちの服も頼むぞ。新しい子供もまだまだ増えるしな。

え？　そっちはもう用意している？　男女それぞれ十着ずつ？　季節ごとにあるから……全部で八十着？

…………。

どこかで一日、ザブトンがプロデュースするファッションショーを開こう。俺、頑張るから。

そう心に決める俺だった。


妖精女王の像を納める社は、村の住人の意見を取り入れてできるだけシンプルに。

社というより土汚れ防止のための台と、雨避《よ》けの屋根があるだけだ。

周囲は屋根を支える柱だけで、開放的。これぐらいでかまわないとのことなので、余計なことはしなかった。


翌日、その社を見に行くと周囲は緑でいっぱいになっていた。ツタの一部が像に巻きついている。

凄い成長だが……俺は『万能農具』で何もしていないぞ？　となると、これをやったのは妖精女王かな？　本人に聞いてみたが、知らないとのこと。

よくわからないが……実害がないなら気にしない。不思議なこともあるもんだ。

そうそう、妖精女王。

この台の上にあるものは自由にしていいぞ。

誰かが設置した台の上には、森で採取したであろう木の実や花などが並べられている。

妖精たちも好きにしていいからな。俺からは……三十センチぐらいにカットしたサトウキビを数本。置いた瞬間、妖精たちが群がった。

さすがに妖精女王は飛びつかなかったか。ははは、わかっている。あとでプリンを渡すよ。


今年の秋の収穫は、少し大変だった。人手が足りない。

原因は俺が畑を広げたこともあるが、主に出産と育児に手を取られている。

うん、生まれた。

ハイエルフの二人、山エルフの三人が競うように出産した。ハイエルフの二人は両方とも女の子だ。可愛らしい。

山エルフの三人は、男の子二人と女の子一人。女の子の泣き声が誰よりも力強く、びっくりした。

一気に子供が五人増えた。

そしてバタバタしていると、獣人族の女の子二人が出産。二人とも男の子だった。

ルプミリナとオーロラを合わせ、子供が九人も増えた。嬉しいが、どうしても人手がそっちに取られてしまう。

困った。困ったところで、救いの手が差し伸べられた。

ユーリが〝五ノ村〟に赴任する際に連れて来たお付きの十八人が厳しい訓練を乗り越え、〝大樹の村〟にやって来た。

阿鼻叫喚《あびきょうかん》だった。

そ、そんなに怖がらなくても。クロの子供たちが落ち込んでいるじゃないか。ザブトンの子供たちも。

いや、本当に驚き過ぎじゃないか？

文官娘衆が来た時も同じように気絶していたけど、ここまでじゃなかっただろ？

「私たちは事前にラミア族と出会っていましたから……」

そう答えた文官娘衆の一人は、凄く遠い目をしていた。

あ、うん、そうなんだ。

新しく文官娘衆に加わる十八人は、しばらく使えない。

救いの手にはならなかった。残念。

仕方なく、ほかに助けを求めた。

いち早く応えてくれたのがライメイレン。うん、ヒイチロウの世話をしてくれるだけでも十分助かる。ただ、待っていたよね？　凄く近くで待っていたよね？　だって、まだ小型ワイバーンに手紙を持たせているところだもん。

いや、かまわないんだ。ありがとう。助かる。

ライメイレンに遅れること数時間。

ドライムが二十人ほどの悪魔族を連れてやって来た。

ライメイレンが子育てを手伝わせるために、前々からドライムの巣に送り込んでいた悪魔族だそうだ。

ただ、見慣れぬ者に生まれたばかりの子を預けるのをそれぞれの母親が嫌がったので、畑の収穫作業を手伝ってもらった。不慣れな作業をさせて申し訳ない。

できればその綺麗《きれい》な執事服とかじゃなく、農作業に向いた服装でお願いします。

ドライムも無理しなくていいぞ。ラスティとラナノーンのところにいてくれて。

あ、ラスティにこっちを手伝うように言われたのね。じゃあ頼む。この辺りの畝《うね》を崩すから、ダイコンを回収してくれ。

俺はドライムと協力しながら収穫を続ける。

数日もすれば新しい文官娘たちが復活するだろうし、これで収穫が間に合うだろう。間に合ってほしい。


夜、悪魔族に子供を預けるのを嫌がった母親たちが我儘を言ったと謝りに来たが、それぞれ初めての子だし、気持ちはわかる。

俺も無理に預けろとは言わない。

それよりも出産してまだ日がそれほど経《た》っていない。体を休めてくれ。

夜は寒くなる日もあるから、ちゃんと温かくして寝てほしい。

十日後。

ドースが悪魔族をさらに二十人ほど連れて来てくれたので、収穫は無事に終わった。ありがとう。

お手伝いに来てくれた悪魔族たちのために宴会を開く。これぐらいはさせてほしい。

「私は世界一、ダイコンの収穫が上手い竜なんだぞ」

宴会で周りにそう自慢するドライムに、ちょっと申し訳ない気持ちになった。

もっと竜らしい仕事を頼めばよかったかな？　しかし、竜らしい仕事ってなんだろう？

6 秋の終わりと竜の姿

収穫が終わり、武闘会が開催された。

武闘会に合わせ、魔王国の学園に行っている獣人族の男の子たち、ゴール、シール、ブロンの三人がビーゼルに連れられて帰ってきた。

もちろん、一時的にだ。武闘会が終われば、すぐに帰る。ちょっと寂しい。

その三人が俺の前にやって来て、挨拶。少し見なかっただけだが、ずいぶんと大人っぽくなったものだ。

しかし、俺を見るシールの目が……尊敬？　畏怖？　なんだろう？　学園で何かあったのかな？

表情に出てしまったのだろうか。挨拶のあとでゴールが説明してくれた。

なんでも、シールは複数の女性からアプローチされているらしい。物理的に。

…………物理的？

「勝負だ。私が勝ったら夫になれ。私が負けたら妻になろう」

ああ、なるほど、そういう方向ね。それで、シールはその勝負を？

「全部受けて勝ちました」

あー、それは悪手だな。つき合う気がないなら何かしらの理由をつけて勝負を避けるべきだった。

「結果、学園内ではシールのそばに常に三人の女性がいる状態で……」

「よく三人で収まったな」

「その三人が、ほかの挑戦者を叩《たた》きつぶしているので」

「……それは頼もしい三人だな」

「シールには勝てませんでしたけどね」

「ははは。まあ、嫌われるより気に入られていることを喜んで、前向きに頑張るしかないだろう」

「ええ、だからこそシールはあの目を村長に向けるのだと思います」

どういうことだろう？　まあ、いいか。

「シールはわかったが、お前やブロンは？」

「僕は一人の女性とおつき合いを。ブロンも同じです」

…………。

学園に行かせた理由に、奥さん探しがあったのは認めるが……こうも順調だと驚く。

コミュニケーション能力、高いんだな。

その能力をこの村にいた時に……年齢的に厳しいか。まあ、まだ若いんだ。焦らずに将来のことを考えてほしい。

ん？　結婚する前には俺の許可をもらいに来る？　それは嬉しいが別に俺の許可は……ああ、父親代わりね。了解。

その時はしっかりと判断させてもらおう。


武闘会はいつも通り来客が集まり、ほどよく被害が出た。

みんな慣れたなぁ。

獣人族の男の子三人は戦士の部に出場。一回も勝てなかったけど、いい笑顔だった。

「これだよな」

「ああ、全力を出しても勝てない相手だらけ」

「というか、どうやったら勝てるんだ？」

「修行しかないだろう」

騎士の部の優勝者は、ウノ。

ルーやティアが出産後で出場を遠慮したこともあるが、前よりも強くなっている。

優勝の冠を頭に載せ、万雷の拍手の中、パートナーのクロサンが待つ場所に誇らしげに歩いていく。クロサンも尻尾を振ってウノを迎えた。

トロフィーは俺が屋敷のホールに飾っておこう。


優勝者はウノだったが、戦いで目立ったのがダガ。剣の使い方が、いつもと明らかに違った。

話を聞くと、ピリカの剣術だそうだ。

〝五ノ村〟に行くたびに、修行だなんだで一緒にいるので見て覚えたそうだ。

「使ってみた感じ、ピリカの言うように対人戦特化です。ウノ殿やマクラ殿を相手にするのには向かないでしょう」

リアに辛勝し、ウノに負けたダガの言葉。

ガルフもピリカの剣術を見て覚えたのだが、組み合わせに恵まれず、一回戦でウノと当たってしまった。

「基礎的な動きで組み立てられているから堅実だ。この剣術を覚えるだけで、対人戦に関してはある程度まで強くなれる。しかし、改良の余地も大きい。言って悪いが初心者用の剣術のイメージだな。剣聖を名乗る者が使う剣術が初心者用ってことがあるのか？」

ガルフは素振りをしながら何か考えている。敗戦のダメージはなさそうだ。

たぶん、会場が解放されたあとにでも誰かに勝負を挑むのだろう。怪我《けが》をしないように。

ちなみに、今は魔王が人間姿のギラルを相手に戦っている。

うんうん、この悲鳴。武闘会の名物になってきたなぁ。


新しく加入した文官娘たちにとっては初めての武闘会だったが、特に問題はなかった。

「無心。無心よ」

「何も考えないように」

「仕事。そう仕事に集中すれば全て忘れられる」

凄く真面目で優秀だった。

前からいる文官娘たちに良い影響を与えてほしい。いや、さぼっているとは言わないけどな。

うん、ただ最近、余裕が出てきたというか……すまない、はっきり言おう。俺を誘惑するんじゃない。

特に赤ちゃんを抱いている時は駄目だって紳士協定が結ばれただろう。

母乳が出もしない胸を見せびらかすんじゃない。

あと、新しく入った者の半数は〝シャシャートの街〟の店に向かわせるから、楽なのは今だけだぞ。

武闘会が終わった翌日。

来賓たちが帰っていく。獣人族の男の子三人もだ。

昨晩はアルフレートたちに摑まって質問攻めにされたのだろう。かなり疲労しているようだ。

質問だけじゃなくて試合もやったのか。お疲れさま。

土産はビーゼルに預けておいた。向こうで受け取ってくれ。

ああ、野菜を多めにしておいた。足りなければ、ビーゼルに伝えてくれ。


魔王たちや獣人族の男の子たちは早々に帰ったが、ドース、ライメイレン、ドライムはしばらく滞在した。

理由はヒイチロウ。

ライメイレンが言うには、そろそろだそうだ。

なにがそろそろなのか？　それはヒイチロウが竜の姿へ変化すること。

ライメイレンが頻繁にヒイチロウの世話をしていたのは、ヒイチロウが可愛いのもあるだろうけど、ヒイチロウが人間の姿で生まれたからだ。

人間の姿で生まれても、竜は竜。成長するに従って人間の姿では御しきれないパワーを持つ。

簡単に言えば、ヒイチロウはパワーのコントロールができない子供ということだ。

ヒイチロウが腕を振り回すだけで周囲の者を殴り倒す可能性もあるし、ヒイチロウの体も耐えられるとは限らない。

そういった不必要な事故を避けるため、ライメイレンはできるだけヒイチロウの近くにいてくれていた。

ライメイレンが自粛していた時はハクレンが常にそばにいたのだが、ほかのことが一切できなくなるので早く自粛を撤回してほしいと願っていたな。

ともかく、そういった心配も一度竜の姿になってしまえばある程度、解消できるそうだ。

そして、ライメイレンの見立てではそろそろらしい。

ヒイチロウが竜の姿をイメージしやすいように、ドース、ライメイレン、ドライム、ハクレンが竜の姿で待機している。

ヒイチロウは無邪気に、竜姿のライメイレンの尻尾に登ろうとしているのだが……本当にこれで竜の姿になるのかな？

そう疑問に思った瞬間、ヒイチロウの姿が三メートルぐらいの小型竜になった。

おおっ！　可愛い。

おっと違った。雄々しい。うん、かっこいいぞ。

ヒイチロウは自分の姿が変わったことにパニックになることもなく、翼を広げたりしている。問題はなさそうだ。

ライメイレンの説明では、まずはこれで一安心。

あとは人間の姿と竜の姿を自在に変化させられるように訓練するだけだそうだ。難度は竜が人間の姿になるよりも易しいらしいので、それほど心配はしていない。

心配していないが……あれ？　ヒイチロウ、飛ぼうとしていないか？　うおいっ、ちょっ、飛んでる飛んでるっ！　ハクレン、ライメイレン、取り押さえて。


人間の姿に戻ったヒイチロウには、小さな竜の角《つの》と尻尾が残っていた。

出会った頃のラスティを思い出す。

このタイミングではハクレンを思い出したいが……襲ってきたイメージしかない。考えれば、人しくなったものだ。

ヒイチロウだけでなく、ウルザたちの面倒まで見ているしな。いいことだ。

ちなみに、ラナノーンにも同じ心配があるのでラスティが離れない。

ラナノーンのためとはいえ、俺としてはちょっと寂しい。

閑話　貴族学園の教師

ガルガルド貴族学園で働く者は、二種類に分けられる。

金が欲しい者か、知識が欲しい者かだ。


金が欲しい者は給料目当てだ。

特に教師は、授業を受けに来た生徒の数だけ収入が増えるから、授業に人気があればかなり稼ぐことができる。

ただ、授業に人気がないと生徒が集まらず、当然収入も減るから楽に稼げるとは口が裂けても言えない。

反面、事務員の給料は安定している。その安定している給料も高額とは言えないが、安くはない。真面目に五年も勤めていれば、王都に家を借りて暮らすぐらいの貯蓄はできる。

教師と事務員、どちらが人気かといえば、金が欲しい者からすれば事務員のほうが人気があったりするので、事務員になるのもなかなか大変だ。三人の募集に対して、二百人以上も応募者が殺到したという話もあるぐらいだからな。

ただ、事務員の仕事を舐めてはいけない。貴族学園に通う生徒の大半が貴族関係者。事務員の仕事相手はその貴族関係者の生徒か保護者。また、同僚にも貴族関係者は多いので、下手なことをすれば解雇されるのはまだましで、首と胴体が離れることもあったりする。

給料は安定しているが、波風を立てない能力がなければやっていくことはできないだろう。

まあ、これは教師も同じか。


知識が欲しい者は、学園にある図書室狙いだ。

学園の図書室には魔王国の知識が集まっている。そして、そこには学園で働く者か学園長が許可した者しか入室できない。

学園長の許可は誰にでも与えられるものではなく、学園の優秀な生徒にのみ与えられる。一年に一人いるかいないかだ。

つまり、自分の能力に自信がない限りは、図書室に収められた膨大な量の本を読むためには学園で働くしか道は残されていない。

俺もその一人だ。

俺は事務員ではなく、教師を選んだ。

教師の利点は、自由になる時間の多さだ。

授業をしなければいけないから、自由にできる時間は少ないように思われるがそうではない。

授業内容は教師が自由に決めることができる。これはガルガルド貴族学園だけでなく、ほかの学園でもそうだ。

つまり、授業中に自分の研究をやっても大丈夫。なんなら授業を受けにきた生徒たちを助手にしても大丈夫なのだ。もちろん、貴族関係者を助手にする精神力があればだが。俺？　俺は生徒たちを助手にするなど危険なことはしない。

なにかしらの実験中に怪我でもされたら、保護者からのクレームが酷いからな。

なので、生徒には普通に無難な授業を行って、気持ちよく《卒業の証》を渡している。課題？チェックが面倒なので出していない。

まあ、世の中にそんなに都合のいい話があるわけもなく、学園によって授業内容がチェックされるので、ある程度は学園の希望に沿った授業をしている。

それでも、自分の自由になる時間は事務員よりも圧倒的に多いのだ！

俺はこのガルガルド貴族学園の教師になれてよかったと本当に思っている。思っていた。

入学したての獣人族の男子生徒三人がクラブ活動を立ち上げたと思ったら、いつのまにか教師になっていた。

どういうことだ？　しかも、魔王様や大貴族とも知り合いとか……。

ああ、コネか。そうかそうか。そっちが強いのか。

そうじゃなきゃ、貴族関係者である生徒たちを集めて学園内に畑を作ったりはできないよな。

学園内だけじゃない？　学園の外にも畑を作っている。畑だけじゃなく牧場も作っていると。

…………。

学園長、いいのですか！　あれを許して！　俺が言うのもなんだが、ここは学び舎《や》ではなかったのですか！

あと、彼ら教師の会議とか無視していますよ。絶対参加じゃなかったのですか！

本来、ほかの教師の動向など気にしないが、俺より自由にやっているのは許せん。許してはいけない。

学園長が動かないなら、俺の人脈を使って連中を学園から追い出してやる。

学園長にクレームを言ったのに、返事を持ってきたのは王城の偉い人たちだった。

うん、絶対に俺から声をかけられない上の上の上の人たち。

その人たちが俺の前でニコニコと笑顔でいるうえに、将軍さまが俺の背後に立っているのはなぜでしょうか？　斬《き》られる？　俺、斬られちゃう？　そんなことはない？　本当に？

え？　問題の獣人族教師の持っている包丁を見ろ？

普通の……ではないですね。品質のいい包丁かと。

服？　服もいいですね。どこの仕立屋に頼んだのでしょうか。いや、生地からオーダーメードだ、あれ。

でもってここにいる偉い人たち。

…………つまり、あの獣人族教師三人には文句を言っちゃ駄目ということですね。理解しました。

文句は言っていい？　そうなのですか？

ただ、裏で動くのはよろしくないと………………裏で動くことなど考えもしませんでしたが、承知しました。

ええ、考えていませんよ。はははははは。


俺の方針は決まった。

獣人族教師三人には近づかない。関わらない。

いない存在として扱えば、何も問題はない。

問題はないのに……くっ、なんだこの胃を刺激する香りは。

連中が生徒たちと一緒に美味そうに食べている。

なんだ？　何を食べている？　気になる。しかし、近づくわけには……なのに香りだけが俺の鼻を攻撃する。

ええい、先輩教師にも食べさせてあげようという気持ちはないのか。俺？　そんな気持ちはないよ。なぜ先輩というだけで貴重な食事を分け与えねばならないのか。自分の食事は自分で確保すべきであろう。

…………。

そういうことですよね。

でも、変装していけば大丈夫かな？

閑話　善性

俺は少し考える。

目の前の存在は、本当に女王なのだろうか？

…………。

違うんじゃないかな。

「失礼な！」

妖精女王が殴りかかってきたのを、俺は避ける。

しかしだな、部屋を占領し、食っちゃ寝を繰り返す存在を女王と認めてしまうと、色々と子供たちの教育に悪い。

「教育に悪いとは酷い言いがかりだ。我は世の中の者の大半が理想とする生活をしているだけだ」

うーん、世の中の者の大半がその生活を理想としているとは思いたくないが、そんな生活に憧れている可能性はある。

しかし、だからといってそんな生活を妖精女王がする必要があるのだろうか？　いや、ない。

という結論なので、労働のすばらしさを教えてやろう。

「あ、こら、乙女が寝ているベッドのシーツを引っ張るでない」

妖精女王を畑に……畑が大事なので、追い出した。

妖精女王には牧場エリアで頑張ってもらおう。山羊《ヤギ》たちと仲がいいだろ？　ほかの者が作業している間だけでも山羊たちの相手をしてくれると助かる。

「あやつら、前に我を裏切ったからの。どちらの立場が上かを明確にせねばならん。多少、手荒にするがかまわんな」

かまわないから頼んだぞ。


一時間ぐらいあと、山羊たちに泣かされている妖精女王がいた。

頑張らせて、すまなかった。

わかっている、甘い物を用意するから泣くのをやめてくれ。子供たちに見られると面倒だ。

妖精女王は子供たちから絶大な人気を誇っている。俺が泣かせたとか思われたら子供たちからどんな目で見られるか。

いや、間接的に俺のせいでもあるとか言われても困る。

妖精女王に生クリームを載せたパンケーキを与えて、黙ってもらった。

はいはい、お代わりも焼いているから心配するな。

妖精女王は本当に美味しそうに食べるので、作りがいはある。質だけでなく量も求められるのが問題だが。

普通の妖精たちは、サトウキビとか花の蜜で大喜びなのにな。

「妖精たちもパンケーキを喜ぶぞ」

それはそうだが、妖精女王ほど執着しないだろ？

「我が食べれば、それが伝わるからの」

そうなのか？

「知らなんだのか？　我が見たこと、知ったことは妖精たちに共有される。また逆も同じだ」

へー。

「反応が軽いの」

いや、どう反応していいかわからないだけだ。かなり驚いている。

「そうかそうか」

上機嫌で頷いているが、妖精たちって数がいるのだろ？　なのに情報の共有って、かなり大変なんじゃないのか？

「全部を共有しているわけではないから、そうでもない」

「そうなのか？」

「うむ、なんでもかんでも共有していてはさすがの我も倒れてしまう。必要な情報とそうでない情報は分けんとな」

「必要とかは誰が判断するんだ？」

「それは個々の妖精たちがする」

「あの小さいのが？」

「小さくても我が眷属《けんぞく》、我が分身ゆえ」

そうなのか。

そして、個々に判断するということは、個性があるということか。

「うむ。当然ながら好き嫌いもあるから、妖精だからといって同じことをしても同じ結果を得られるわけではない」

なるほど。

「ただ、どの妖精たちも基本は善性の存在。善を好み、悪を嫌う」

「妖精の前で悪いことをしないようにってことか」

「そういうこと。我も嫌な思いをせんですむ。もちろん、我の前でもだぞ」

となると、先ほどの山羊に泣かされた件は……。

「あれは別。あやつらには我の怖さを教えてやらねばな。くくく……」

善性の存在が悪い顔をしていた。


翌日、山羊たちに追いかけられている妖精女王を見た。

「消えて逃げたりはしないのか？」

「こちらから仕掛けておいて、消えて逃げるのは外道の極みであろう」

……たしかに。

そういった潔《いさぎよ》さが、善性の証しであり、子供たちから人気のある源《みなもと》なのだろう。

あ、山羊に追いつかれてもみくちゃにされている。

妖精女王を助ける俺も善性だと思いたい。

Farming life
in another world.
Presented by Kinosuke Naito
Illustrated by Yasumo

08

登場人物辞典

Characters
Isekai Nonbiri Nouka

◉人間

【街尾火楽】
転移者であり〝大樹の村〟の村長。夢だった農作業を異世界で頑張っている。

【ピリカ＝ウィンアップ】
若くして剣聖の道場に入門。才覚をみせるも、道場のトラブルで道場主に。剣聖の称号に相応しい強さが欲しいため、現在は剣の修行中。

◉インフェルノウルフ族

【クロ】
村のインフェルノウルフの代表者であり、群れのボス。トマトが好き。

【ユキ】
クロのパートナー。トマト、イチゴ、サトウキビが好き。

【クロイチ／クロニ／クロサン／クロヨン 他】
クロとユキの子供たち。クロハチまでいる。

【アリス】
クロイチのパートナー。おしとやか。

【イリス】
クロニのパートナー。活発。

【ウノ】
クロサンのパートナー。強いはず。

【エリス】
クロヨンのパートナー。タマネギが好き。凶暴？

【フブキ】
クロヨンとエリスの子供。変異種であるコキュートスウルフ。全身、真っ白。

【マサユキ】
クロニとイリスの子供。パートナーが多い、ハーレム狼。

◉デーモンスパイダー族

【ザブトン】
村のデーモンスパイダーの代表者であり、衣装制作担当。ジャガイモが好き。

【子ザブトン】
ザブトンの子供たち。春に一部が旅立ち、残りがザブトンのそばに残る。

【マクラ】
ザブトンの子供。第一回、〝大樹の村〟武闘会の優勝者。

◉グノーシスビー種

【蜂】
村の被養蜂者。子ザブトンと共生(?)している。ハチミツを提供してくれる。

◉吸血鬼

【ルールーシー＝ルー】
村の吸血鬼の代表者。別名、「吸血姫」。魔法が得意。トマトが好き。

【フローラ＝サクトゥ】
ルーの従兄妹。薬学に通じる。味噌と醤油の研究を頑張っている。

【始祖様】
ルーとフローラのおじいちゃん。コーリン教のトップ。「宗主」と呼ばれている。

◉鬼人族

【アン】
村の鬼人族の代表者でありメイド長。村の家事を担当している。

【ラムリアス】
鬼人族のメイドの一人。主に獣人族の世話係をしている。

◉天使族

【ティア】
村の天使族の代表者。別名、「殲滅天使」。魔法が得意。キュウリが好き。

【グランマリア／クーデル／コローネ】
ティアの部下。「皆殺し天使」として有名。村長を抱えて移動する。

【キアービット】
天使族の長の娘。

【スアルリウ／スアルコウ】
双子天使。

◉リザードマン

【ダガ】
村のリザードマンの代表者。右腕にスカーフをしている。力持ち。

【ナーフ】
リザードマンの一人。二ノ村にいるミノタウロス族の世話係をしている。

◉ハイエルフ

【リア】
村のハイエルフの代表者。二百年の旅で培った知識で村の建築関係を担当（？）。

【リース／リリ／リーフ／リコット／リゼ／リタ】
リアの血族。

【ラファ／ラーサ／ラル／ラミ】
リアたちに合流したハイエルフ。

【ララーシャ】
ラファたちの血族。樽作りが上手。

◉ガルガルド魔王国

【魔王ガルガルド】
魔王。超強いはず。

【ビーゼル＝クライム＝クローム】
魔王国の四天王、外交担当、伯爵。苦労人。転移魔法の使い手。

【グラッツ＝ブリトア】
魔王国の四天王、軍事担当、侯爵。軍略の天才だが前線に出たがる。種族はミノタウロス族。

【フラウレム＝クローム】
村の魔族、文官娘衆の代表者。愛称、フラウ。ビーゼルの娘。

【ユーリ】
魔王の娘。世間知らずな一面がある。村に数ヵ月滞在していた。

【文官娘衆】
ユーリ、フラウの学友または知り合いたち。村ではフラウの部下として活躍。

【ラッシャーシ＝ドロワ】
文官娘衆の一人。伯爵家令嬢。三ノ村にいるケンタウロス族の世話係をしている。

【ホウ＝レグ】
魔王国の四天王、財務担当。愛称、ホウ。

◉竜

【ドライム】
南の山に巣を作った竜。別名、「門番竜」。リンゴが好き。

【グラッファルーン】
ドライムの妻。別名、「白竜姫」。

【ラスティスムーン】
村の竜の代表者。別名、「狂竜」。ドライム、グラッファルーンの娘。干柿が好き。

【ドース】
ドライムたちの父。別名、「竜王」。

【ライメイレン】
ドライムたちの母。別名、「台風竜」。

【ハクレン】
ドライムの姉（長女）。別名、「真竜」。

【スイレン】
ドライムの姉（次女）。別名、「魔竜」。

【マークスベルガーク】
スイレンの夫。別名、「悪竜」。

【ヘルゼルナーク】
スイレン、マークスベルガークの娘。別名、「暴竜」。

【セキレン】
ドライムの妹（三女）。別名、「火炎竜」。

【ドマイム】
ドライムの弟。

【クォン】
ドマイムの妻。父親がライメイレンの弟。

【クォルン】
セキレンの夫。クォンの弟。

【グラル】
暗黒竜ギラルの娘。

【ヒイチロウ】
火楽とハクレンの息子。人間と竜族のハーフ。

【ギラル】
暗黒竜。

◉古悪魔族

【グッチ】
ドライムの従者であり知恵袋的な存在。

【ブルガ／スティファノ】
グッチの部下。現在はラスティスムーンの使用人をしている。

◉悪魔族

【クズデン】
四ノ村の代表。村の悪魔族の代表。

◉獣人族

【ガルフ】
ハウリン村からの使者。かなり強い戦士のはず。

【セナ】
村の獣人族の代表者。ハウリン村から移住してきた。

【マム】
獣人移住者の一人。一ノ村のニュニュダフネたちの世話係をしている。

【ゴール】NEW
幼少期に大樹の村に移住した三人の男の子の一人。真面目。

【シール】NEW
幼少期に大樹の村に移住した三人の男の子の一人。喧嘩っ早い。

【ブロン】NEW
幼少期に大樹の村に移住した三人の男の子の一人。しっかり者。

◉エルダードワーフ

【ドノバン】
村のドワーフの代表者。最初に村に来たドワーフ。酒造りの達人。

【ウィルコックス／クロッス】
ドノバンの次に村に来たドワーフ。酒造りの達人。

◉シャシャートの街

【マイケル＝ゴロウン】
人間。シャシャートの街の商人。ゴロウン商会の会頭。常識人。

【マーロン】
マイケルさんの息子。次期会頭。

【ティト】
マーロンの従兄弟。ゴロウン商会の会計担当。

【ランディ】
マーロンの従兄弟。ゴロウン商会の仕入れ担当。

【ミルフォード】
ゴロウン商会の戦隊隊長。

◉？？？

【アルフレート】
火楽と吸血鬼ルーの息子。

【ティゼル】
火楽と天使族ティアの娘。

NEW【ルプミリナ】
火楽と吸血鬼ルーの娘。

NEW【オーロラ】
火楽と天使族ティアの娘。

◉山エルフ

【ヤー】
村の山エルフの代表者。ハイエルフの亜種（？）で、工作が得意。

◉ラミア

【ジュネア】
南のダンジョンの主。下半身が蛇の種族。

【スーネア】
南のダンジョンの戦士長。

◉ミノタウロス

【ゴードン】
村のミノタウロスの代表者。大きな身体に、頭に牛のような角を持つ種族。

【ロナーナ】
駐在員。魔王国の四天王の一人であるグラッツに惚れられている。

◉ケンタウロス

【グルーワルド＝ラビー＝コール】
村のケンタウロスの代表者。下半身が馬の種族。速く走ることができる。

【フカ＝ポロ】
男爵だけど女の子。

◉ニュニュダフネ

【イグ】
村のニュニュダフネの代表者。切り株や人間の姿に変化できる種族。

◉その他

【スライム】
村で日々数と種を増やしている。

【牛】
牛乳を出す。しかしながら、元の世界の牛ほどは出さない。

【鶏】
卵を産む。しかしながら、元の世界の鶏ほどは産まない。

【山羊】
山羊乳を出す。当初はヤンチャだったが、おとなしくなった。

【馬】
村長の移動用にと購入された。グルーワルドに対抗心を抱いている。

【酒スライム】
村の癒し担当。

【死霊騎士】
鎧姿の骸骨で、良い剣を持っている。剣の達人。

【土人形】
ウルザの従士。ウルザの部屋の掃除を頑張っている。

【猫】
火楽に拾われた猫。謎多き存在。

◉大英雄

【ウルブラーザ】
愛称、ウルザ。元死霊王。

◉巨人族

【ウオ】
毛むくじゃらの巨人。性格は温厚。

◉マーキュリー種（人工生命体）

【ゴウ＝フォーグマ】
太陽城城主補佐。初老。

【ベル＝フォーグマ】
種族代表。太陽城城主補佐筆頭。メイド。

【アサ＝フォーグマ】
太陽城の城主の執事。

【フタ＝フォーグマ】
太陽城の航海長。

【ミヨ＝フォーグマ】
太陽城の会計士。

◉九尾狐

【ヨウコ】
何百年も生きた大妖狐。
竜並の戦闘力を有すると言われる。

【ヒトエ】
ヨウコの娘。
生後百年以上だけど、まだ幼い。

◉妖精

NEW
【妖精】
光る球（ピンポン球サイズ）に羽根がある。
甘いものが好き。五十匹ほどが村にいる。

NEW
【人型の妖精】
小さな人型の妖精。十人ぐらい村にいる。

NEW
【妖精女王】
人間の姿をした妖精の女王。大人の女性で背は高め。人間の子供の守護者として、人間界ではそれなりに崇められている。ただし、ドラゴンは妖精女王を苦手としている。

◉フェニックス

NEW
【アイギス】
丸い雛。飛ぶよりも走るほうが速い。

Farming life
in another world.
Presented by Kinosuke Naito
Illustrated by Yasumo

異世界のんびり農家

あとがき

まったり、のんびりしつつ、展開はスピーディーに。

そんなテーマでお送りしている『異世界のんびり農家』、八巻です。続いています。

続いていますが、過去を振り返るにはまだまだですね。なので未来を向いて……地道に次の九巻を頑張ります。

ええ、大きなことは言いません。言えません。予定は乱《みだ》れることが前提。締め切りは延びない。

理解しております。人生、一発逆転はありません。地道が一番。宝くじは当たらない。

…………。

絶対、世の中のどこかに宝くじが当たって人生を一発逆転した人がいますよね。

でも、ネットで調べたりなんかしないぞ！　悔しいから！


こんなことを書くなんて嫌なことでもありましたか？　そんな質問の声が届きそうなので答えます。ええ、ありましたよ。奮発して買った一万円の扇風機、翌日別の店で七千円で売られていたんです。わかりますか？　七千円の値札を見たときの私の気持ちが？

しかも特売でも特価でもないのですよ。普通に七千円でしたからね。二度見どころじゃなかったですよ。形が同じだけで型が古い別のバージョンかと期待もしましたが駄目でした。同じ扇風機でした。

このとき、私の頭にあったのは株式でいうところのナンピン買い。この七千円の扇風機も買って一台の平均購入単価を下げようとすることです。

しかし、さすがに扇風機は二台もいらないと思いとどまりました。扇風機を二台回すなら、エアコンを使います。エアコンは引っ越したときに新しいのを買いましたからね。

え？　それなら扇風機はいらないんじゃないかと？　まったくもってその通りなのですが、エアコンより扇風機のほうが大げさじゃないという気温の日もありまして……ええ、私はワガママなのです。

さて本編。あとがきですので八巻の内容にも少しは触れなければ。

八巻では、ゴールたちが学園に入学する話が大きく割合を占めていますね。ただこのあたり、書籍化したときどうしようと思いながらネット連載版を書いていた覚えがあります。

主人公以外の視点で話が続きますからね。時間経過も違いますし、ややこしい感じになってしまうのではないかと不安でした。ですがまあ、やってみたらなんとかなりました。なにごともチャレンジ。それが大事です。

改めて、次の九巻も頑張ります。

追伸。

勤めていた会社が解散し、執筆業が本業になりました。念願の専業作家です。

内藤騎之介

著 内藤騎之介

Kinosuke Naito

こんにちは、内藤騎之介です。
エロゲ畑で収穫された丸々と太った芋野郎です。
誤字脱字の多い人生を送っています。
よろしくお願いします。

イラスト やすも

Yasumo

ゲームやったり絵描いたりしてる
イラストレーターです。
色々描けるようになっていきたいです。

異世界のんびり農家 08

2020年8月7日　初版発行
2022年12月10日　第3刷発行

著　内藤騎之介
イラスト　やすも

発行者　山下直久
編集長　藤田明子
担当　山口真孝

装丁　荒木恵里加（BALCOLONY.）

編集　ホビー書籍編集部

発行　株式会社KADOKAWA
〒102-8177
東京都千代田区富士見2-13-3
電話：0570-002-301（ナビダイヤル）

印刷・製本　図書印刷株式会社

ISBN 978-4-04-736205-5
C0093　Printed in Japan

●お問い合わせ
https://www.kadokawa.co.jp/
（「お問い合わせ」へお進みください）
※内容によっては、お答えできない場合があります。
※サポートは日本国内のみとさせていただきます。
※Japanese text only

ハクレン＆ウルザの
次号予告ト〜ク

お母さん、今回は私たちが表紙だね。
そうね。ウルザもかわいい感じになっていたわ。
お母さんも美人だよ。
ふふふ。ところでちょっとした疑問なのだけど……。
なに？
私たちはキャベツ畑でなにをしているのかしら？
花畑で遊んだ帰りに、食材を集めているというコンセプトって
言ってた。
言ってたって誰が？
カメラマンさんが。
…………………………は、八巻は獣人族の男の子たちが
頑張ったわね。
話を変えるの？　いいけど……ゴー兄たち大活躍だったね。

09

2020年冬発売予定!!

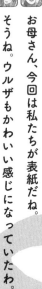

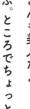

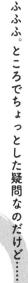

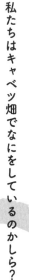

Next
Farming life
in another world.

次の巻でも、話がちょっとだけ続くみたいよ。
そうなんだ。そうすると私の出番はあるのかな？
ウルザは大丈夫よ。アルフレートと並んで子供たちの代表格……みんなのお姉ちゃんなのだから。

えへへ。お姉ちゃんだからねー。
心配なのは私。次の巻では天使族の癖の強いのがやってくるからねー。
ティアお母さんのお母さんと、キアービットお姉ちゃんのお母さんだね。強力だ。

でも安心してウルザ。私は負けないわ。そう、次の巻でも大活躍よ。
さすがお母さん！　頑張って！
まかせなさい。そんなわけで、次の巻も買うのよ。
買ってねー。

コミックウォーカー＆
ニコニコ静画（マンガ）＆
月刊『ドラゴンエイジ』にて
好評連載中！
ISEKAI NONBIRI NOUKA

「我が名はシャドウ。陰に潜み、陰を狩る者……」
みたいな中二病設定を楽しんでいたら、
あれ？ まさかの現実に!?

BULLBUSTER
ブルバスター
NAMIDOME
原作 中尾浩之
カバーイラスト 窪之内英策
❶～❷巻 好評発売中!

ぶった化け物
帝国軍の『悪魔』ターニャ・デグレチャフ魔導少佐。
シリーズ累計
950万部
突破!!!!!
幼女戦記
カルロ・ゼン【著】／篠月しのぶ【画】
①～⑫巻 好評発売中!!

金髪、碧眼の幼い少女は戦場で最も危険な
幼女の皮をか

この男、
村人
極致に辿り着いてしまった
村人の青年・鏡《かがみ》浩二《こうじ》は、
滅ぼすべき人類の敵である
魔族の少女・アリスと出逢い、
そして運命に抗う過酷な道を
歩み始める――。
LV999の村人①
著 星月子猫 イラスト ふーみ
定価：本体1200円＋税

にして
最強。
好評発売中!!

TVアニメ化決定!!
はじめて仲間に感謝された。斎藤さんは充実していた。
働きがいのある
異世界転生!!
ComicWalkerにて配信中!!